O mapa de nós dois

KRISTIN DWYER

O mapa de nós dois

Tradução
Vanessa Raposo

Copyright © 2024 by Kristin Dwyer
Copyright da tradução © 2025 by Editora Globo S.A.

Publicado mediante acordo com HarperCollins Children's Books, uma divisão da HarperCollins Publishers.

Os direitos morais do autor foram assegurados. Todos os direitos reservados. Nenhuma parte desta edição pode ser utilizada ou reproduzida — em qualquer meio ou forma, seja mecânico ou eletrônico, fotocópia, gravação etc. — nem apropriada ou estocada em sistema de banco de dados sem a expressa autorização da editora.

Título original: *The Atlas of Us*

Editora responsável **Paula Drummond**
Editora de produção **Agatha Machado**
Assistentes editoriais **Giselle Brito e Mariana Gonçalves**
Preparação de texto **Lígia Almeida**
Revisão **Luiza Miceli**
Diagramação e adaptação de capa **Guilherme Peres**
Projeto gráfico original **Laboratório Secreto**
Ilustração de capa © **2024 by Jessica Cruickshank**
Design de capa original **Corina Lupp**

Texto fixado conforme as regras do Acordo Ortográfico da Língua Portuguesa (Decreto Legislativo nº 54, de 1995)

CIP-BRASIL. CATALOGAÇÃO NA PUBLICAÇÃO
SINDICATO NACIONAL DOS EDITORES DE LIVROS, RJ

D992m   Dwyer, Kristin
          O mapa de nós dois / Kristin Dwyer ; tradução Vanessa Raposo. - 1. ed. - Rio de Janeiro : Globo Alt, 2025.

          Tradução de: The atlas of us
          ISBN 978-65-5226-023-9

          1. Romance americano. I. Raposo, Vanessa. II. Título.

24-95440   CDD: 813
                                  CDU: 82-31(73)

Gabriela Faray Ferreira Lopes - Bibliotecária - CRB-7/6643

1ª edição, 2025

Direitos de edição em língua portuguesa para o Brasil
adquiridos por Editora Globo S.A.
R. Marquês de Pombal, 25
20.230-240 – Rio de Janeiro – RJ – Brasil
www.globolivros.com.br

Para o primeiro contador de histórias que conheci.
Que me ensinou a magia das palavras.
Como amá-las, como usá-las e, mais importante,
como escutá-las.
Este livro é para você, papai.
O rio é um pouco mais frio sem você.

E este livro ainda não é para Adrienne Young.
Que sempre me ajuda a entender o valor da minha magia.
Isso NÃO é uma dedicatória.

O fim.

Ele está parado na rua.

Sua pele já perdeu os tons deixados pelo sol e o cabelo está mais longo do que antes. As mechas caem em cachos sobre a gola da camisa de flanela escura que veste. Sou capaz de enumerar todas as maneiras como ele parece diferente sob a luz do poste em vez de no luar de verão.

Mas o seu olhar... Isso não mudou.

Dói encontrar os seus olhos, a sensação é de cacos irregulares de vidro pressionados contra o meu coração, então me concentro em suas mãos. Ele segura o diário. Couro gasto coberto de manchas de água, páginas amolecidas pelo toque. Quero esticar a mão e abri-lo porque sei que nessas páginas há palavras que quero ler outra vez.

E outras que não gostaria nem um pouco de revisitar.

— Você ainda tem seu diário. — Eu torcia para que a minha voz soasse surpresa, mas tudo o que escuto nela é tristeza.

— Tenho. — Ele fala de maneira direta, porque é óbvio que ainda o tem. E posso sentir meu coração se movendo e partindo ao som dessa única palavra. Como se fosse a lombada de um livro novo.

— Por quê? — pergunto, quando na verdade *desejo*.

Mas não tenho certeza de exatamente o quê.

Dedos percorrem delicadamente a palavra gravada na capa; a mesma que o observei gravar com uma faca em talhos secos e curtos enquanto estávamos sentados sob as estrelas.

— Eu não queria...

Mas ele perde o fio da meada, me deixando sem respostas. Ele não queria o quê? Que alguém soubesse o que aconteceu?

Que ficassem sabendo como ele partiu meu coração em pedacinhos que sangraram para essas páginas sem a minha permissão?

Não queria que sua mentira fosse revelada?

Avançando um passo, ele praticamente sussurra:

— *Mapas*.

— É Atlas.

Bang. As duas palavras são como um tiro disparado na escuridão, estalando na quietude. São palavras que sei que vão machucá-lo. Assim como ele me machucou.

— As pessoas aqui me chamam de Atlas — repito; justificando.

Há algo diferente nos olhos dele agora.

— Eu não te chamo assim.

Não.

Não, ele me chamava por outro nome. Um que possuía um significado diferente. Em um lugar que não tinha nada a ver com onde estamos agora.

— Por favor. — Desespero transparece em seu pedido. — Não fuja. De novo não.

Mas acho que fugir é a única coisa em que sou boa.

1
O início.

Meus olhos estão fechados.

Eu não os abro, mesmo com a luz intensa que passa por entre as árvores em direção às minhas pálpebras. Se eu os mantiver fechados, talvez possa fingir.

Fingir que essa é uma viagem que de fato eu queira fazer, assim como fizera tantos anos antes. Fingir que estou com o meu pai. Fingir que, quando eu abrir os olhos, ele estará tamborilando os dedos bronzeados no volante, ao ritmo da música.

Mas sei que todas as coisas com as quais venho fantasiando não são reais. *Fingimento* é apenas um outro modo de dizer "mentira". E é isso o que tenho feito. Venho mentindo para a minha mãe, para os meus amigos, para mim mesma... Porque esta *viagem* é algo que tem me causado angústia. E o meu pai morreu.

Coisas que ninguém pode fingir que não aconteceram. Não para sempre.

A maioria das pessoas usa as palavras "partiu" ou "faleceu" quando se referem ao meu pai. Parece tão gentil; de uma maneira quase suave e completamente incorreta. Câncer nunca é gentil.

Abro os olhos para a realidade que venho evitando. Minha mãe, sentada ao meu lado, com os óculos de sol um pouco baixos demais na ponte do nariz e um braço apoiado na janela enquanto dirige pelas estradas montanhosas marcadas pelas correntes de vento e quedas íngremes ao lado. Não consigo

O mapa de nós dois **9**

nem me lembrar de uma ocasião em que ela dirigiu por essas estradas. Era sempre o meu pai que o fazia.

Mas os penhascos não parecem incomodá-la, o que é uma surpresa, já que ela parece se incomodar com tudo agora. Principalmente comigo.

Baixo o olhar para o colo. No papel que seguro lê-se BOAS-VINDAS AO SERVIÇO COMUNITÁRIO DE BEAR CREEK. Letras impressas em uma fonte grande e em negrito que parecem um pouco como algemas. Algo que não vou conseguir evitar de sentir. Nessa folha estão dados como o meu novo nome, *Mapas* — que perspicaz —, uma lista de orientações de segurança, datas de serviço obrigatório e um contrato.

Eu, _____, entre as datas de 23 de julho a 25 de agosto, concordo em respeitar a trilha, meus companheiros trilheiros e a natureza. Compreendo que brigas, armas, drogas e/ou confraternização com outros trilheiros podem resultar na expulsão do programa. Em caso de expulsão, nenhuma hora será creditada ainda que o serviço seja compulsório.

Assinado,

Ainda não assinei. Porque eu não *concordo*. Porque, mesmo que não seja compulsório, não parece ser uma escolha. E também porque colocar o meu nome nesse documento traria uma sensação de encerramento. Como se todas as coisas das quais venho fugindo enfim estivessem aqui, me obrigando a encará-las na forma de tinta preta no papel. Falhas que tenho de reconhecer.

Falhei em me formar no ensino médio. Confere.

Perdi meu emprego na floricultura de um amigo da família. Confere.

Antissocial. Deprimida. Crises de raiva. Sem qualquer perspectiva. Confere.

Mas dá para resumir tudo isso em três palavras.

Meu pai morreu. Confere.

Minha mãe não sabe o que fazer comigo, mas, para ser justa com ela, eu também não.

Ela está torcendo para que Bear Creek seja aquilo que vai me consertar.

Me salvar.

E agora ela me lança um sorriso tenso do banco do motorista.

— Querida? — Sua voz soa preocupada e gentil. Coisas que sei que ela não é.

Desde que papai morreu, ela tem se comportado de modo completamente diferente. Parece mais um animal selvagem encurralado.

— Estou bem, mãe.

— Bem? — repete, como se eu tivesse acabado de inventar uma palavra.

Não estou bem. Tinha planos de passar o meu verão mergulhada na tristeza e procurando maneiras de não me perder nela. Ou, como minha mãe gosta de dizer, "me metendo em encrenca".

Como é que alguém se *mete* em encrenca? Mas foi nesse acordo que chegamos: Bear Creek. E daí vou conseguir o que quero: que ela pare de me perguntar qual vai ser o meu próximo passo.

Se digo que não sei, ela me dá uma *lista* de coisas. Eu deveria fazer novos amigos. Eu deveria me adaptar ao meu novo normal. Eu deveria me inscrever em um programa supletivo e procurar um emprego.

Mas ela não sabe da outra lista.

Quando fecho os olhos, consigo vê-la ao lado da cama do papai. Escrito com o seu garrancho, está tudo o que ele queria fazer antes de morrer. E, lá embaixo...

Percorrer a Trilha de Western Sierra com Atlas.

Essa é a verdadeira razão para eu ter concordado em vir aqui quase sem discutir, mas também é o motivo pelo qual não sinto que eu tenha escolha. Este verão é a última coisa que meu pai está me pedindo para fazer. Completar a lista dele. Percorrer a trilha.

E é por isso que Bear Creek parece compulsório.

Olho mais uma vez para o papel e meus olhos pousam sobre o último dia do programa. Vinte e cinco de agosto.

Preciso estar em um lugar específico no dia trinta.

Com um longo suspiro, forço um sorriso.

— Não estou preocupada — digo para mamãe. — São apenas quatro semanas.

Não me lembro exatamente de quando comecei a mentir. Talvez um tempo depois da morte do meu pai. Agora parece que essa é a única coisa que faço.

Minha mãe pega uma saída na rodovia e entra numa estrada de terra que logo se abre em um lindo vale. Ela então estaciona e ambas saímos do carro, seguindo um caminho estreito que desaparece entre pinheiros e arbustos densos. Há uma placa de madeira escura na qual se lê BEAR CREEK, com entalhes simples de uma tenda e de uma lua crescente logo acima.

Tenho lembranças dessas colinas e trilhas de muitos verões passados. É como se o meu corpo carregasse as memórias deste lugar. Afasto as sensações que parecem estar prestes a explodir na ponta de meus dedos.

Pequenas construções de madeira salpicam o vale ao lado de gigantescos abetos-do-colorado e pinheiros-amarelos-do--oeste retorcidos. Toda a vegetação compete com as grandes montanhas de granito que reluzem sob a luz como se alguém tivesse jogado purpurina nelas. Um belo rio, cujas margens são ladeadas por álamos, atravessa a parte central. Confiro o celular que estava no bolso traseiro.

Sem sinal. Nem um tracinho sequer.

Minha mãe olha para mim e franze a testa.

— Você não vai precisar disso.

A verdade nas palavras dela ecoa na solidão que sinto em meu peito. Não tenho mesmo ninguém para quem ligar.

Ela puxa minha mala do porta-malas e a coloca na estrada de terra com um baque. A bagagem prateada brilha sob o sol forte da Califórnia, enquanto ele se põe no horizonte árido e anuncia a todos que ali não é o seu lugar. Não consigo deixar de perceber as semelhanças entre nós.

Começou a época mais quente do verão da Califórnia. Quando o calor se assenta e nunca arrefece, mesmo na escuridão da noite. Consigo sentir os raio de sol traiçoeiros espraiando pelo céu azul sobre nós enquanto permanecemos paradas em frente ao portão.

— Como você mesma disse, são só quatro semanas. Qualquer pessoa pode fazer o que for por quatro semanas — comenta mamãe, depois repete a minha mentira: — Você vai ficar bem.

Tenho certeza de que não vou, e ouvi-la dizer o que acabei de dizer me deixa irritada.

— Quatro semanas. — Repito como se pudesse contar cada uma das horas nas sílabas. Parece uma quantidade incomensurável de tempo.

Mamãe pega a minha mão e esfrega o polegar nela como se estivesse limpando as inverdades que encravei nas palmas e pudesse escavar meus sentimentos verdadeiros. Com um suspiro profundo, ela olha ao redor e diz:

— Pelo menos aqui é bonito.

Deixo escapar um som que parece soar como concordância, mas mantenho os olhos grudados no chão. Não quero vislumbrar o vale tão *bonito*.

— Estarei lá no final da trilha para te buscar e a gente pode ir...

Engulo em seco ao sentir que ela está aproximando o dedo da minha ferida.

O mapa de nós dois **13**

— Mãe — interrompo-a com firmeza. Não quero discutir com ela; não sobre o que vai acontecer depois disso. Não agora.

Ela ajusta os óculos, empurrando para cima no nariz, e deixa escapar um suspiro.

— Tá bom, tá bom — sussurra, praticamente falando consigo mesma. Um hábito que criou desde que começou a fazer terapia para lidar com o luto.

— Você nem vai perceber que não estou em casa — digo a ela. Então acrescento: — Vou me comportar.

Não sei por que digo isso. Talvez seja apenas um reflexo remanescente de quando papai estava doente e levei um tempão tentando impedir que ela desmoronasse. E a verdade é que, apesar do cânion que se formou entre nós, estou preocupada. Ela vai voltar para casa sozinha. Vasculho seus olhos em busca da mãe que eu conhecia, a lutadora, mas tudo o que enxergo são as rachaduras, fraturas e estilhaços de uma mulher que costumava ser invencível.

Manter-se ocupada é uma ferramenta poderosa para barrar as emoções, mas quando acaba, você fica sem nada. É uma sensação que conheço muito bem.

Um garoto alto com o cabelo cortado em um degradê passa por nós e algo metálico reflete a luz. O piercing no seu septo nasal. Ele é a terceira pessoa a subir pela trilha até o acampamento, então sei que é hora de mamãe e eu nos despedirmos.

Minha mãe me abraça, e eu respiro fundo, sentindo os cheiros que são simplesmente ela. Contratipo do perfume Chanel e algo doce.

Aperto os dedos contra o tecido fino de sua blusa. Enfio o rosto em seu pescoço. Mesmo que mamãe e eu estejamos com dificuldades de nos entender, ela ainda é tudo o que tenho.

Não vou chorar. Não vou deixá-la ver como estou nervosa. Pego o meu medo e visto-o como uma armadura. Porque se eu fraquejar, ela vai fraquejar, e aí o que vem em seguida? O que acontece quando nosso sofrimento afogar a nós duas?

Nada.

Ninguém volta do mundo dos mortos, então para que isso?

Quando minha mãe me solta, ela passa uma das mãos pelo meu rosto e a pousa em minha bochecha.

— Ok. — Com um suspiro profundo, ela me encoraja: — Vai lá ser boazinha.

Boa.

E não ruim.

Como eu sou.

2

Eu arrasto a mala pelo caminho acidentado e minha ficha vai caindo, a cada solavanco, de que fiz a escolha errada ao trazê-la para cá, até que chego em um pátio.

Há uma árvore gigantesca no centro, cercada por uma fileira de prédios rebaixados. Os galhos se erguem em direção ao céu e formam uma teia emaranhada. Cobrem um grande trecho de grama desbotada, com bancos espalhados ao longo dos passeios. As pessoas passam por ali, mas ninguém se detém de fato. O lugar inteiro parece transiente, impermanente.

Aqui é onde as pessoas dão o pontapé inicial, e não a linha de chegada.

Mesas dobráveis sinalizadas por cartazes colados com fita trazem frases como COMECE POR AQUI e SUPRIMENTOS PARA A TRILHA. Há vários jovens parados ao redor, conversando entre si com os ombros tensos. Fico na fila do "comece por aqui" atrás do garoto com o piercing no nariz.

Quando chega a minha vez, me vejo diante de uma mulher que empunha um marca-texto amarelo como se fosse uma espada.

— Nome? — Ela parece fisicamente incapaz de sorrir ao continuar: — O apelido. *Não o seu nome verdadeiro.*

— Saquei. — Umedeço os lábios, sinto minha língua embolar ao pensar no apelido. Isso faz parte do teste. A nova identidade que me foi oferecida em um contrato que ainda não assinei. — *Mapas.*

Ela lança um olhar breve para o papel à sua frente e marca algo antes de franzir a testa.

— Aqui diz que você precisa ir ver o Joe. — Ela me olha da cabeça aos pés e inclina o rosto, curiosa.

— Joe? — Não faço ideia de por que estou bancando a idiota. Eu sei quem é *Joe*. Mas algo na expressão da mulher me faz sentir que não é uma boa ideia mostrar o que sei.

Ela aponta o marca-texto para o outro lado do pátio, na direção de uma construção em forma de A um pouco mais afastada das demais. Uma placa sobre a porta anuncia: ESCRITÓRIO.

Enquanto caminho para lá, passo por um monte de gente parada sob a árvore grande, tentando fugir do calor. Alguns carregam pequenas bolsas de viagem, outros têm mochilões, mas ninguém trouxe uma mala. Só eu.

Abro a porta de correr de vidro e tiro um momento para sentir o frescor do ar-condicionado na pele. Meus olhos se ajustam à escuridão, e meus ouvidos, ao silêncio.

O escritório de Joe. Já estive aqui, mas nunca desse jeito.

Nunca como uma participante do programa *dele*.

Móveis antigos e relíquias tecnológicas preenchem o cômodo, e em sua escrivaninha há um monitor gigantesco de cor creme. O enorme mapa atarraxado ao painel de madeira na parede foi desenhado em tons sóbrios de marrom, azul e verde para que desse a impressão de ser vintage. No centro está o Lago Bear, com um X gigante marcando o Acampamento de Bear Creek. Sobre o X lê-se: *Paraíso na Terra*.

Mas este mapa não é antigo, é apenas aparência. Sei disso porque nunca o vi antes. Essa patifaria chamada de mapa não passa de uma grande farsa.

O que, pelo jeito, é uma constante na minha vida.

Sobre a escrivaninha, com a parte de trás virada para a porta, há um porta-retratos de metal prateado. Meu estômago embrulha e revira quando entendo o que é.

Uma foto de Joe. Do meu pai. Minha.

Não devo ter mais de seis anos nela e estou sentada no chão entre os dois, meu pai usa o chapéu de pescador verde-oliva que nunca saía de sua cabeça. Sinto um formigamento na ponta dos dedos, como sempre acontece quando uma memória de meu pai me pega desprevenida. Estico o braço na direção do porta-retratos, mas antes que possa pegá-lo, escuto...

— Não toque nas minhas coisas.

Joe entra por uma pequena porta, franzindo a testa para mim.

— Atlas.

Encolho os dedos e escondo um punho fechado às minhas costas.

— Meu nome aqui é *Mapas*. Lembra?

O coordenador do programa e melhor amigo do meu pai permanece atrás de sua escrivaninha bagunçada, com as mãos nos quadris e os olhos semicerrados. A bandana azul ao redor de seu pescoço está manchada de suor e sua bermuda cargo tem um grande rasgo na parte de baixo. Joe não tem cara de ser o diretor de um programa de parques ambientais financiado por milhões de dólares de dinheiro público. Ele parece mais um sem-teto.

Ele olha para a minha mala prateada.

— Você sabe que vai fazer uma trilha, né?

Paro em frente à minha mala, bloqueando a vista dele.

— Sei disso — respondo.

— Como você está? — pergunta Joe, mas de um jeito retraído. Como se soubesse que tem a *obrigação* de perguntar, mas não quisesse de fato ouvir a verdade.

— Estou bem.

— Bem — repete ele.

Por um instante, acho que ele vai dizer alguma coisa. Que vai me fazer confessar minha mentira e que estou distorcendo o significado da palavra *bem* até ela ficar parecida com os nós retorcidos que crescem na casca dos pinheiros por aqui. Ou pior: que ele vai me perguntar sobre o meu pai. Minha garganta dói e olho para qualquer coisa que não seja Joe.

— É sério? Você tá bem? — Ele me observa. — Você não tá com raiva? Por causa do... — Ele gesticula com as mãos em nenhuma direção específica.

Ah. Joe está falando de Bear Creek.

— É óbvio que tô com raiva. A minha mãe praticamente me extorquiu pra participar dessa porra de programa. — Mas toco com a mão a lista que guardo no bolso. A lista do meu pai. Fecho os dedos ao redor dela como se Joe tivesse visão de raio-X e pudesse vê-la ali.

Ele balança a cabeça.

— Aí você já está exagerando. Até onde eu sei, você tem feito o maior auê.

— *O maior auê?* — Solto uma risada. — As pessoas ainda usam essa gíria?

— Você vai me dar trabalho, Fora da Lei?

Cerro os dentes. É o apelido pelo qual meu pai me chamava, a mesma expressão que me lembra os milhares de filmes faroeste "espaguete" a que assisti no colo dele e de fazer arminha com os dedos em chás da tarde.

— Mapas — corrijo.

— Seu nome não é Mapas até você assinar o acordo. — Joe se inclina para a frente com os punhos sobre a mesa. — Se você não quiser participar, se não levar essa história a sério, vai ser mandada de volta para casa. E isso seria uma perda de tempo para mim e para você.

— Beleza. Nada de brigas, drogas nem sexo. — É ridículo que ele esteja me pedindo para *querer* isso. Eu não *quero* estar aqui. Não *quero* fazer trilha o meu verão inteiro. Eu não *quero* ter um pai morto. Mas ninguém se importa com o que eu quero. — Estou aqui, não estou? No seu campo de trabalho forçado não remunerado?

— Não remunerado? — Joe ri. — Isso não é de graça. Este é o maior programa de conservação ambiental no país. Tem gente vindo de tudo o que é canto para participar. Tenho uma

O mapa de nós dois **19**

lista de espera com duzentos nomes aguardando. Eu te dei prioridade nela porque seu pai é um dos meus melhores amigos e ele...

É. Caramba, odeio como as pessoas não param de confundir os tempos verbais no presente e no pretérito.

Joe pigarreia.

— O que me lembra de uma coisa. — O olhar dele recai sobre a foto na escrivaninha quase que por impulso. — Não diga a ninguém que você me conhece. Ou que o seu pai...

— Por quê? — interrompo.

O telefone toca. Ele pega o aparelho e o abaixa no gancho logo depois.

— Não quero que pensem que estou fazendo um favor para você.

— Mas você está — pressiono. E por um acaso ele agora desliga mesmo o telefone na cara das pessoas?

— Porque... — O aparelho toca outra vez e ele repete o processo.

— Você não precisa atender essa ligação, não?

— Cacete, Atlas. Já deu, né?

— Mapas.

— Ainda não. — Ele solta um suspiro pesaroso. Um lufar longo que ressoa pela sala. — Você poderia apenas seguir as regras e fingir que você não é... sabe, *você*?

Você. Dói, mas me obrigo a sorrir.

— A primeira regra de uma seita é destituir seus seguidores da própria identidade.

Ele não sorri e sinto o meu sorriso sumir logo em seguida. Joe pega uma folha de papel e a coloca sobre a escrivaninha. É o contrato de voluntariado de Bear Creek.

Ele me estende uma caneta.

— Se assinar, você está dentro. E se estiver dentro, você se chama Mapas.

— Esses apelidos são idiotas. — Jogo um insulto gratuito.

— Esses apelidos foram ideia do seu pai. — As palavras dele se voltam contra mim, cortantes. Ele respira fundo. — Quem você é ou o que você fez, nada disso importa aqui. Os apelidos são uma folha em branco. Não há passado, história ou julgamento.

A última palavra gruda em minha mente como chiclete na sola do sapato. Mas posso escutar a voz de meu pai nas palavras de Joe.

Mapas. Que ridículo. Pego a caneta e em grandes letras de forma escrevo MAPAS no espaço em branco reservado para o meu nome. E encaro a folha. Mapas. Quem é ela? Será que tem amigos? Será que tem um pai morto? Será que é uma fodida que foi enviada para fazer serviço comunitário?

Decido que Mapas pode ser o que eu bem quiser.

Com a caneta, assino o contrato e decido: Mapas está *bem*.

3

No adesivo que seguro se lê: *Olá! Meu nome é* MAPAS. Há uma bola azul vibrante bem ao lado. Colo-a em meu peito e imediatamente me sinto como se estivesse fazendo cosplay.

Estranhos com suas latinhas de refrigerante ou água com gás e adesivos semelhantes ao meu lotam o pátio, batendo papo sobre seus novos apelidos, como Rio, Biscoito e Balde.

Converso com uma pessoa chamada Chave. O círculo em seu adesivo é vermelho e ela me conta que isso indica a trilha a que foi atribuída.

— Você é azul. — Ela soa desapontada ao dizer isso, e, estranhamente, fico contente por ela ter torcido para eu estar na mesma trilha que ela.

Chave aponta para uma pessoa sem adesivo colorido.

— São os líderes de trilha. — Ela então explica que se trata de pessoas que já participaram do programa antes. Uma garota sem adesivo e com trança dupla à francesa ri de algo dito pela mulher que vi mais cedo com a caneta marca-texto.

— Como a gente sabe quem vai ser o líder da nossa? — pergunto.

— A gente não sabe. Eles são escolhidos antes da gente partir.

Assinto com a cabeça quando Chave pede licença e se afasta, provavelmente em busca de alguém com um adesivo vermelho. Logo me vejo parada no meio da multidão, com uma lata de Sprite em uma das mãos e a minha dignidade na outra.

Estou acostumada a me sentir deslocada, habituada a sentir como se a vida estivesse acontecendo um pouco além de mim mesma, mas aqui a sensação toma um aspecto físico. O adesivo colorido em meu peito não parece ser igual ao de mais ninguém. Ouço sussurros a respeito da minha mala e de repente eu só... preciso de um minuto sozinha.

Um minuto para pensar.

Finjo andar decididamente em direção a um prédio com uma placa onde se lê LATRINAS, mas, em vez de entrar, jogo a minha lata de refrigerante praticamente cheia no lixo e vou para a parte dos fundos, apoiando as costas no tapume com revestimento de madeira.

— Beleza — ouço-me dizer em voz alta. — Está tudo bem.

Minha mais nova palavra favorita.

Uma respiração profunda. Duas. Três. Isso não é um ataque de pânico, não importa o quanto minha psicóloga adore dizer o contrário.

Abro os olhos e pego um pacote de cigarros amassados no meu bolso traseiro. Esse pacote não é exatamente meu, eu só o encontrei escondido no console central da caminhonete do meu pai. Eu não sabia que ele fumava. Lembro de pegar o pacote dali e ficar encarando a embalagem amarela. Uma parte da vida do meu pai que eu não conseguia reconhecer ou compreender. Como uma peça de quebra-cabeças que não se encaixava em lugar nenhum. Por que estavam aqui? Será que ele sempre fumou? Foi essa a causa do câncer?

Mas ele não estava mais por perto para responder qualquer pergunta. E quando a minha mãe apareceu do lado de fora da caminhonete, escondi o pacote às minhas costas. Não sei por que não contei a ela. Ou por que guardei o pacote de cigarros, exceto pelo fato de que isso era como um segredo entre meu pai e eu. Um segredo que me permitia fingir...

— Você não pode fumar aqui.

O mapa de nós dois **23**

Quando ergo o olhar, um garoto está caminhando na minha direção. Seu cabelo dourado combina com o bronzeado de sua pele, e uma camiseta cinza-escuro cobre seus ombros largos.

Ele para e percebo que suas botas de trilha desgastadas apontam para os meus sapatos novinhos em folha. A coisa verdadeira comparada com a farsa. Ele olha para a etiqueta com o meu nome e para o maço de cigarros que tenho em mãos. Quando seu olhar encontra o meu, parece cansado.

— Ah, eu não ia... Eu não... — *Porra.* Deixo escapar uma risadinha. — Isso... Isso não é meu.

Uma pequena ruga aparece entre suas sobrancelhas escuras.

— Não é seu? — repete ele.

— Isso... — Como é que vou explicar? — Eu não ia fumar. Eu não fumo.

Ele acena com a cabeça na minha direção e olha outra vez para o maço. Olho para o seu peito, buscando uma etiqueta, mas não há nenhuma. De repente, não sei por que estou tentando me explicar para ele.

— Eu não acendi nenhum. — Minhas palavras soam petulantes.

— É proibido fumar em qualquer parte da trilha ou nas montanhas. — Ele tira o maço da minha mão. — E você não pode ficar aqui atrás.

Estendo as mãos para pegar o pacote de volta, mas ele já saiu andando em direção à multidão.

— Ei! — grito, mas o garoto nem mesmo se vira enquanto esmaga o pacote de American Spirit em seu punho fechado. — Merda.

Me apoio de novo na parede e pressiono a base das mãos contra os olhos. Não quero chorar, mas não é só isso: não posso chorar. Muita gente vai perceber. E eu com certeza não posso ficar aqui para sempre. Respirando fundo, caminho de volta em direção ao grupo.

Uma garota de cabelo verde-claro me observa com curiosidade. Seus olhos estão bastante marcados com delineador preto e ela usa equipamento atlético caro e botas de trilha de alta qualidade, mas que estão usados e gastos. Ela não é uma farsa.

A garota dá três passos largos até parar bem na minha frente.

— Azul. — Ela aponta para o meu adesivo com um sorriso e então aponta para o sinal de mesma cor em seu peito. — Falei pro Joe me colocar com um pessoal legal e você parece ser.

— Legal?

Eu não pareço nada legal. Estou vestindo uma bermuda jeans enquanto todo mundo está de leggings cara. Uso uma camiseta grande demais para mim e meu cabelo castanho está bagunçado e não tem nada de especial. Ao lado dela, pareço sem graça. Me obrigo a não me remexer e ajeitar a camiseta, que caiu pelo meu ombro.

Mas a garota ignora a minha pergunta.

— Pois vou te dizer que o Joe adora punir as pessoas. No ano passado ele não me deixou fazer a trilha. Falou que tinha meninos demais e que não era *seguro*, como se isso não fosse só uma desculpinha do caralho. O nome disso é misoginia. Você conhece o Joe?

— Joe? — Tento acompanhar o seu ritmo.

— Ele administra os acampamentos e as trilhas. Tem um jeito meio malvadão, mas não é. Na maioria das vezes. É só um cara que está de mau humor desde os anos 1980. — Ela sorri para mim. — Eu sou a Docinho.

— Mapas — digo, apontando para o meu adesivo.

— Já encontrou mais alguém de azul?

Balanço a cabeça.

— E você? — pergunto.

— Só você. — Ela aperta os lábios. — O que é preocupante. Qual *é* a do Joe agora?

Mas antes que eu possa oferecer uma teoria, vejo o menino com o piercing no septo.

De porte largo e alto, reconheço-o como a pessoa que passou por nós enquanto entrávamos e que ficou na minha frente na fila para o check-in. Ele se aproxima com determinação e um sorriso.

O mapa de nós dois **25**

— É aqui onde vai rolar a revolução? — Ele entrega uma lata de Sprite para cada uma de nós e suas unhas purpurinadas cor-de-rosa reluzem. Leio em seu peito que seu nome é *Júnior*.

— Revolução? — pergunta Docinho com os olhos semicerrados. Ela aceita a latinha e abre a tampa com um estalo ao puxar o lacre.

Júnior arqueia uma sobrancelha perfeita.

— A garota de faixa de cabelo ali está dizendo que você se voluntariou no ano passado e que é conhecida por gostar de causar um pouquinho de confusão.

A resposta de Docinho sai em um suspiro.

— *Jacks* está com inveja porque não foi esperta o bastante pra fugir da tarefa de escavar fossos. Ela é uma otária. E beija mal pra caramba. — Docinho murmura a última parte para o seu refrigerante.

— Jacks tem cara mesmo de ser boca frouxa — diz Júnior, pensativo, então olha pra mim. — Ela não sabia quem você era, então imagino que seja nova também, né?

— Em Bear Creek — respondo. — Mas não em revoluções.

Ele sorri, emanando o tipo de beleza convidativa que dá vontade de a gente se aproximar mais.

— Eu sou o Júnior.

— Que nem o irmão da Sandy? — pergunto.

Ele não sorri.

— Ou é tipo o cargo Júnior de uma empresa? — pergunta Docinho. — Espera aí, isso é parte do seu nome mesmo? Me diz que você vem de uma longa linhagem de Júniores ou coisa assim, por favor. — O rosto dela continua sério, o que só intensifica a gozação.

— Terminaram?

— É um nome curioso — comenta Docinho como quem está quase arrependida de ter zoado tanto. — Não tem muito a ver com você.

Júnior dá de ombros.

— Pelo visto, nem "Docinho" — diz ele.

— Talvez hoje seja o Dia do Contra? — sugiro.

— O que é o contrário de Mapas? Perdidos? — pergunta Júnior.

Aquilo me faz cerrar os dentes, mas faz sentido. *Perdida*.

Passamos a hora seguinte, o período mais quente da tarde, debaixo da grande árvore, em uma longa conversa fiada que apenas estranhos têm a paciência necessária para participar. Docinho faz menção a uma viagem para a costa e Júnior diz que nunca viu o mar.

— Você mora na Califórnia — diz ela, perplexa. — Não é possível que você *nunca* tenha visto o oceano.

— O estado é grande. — Ele apenas dá de ombros, distraído como se algo tivesse chamado a sua atenção.

Ou alguém.

Dois garotos estão parados ao lado de uma mesa de piquenique. Um deles tem cabelo dourado que cai em cachos nas extremidades de um boné e o outro tem um cabelo preto que não para de tirar de cima dos olhos. No bolso traseiro do loiro estão os cigarros do *meu* pai.

— Quem são *eles*? — pergunta Júnior.

Docinho deixa escapar um suspiro.

— Encrenca de verdade — responde ela. — O loiro se chama Rei e o de cabelo escuro é o Biblioteca.

— Você conhece eles? — pergunto.

— Todo mundo *conhece* eles. — Ela parece meio acanhada. — Mas se você quer saber se eles me conhecem: pra ser sincera, não. Eles restauraram o rio com o Joe no ano passado. — Docinho fica pensativa por um longo período, então se levanta. — Mas eles não são as lideranças que *a gente* quer na nossa trilha.

— Jura? — comenta Júnior, mas não soa muito como uma pergunta. — Porque não sei se sou contra a ideia do carinha de camiseta de mangá me ensinando a usar diferentes ferramentas.

Bufo uma risada.

— Socorro. — Docinho fica na frente de Júnior. — Pode acreditar. Aqueles garotos são... Eles são... — Ela geme.

Júnior a encara com paciência.

— Exemplos. Por favor, me dê motivos para eu não querer o gostoso como meu líder de trilha.

— Biblioteca... o gostoso... — Ela praticamente revira os olhos ao dizer isso. — Ele fez um garoto acordar todos os dias às quatro da manhã pra limpar banheiros públicos ao longo do rio inteiro. Você faz ideia de como são as condições de um banheiro público de um parque estadual?

— Por quê?

— Por que os banheiros...

— Por que ele fez isso?

Ela dá de ombros, cutucando o lacre de sua latinha de refrigerante.

— Ninguém sabe. E o loiro é o queridinho do Joe. No ano passado, ele foi sentenciado judicialmente a fazer este programa. Pelo visto, este ano ele está usando a experiência aqui para obter um estágio em outro programa de conservação ambiental.

— Que nem uma entrevista de emprego? — pergunto.

— Acho que está mais para um teste. Se ele se sair bem, consegue o estágio. Ou seja, se ficarmos com esses dois, vai ser péssimo, difícil e *nada* tranquilo pra gente. A gente quer é aquela menina ali como líder. A Hera. — Docinho aponta para uma garota com o rosto repleto de sardas e cabelos ruivos presos em um coque frouxo no alto da cabeça. — A companheira de trilha dela é a Pomba, e você pode ter certeza de que elas vão escolher uma trilha com banheiros aceitáveis.

— Ela parece ser legal.

— E é, porém o mais importante é que ela não vive pelo programa, como alguns dos outros líderes. O que significa uma trilha *fácil*.

Eu gosto de "fácil". Parece ser exatamente do que preciso. Mas duvido que eu vá conseguir algo assim.

Ao longo da tarde, Joe nos diz que vamos aprender a fazer relatórios e a reparar danos ao longo das trilhas, e que nos próximos quatro dias aprenderemos a caminhar e acampar em segurança.

Assistimos a cinco vídeos sobre segurança sob um pátio coberto e abafado. Eles variam desde incêndios florestais dramáticos criados com efeitos especiais até uma mulher escorregando na trilha e caindo pela lateral do penhasco. No meio disso tudo há um monte de discursos sobre a importância de mantermos as trilhas seguras para os trilheiros e sobre o poder da natureza de curar a alma humana.

Mais ou menos na metade do dia mais chato da minha vida todo mundo decide entrar na fila para pegar picolés. Uma menina atrás de mim praticamente empurra outra garota para tomar o lugar dela.

— Tem alguma coisa com esses picolés que eu não entendi? — pergunto quando uma menina vestida toda de preto corre para ficar na minha frente.

Docinho não responde, só gesticula para que eu olhe para o início da fila.

Biblioteca e Rei enfiam os braços em coolers brancos gigantes e entregam os picolés sem o menor entusiasmo. Júnior sorri para Biblioteca, que lhe dá um de cor azul. Rei me passa um vermelho sem nem sequer olhar para quem está entregando. Eu não agradeço.

Queria que ele me devolvesse os cigarros do meu pai.

Então voltamos a assistir aos vídeos que explicam termos que precisamos conhecer. Tudo tem nomes bobos, tipo jusante, mata ciliar e fossa negra.

Docinho parece dormir sentada enquanto Júnior narra tudo com comentários inapropriados. Ele decidiu que estamos na verdade vendo vídeos educativos sobre como evitar ISTs.

— Eu conheci um cara que tinha uma grande fossa, mas ele chamava isso de...

Dou um empurrão no ombro dele antes que consiga concluir o raciocínio.

O mapa de nós dois **29**

Por causa do falatório de Júnior, recebemos um olhar atravessado de Joe.

Os líderes de trilha demonstram como usar uma bomba d'água, as proporções de hipoclorito de sódio em relação à de água e quanto tempo devemos deixar o produto químico agir antes que seja apropriado bebê-la. Faço uma careta. Está quente e a minha pele parece ressecada que nem papel. A água que me deram já está morna e só quero que isso aqui *acabe*.

Finalmente chega a hora do jantar. Ficamos de pé numa longa fila em frente a uma grelha e escolhemos entre cachorro-quente de verdade ou vegetariano.

— Te dou as minhas batatas chips se você me der o seu cookie — diz Júnior a Docinho.

Ela assente e eles fazem a troca. Então comemos sentados no chão sob a sombra da árvore, em silêncio.

Há algo no jeito como o calor gruda na pele e na camada de sujeira sobre ela que me provoca uma sensação familiar e triste.

Aqui fora, a memória do meu pai é barulhenta. Ela grita mais alto do que a brisa, do que o barulho do rio e das conversas em voz baixa. Não consigo evitar de pensar em todas as refeições que comi com ele em caminhadas, escutando o silêncio que se manifesta apenas nesse tipo de quietude.

A mente não funciona direito quando há barulho demais.

Eu odeio o silêncio. Não quero que a minha mente funcione. Pigarreio.

— Se vocês pudessem escolher qualquer animal pra ser seu bicho de estimação, qual seria? — pergunto só pra que alguém fale alguma coisa. Mas assim que as palavras deixam a minha boca, me arrependo. *Esquisita*. Eu sou esquisita. Eles vão achar que...

Júnior me encara pensativamente e me preparo para o que vai dizer.

— O bicho me ama? Ou quer me comer?

Demoro um segundo para perceber que ele está falando sério.

— Ele te ama — digo. — Óbvio.

— Jacaré — responde Júnior sem pensar.

— Elefante — diz Docinho.

Assinto com a cabeça.

— Eu quero um tigre.

— Que sem graça — provoca Júnior. — Tem gente que tem mesmo tigres de estimação por aí. Esse papo só deixou óbvio pra nós que você é do tipo que prefere gatos.

— Tá bom. — Reviro os olhos. — Uma orca.

— E onde você vai guardar uma baleia? — Docinho aponta seu cachorro-quente na minha direção.

Fico boquiaberta com o comentário.

— Você escolheu um elefante. Vou guardar meu mamífero gigante no mesmo lugar que o seu.

Júnior rebate:

— Sua baleia morreria em terra firme.

— Esse jogo é abstrato por natureza! — exclamo. — Não tô respondendo *literalmente*.

— Além disso — prossegue Júnior —, você nitidamente nunca assistiu àquele documentário sobre a orca que é uma assassina em série.

— Você escolheu um *jacaré*!

Júnior dá de ombros.

— Mas um jacaré que me *ama*.

Depois do jantar, somos instruídos a encontrar um lugar para dormir no alojamento, que não passa de um cômodo enorme com fileiras de beliches capengas de metal. Júnior, Docinho e eu encontramos lugares no fundo. Abro a mala para pegar minha escova de dentes e um sabonete para o rosto.

— Qual é a da mala? — pergunta Docinho.

Dou de ombros. Não sinto a menor vontade de explicar como ela ficou parada ao lado da porta de entrada da nossa casa todos os dias por um ano, esperando pela viagem que meu pai jamais faria.

A caminho do banheiro para me trocar, passo por Rei e Biblioteca. Os dois estão voltando para o alojamento, e Rei está

O mapa de nós dois **31**

com o cabelo molhado encaracolando na nuca e uma camisa que gruda na pele.

Ofereço um sorrisinho, mas nenhum dos dois o retribuem, e quando olho para trás, Biblioteca murmura alguma coisa para o amigo, que simplesmente balança a cabeça.

Não consigo deixar de sentir que estão conversando sobre mim. Sobre os cigarros. Digo a mim mesma que não tem importância. Depois de mais quatro dias, nunca mais vou vê-los — e nem os cigarros do meu pai — outra vez.

Quando retorno para o alojamento, Docinho e Júnior estão sentados na cama dele, com as pernas para fora do colchão e as costas apoiadas na parede de madeira que deixa a luz passar nos espaços em que o material acabou encolhendo com o tempo.

Vou para o outro lado de Júnior.

— As coisas são sempre desse jeito? — pergunto a Docinho.

— Mais ou menos. — A cabeça dela bate gentilmente na parede às suas costas. — Tudo muda quando todo mundo estiver na trilha. É menos caótico. É menos tudo. E há mais trabalho.

Júnior deixa escapar um assobio baixinho.

— É melhor do que ficar em casa.

Docinho solta um murmúrio em concordância.

— Qualquer coisa é melhor do que estar em casa — diz ela.

E, sentada ali com eles, fico pensando nas coisas que poderiam ser melhores do que *casa* para os dois. No entanto, nenhum de nós pergunta, porque este é o tipo de coisa que não se conversa com estranhos.

Estranhos não compartilham a verdade.

4

Nos últimos três dias em Bear Creek, a coisa mais importante que aprendi não tem nada a ver com a natureza.

Entre lições sobre desenvolver *olhos de trilheiro* ou perceber *sinais de erosão*, fui iniciada no significado secreto dos picolés: que parecem ser a coisa mais importante do mundo por aqui. Esses tubinhos longos de plástico com suco congelado em cores e sabores artificiais são a única coisa que mantém todo mundo acordado ao longo dos tutoriais maçantes em meio ao calorão.

A mistura açucarada e geladinha é distribuída duas vezes ao dia. A ideia é funcionarem como uma recompensa. Mas, para Júnior, eles são um sinal. Uma mensagem secreta. Ele para à nossa frente, segurando um picolé vermelho brilhante.

— Vermelho. Porra de *vermelho*.

Docinho lhe lança um olhar paciente enquanto morde um pedaço de seu picolé cor-de-rosa. Ele faz uma careta enojada enquanto a observa mastigar. Estamos sentados debaixo de um carvalho com uma copa enorme, ignorando os assentos das mesas de piquenique e sentados no tampo.

— Não entendi — digo aos dois. — Vermelho? Significa alguma coisa?

Júnior estreita os olhos para mim como se eu tivesse falado a coisa mais absurda do mundo.

O mapa de nós dois **33**

— Se significa alguma coisa? Sim, Mapas. É vermelho. *Vermelho*. A mais cobiçada das cores de picolé. E já é a quarta vez, *seguida*, que ele me entrega um vermelho.

Olho de novo para a fila de gente que ainda aguarda para que os dois garotos lhe deem picolés.

Rei e Biblioteca.

Eles têm em mãos alguma espécie de poder misterioso por serem os encarregados de distribuir nossas guloseimas.

E por não conversarem com mais ninguém além de um com o outro. Eles exalam mistério e histórias contadas aos sussurros sobre limpeza de banheiros e estágios cobiçados.

Observamos Biblioteca passar um picolé amarelo para alguém e Júnior abre bem as mãos.

— Viu só?

— É oficial então — comento. — Ele te ama. Quando vai ser o casamento?

O rosto de Docinho fica sério.

— Você vai ficar lindo de branco.

Júnior sacode seu picolé em nossa direção.

— Odeio vocês duas e héteros são realmente insuportáveis.

Docinho franze a testa.

— Como *ousa* presumir que sou hétero?! — rebate ela.

Júnior a ignora.

— Vermelho. Tem que significar alguma coisa, né?

— Tem certeza de que ele... — Hesito.

— *Joga no meu time?* Sim. Ele é gato demais pra ser tão *otaku* e não gostar de meninos.

— Acho que isso não tem nada a ver. Parece ser só um estereótipo.

Júnior me lança um olhar convencido.

— Diz a garota com o picolé azul — responde.

— E eu continuo sem entender essa sua hierarquia de cores. Azul é *bom* ou *ruim*?

Docinho põe a mão gelada na minha perna nua.

— Todo mundo sabe que azul é a segunda melhor cor que existe — responde ela.

— Isso tá tipo numa página da Wikipédia que todo mundo leu? — pergunto.

— Ah! — exclama Docinho para Júnior. — Hoje à tarde, seja lá qual for a cor que ele te ofereça, mencione casualmente que é a sua favorita.

— Boa! — concorda Júnior, imediatamente compreendendo algum plano enquanto eu estou boiando total no assunto.

— E aí, se ele me der essa mesma cor no último dia, vamos saber que está fazendo de propósito.

Há tantas falhas nesse plano. Muitas mesmo.

— E se você acabar na fila do outro? — pergunto.

— Do *outro*. — Docinho arqueia uma das sobrancelhas. — Você diz o *Rei*?

Ela me pegou observando Rei enquanto ele carregava coolers pesados para fora do escritório de Joe no nosso segundo dia aqui. Não é culpa minha que ele não seja fã de mangas compridas.

— Por acaso o Rei te deu esse picolé azul? — pergunta Júnior, mordendo o dele.

Posso sentir o rubor tomando conta do meu rosto.

— Não sei.

— Que cor você pegou ontem? — pergunta ele.

— Sei lá! Amarelo? — Quando foi que eu virei o centro das atenções nessa conversa?

— Mentirosa, você ganhou vermelho! — Ele está agindo como se fosse um advogado que pegou no flagra uma testemunha mentindo no interrogatório. — Me lembro muito bem porque os seus dentes ficaram manchados até a hora da janta!

Fico de pé.

— Eu não lembro porque picolés são só picolés! — exclamo.

No entanto, as palavras dele se alojam no meu cérebro como se fossem vermes, devorando lentamente todos os meus pensamentos razoáveis e racionais.

O mapa de nós dois **35**

E mais tarde no mesmo dia, quando Rei me entrega um cor-de-rosa, fico encarando o picolé e tentando descobrir seu significado.

Júnior pega um verde.

Ele geme.

— Sou um idiota.

Docinho não consegue parar de rir quando nos sentamos juntos na mesa que estou começando a considerar o nosso lugar. Aqui é um pouquinho mais fresco do que ficar bem debaixo do sol.

— Isso é verde-limão! Ninguém gosta de verde-limão! — exclama ela.

Júnior fala devagar, como se ainda estivesse tentando entender o que aconteceu:

— Ele me entregou o picolé e eu falei: *Valeu, adoro verde.* — Seus olhos se arregalam. — *Valeu?* Eu disse *valeu.*

Todo o seu rosto desmorona numa expressão de puro horror.

— Duvido que ele sequer tenha escutado — digo, tentando ajudar.

— Isso é ainda pior! — Ele se senta ao meu lado no tampo da mesa, com os cotovelos apoiados nos joelhos e a cabeça nas mãos.

— Pior como?

— Porque isso significaria que ele não estava nem prestando atenção em mim. — Júnior deixa escapar um suspiro profundo. — Acho que vou só caminhar até o fundo do rio, devagar...

— E com muito drama — Docinho interpela com um assentir sério de cabeça.

— ... com pedras nos bolsos, e deixar o meu belo e jovem fantasma assombrar tragicamente este acampamento.

— É um compromisso e tanto — aponto.

No dia seguinte, Júnior entra na fila e... ganha um picolé verde.

Balançando a cabeça, ele fica olhando para a sobremesa.

— Odeio verde. — Mas dá para notar um sorrisinho se infiltrando em seus lábios.

— Quer trocar? — pergunto, estendendo um vermelho para ele.

Júnior faz careta ao morder o picolé verde-limão que segura.

— Foi o Rei quem te deu?

— Não sei — minto.

Júnior abre a boca, mas antes que possa responder, Docinho aparece diante de nós com um semblante sombrio.

— Tenho más notícias — anuncia ela.

— Quais são? — pergunto.

Ela balança a cabeça para a frente e para trás.

— É bem ruim.

— Fala logo — apressa Júnior.

— Decidiram qual será a nossa trilha e os nossos líderes. E não sei o que é pior. — Esperamos em silêncio que ela termine de contar. Docinho respira fundo e continua: — Vamos fazer a Trilha de Western Sierra. E... vai ser com o Biblioteca e o Rei.

Olho para Júnior, que ainda encara Docinho. Lentamente, um sorriso toma conta do rosto dele.

— Será que é esse o meu momento como protagonista do livro romântico sobre a minha vida?

Docinho revira os olhos.

— Isso não tem nada a ver com romance. Está mais pra um thriller. A Trilha de Western Sierra está fechada há sete anos, desde que ocorreu um incêndio lá. Caminhar por ela vai ser... horrível. Deve ser mal-assombrada.

Docinho e Júnior ficam discutindo sobre a vida selvagem fantasma e se perguntando se há alguma chance de Joe alterar a nossa rota, mas não estou surpresa por termos recebido essa trilha.

Era a trilha que o meu pai nunca se recuperou o suficiente para caminhar novamente.

A mesma que está numa lista no meu bolso traseiro.

E sei que essa é a maneira de Joe de colocar as coisas no lugar.

O mapa de nós dois **37**

5

Joe fica parado na cabeceira de uma mesa de piquenique com as mãos nos quadris como se fosse um Peter Pan idoso.

Em um dos lados da mesa estamos sentados eu, Júnior e Docinho.

No outro, estão Biblioteca e Rei.

Como se fossemos times rivais.

Todos olhamos para baixo, na direção do papel com os nossos nomes, nossa trilha em um mapa e uma lista do que vamos precisar para a caminhada.

— Dividam todo o equipamento entre vocês cinco — ordena Joe, e não consigo deixar de encarar as pessoas com quem estou prestes a desaparecer montanha adentro.

Biblioteca quase parece nervoso e Rei esfrega a pele atrás da orelha. Tento capturar o seu olhar, me perguntando se vou ser capaz de adivinhar se ele vai falar algo sobre os cigarros e que tipo de julgamento ele já fez a meu respeito. Está achando que sou uma má influência? Uma encrenqueira?

Será que ele acha que vou ser um problema?

Quando eu estava na primeira série do ensino médio, uma professora me acusou de matar aula e usar o câncer do meu pai como desculpa. Senti a raiva e a rejeição borbulharem dentro de mim por essa pessoa não conseguir enxergar como eu estava magoada. Em vez de tentar melhorar, eu piorei.

Você não precisa se esforçar tanto para provar que tudo de ruim que pensam de você é verdade, disse minha mãe na época.

O meu pai só balançou a cabeça.

E agora eu não consigo parar de tentar descobrir o que Rei pensa de mim, porque isso vai determinar o tipo de pessoa que serei na Trilha de Western Sierra ao longo do próximo mês. Se devo ou não provar que ele está certo.

Um mês entre estranhos.

E se a gente acabar se odiando? E se nos machucarmos? E se houver uma nevasca e um de nós morrer e aí a gente precisar devorar essa pessoa para sobreviver?

Pelo visto, eu sou a única aqui com perguntas, porque logo Biblioteca apanha a lista e pigarreia.

— Rei e eu podemos carregar as pás e a serra. Júnior parece ser capaz de carregar a água extra. — Ele faz uma pausa e ergue o olhar para Júnior, que levanta as sobrancelhas. Acho que chega a flexionar os braços, mas não sei dizer ao certo.

— Júnior pode carregar as cordas também — prossegue Rei. — Docinho pode levar a comida e os utensílios de cozinha.

— Porque sou uma mulher? — rebate ela.

— Você quer carregar a água? — pergunta Biblioteca com um tom de desafio.

— Quero carregar a serra. — Ela nem sequer pisca ao encará-lo.

Joe bate com os nós dos dedos na mesa duas vezes.

— Comportem-se. Vou dar uma olhada nos outros grupos.

Quando Joe sai, Rei volta a conferir a lista.

— Mapas, consegue carregar as barracas?

Ele faz uma *pergunta*.

— Por que você está fazendo perguntas a ela? — questiona Docinho. — Você não me perguntou nada.

Rei a encara.

— Porque se ela carregar as barracas, isso significa que vai ter a tarefa de montar e desmontar o acampamento. Então preciso perguntar se ela consegue fazer isso.

Todo mundo olha para mim, esperando.

O mapa de nós dois **39**

— Aham. Posso carregar as barracas.

Quão difícil armar uma barraca pode ser? Já vi meu pai fazendo isso um milhão de vezes.

— Eu fico com a bússola — diz Biblioteca.

— Não, você não vai mesmo. — Rei dá uma risada e o rosto de Biblioteca é tomado por outro sorriso que ecoa com uma memória alheia ao restante do grupo. Torna os dois algo mais suave, menos distante. Rei balança a cabeça.

— Tá bom. Entrega pra Menina das Barracas — instrui Biblioteca. — Ela parece ter um senso de direção adequado.

Não digo que estou perdida até mesmo nessa conversa e que não conseguiria encontrar o norte nem se a minha vida dependesse disso. Não confesso que sou incapaz de diferenciar uma estrela de um satélite. O que sai da minha boca é:

— Não me chama de Menina das Barracas.

— Desculpa, *Mapas* — responde Biblioteca, mas não soa nada arrependido.

— Que falta de sutileza — resmunga Docinho. — Mapas. Bússola.

Rei prossegue:

— Na trilha, nós vamos acordar, comer, desmontar o acampamento e então seguir em frente de preferência quando o sol estiver nascendo para evitar os horários mais quentes. Qualquer restauração que fizermos na trilha será de pequeno porte e vamos anotar as de maior porte para que sejam lideradas pelos serviços florestais. À noite, cozinhamos, mas cada um é responsável por lavar os próprios pratos. Se alguém não se sente confortável em dividir uma tenda, fale agora.

Ninguém diz nada.

Joe retorna e nos diz para pegar as nossas coisas. Quando o encontramos em frente ao seu escritório, ele entrega para cada um uma mochila de acampamento feita de lona verde, nos instruindo a levar apenas o essencial.

— Levem apenas o que for absolutamente necessário. Entenderam?

A mochila já vem com coisas tipo escova, pasta de dente e xampu em barra. Me sinto uma idiota com a minha mala aberta na terra, tentando decidir o que vale a pena ter comigo pelas próximas quatro semanas. Uma coleção dos meus pertences mais íntimos estão expostos para quem quiser ver.

Quando ergo o olhar, Rei está de braços cruzados. Me julgando. Arrumo a minha mochila o mais rápido que consigo e fecho o gigante prateado monstruoso que é a minha mala.

— Muito bem — diz Joe. — Agora esvaziem todas as mochilas e nos mostrem o que vocês acham que vão carregar por aí.

— Mas eu acabei de arrumar tudo — resmunga Docinho.

Mesmo assim obedecemos.

Biblioteca e Docinho começam a discutir praticamente na mesma hora. Ela tem uma expressão indignada no rosto quando avança na direção de algo que ele tira de seu alcance.

— O Joe disse que a gente pode trazer o que der pra carregar.

— Isso não — responde Biblioteca, sacudindo para longe dela uma sacola de quatro litros recheada de garrafinhas e potes de cremes de cuidados para a pele.

— Eu preciso disso aí.

Joe se aproxima e pega a sacola.

— E onde é que você vai fazer uma rotina de beleza de dez etapas?

Ela solta uma risada sem humor.

— É importante cuidar da pele — rebate.

— Nenhuma dessas coisas... — Joe estreita os olhos para uma garrafinha, lendo o rótulo. — Sérum hidratante? Não.

— Qual é? — geme Docinho. — Esse clima vai destruir a minha cara.

— Você é nova demais para ser vaidosa assim.

— *Nunca* é cedo demais para se cuidar.

O mapa de nós dois **41**

Ele abaixa o olhar para uma garrafinha sobre a mochila dela. Molho de pimenta.

— *Não.* — Docinho mergulha na direção da garrafa. — Vou ficar com ela. É essencial.

— Ok. Protetor solar. Molho de pimenta. E pronto — conclui Joe, antes de seguir para Júnior.

Docinho solta um palavrão, mas vejo quando ela surrupia um delineador e uma máscara de cílios e os enfia no bolso da frente da mochila. Júnior só está levando roupas, e Joe assente.

— Tem cuecas demais. Você só precisa de duas.

— Que nojento — sussurra Júnior.

— Mais do que você imagina.

E então tenho a visão bloqueada por Rei, que se agacha diante da minha mochila. Ele olha para todas as coisas que decidi que são necessárias com sobrancelhas franzidas. Por alguma razão, só consigo pensar nos picolés vermelhos que ele meu deu. Será que significavam...

Ele pigarreia e percebo que me pegou encarando.

— Spray repelente contra animais de grande porte, canivete suíço, lanterna, pilhas — diz ele, listando as coisas na minha frente. — Celular, carregador, chave de fenda. — Rei solta um suspiro profundo. — Você chegou a ler as regras?

— Li, por quê? — E li mesmo. Não entendo o que ele quer dizer com isso.

— Metade dessas coisas são armas.

— Sim. Para me proteger de predadores — digo com seriedade. Homens nunca se preocupam com essas merdas.

— Três pares de sapatos?

— E se algo acontecer com os que eu estiver usando?

O rosto dele exibe uma expressão confusa.

— Tipo o quê?

Eu não tenho muita certeza, e quando Joe para ao lado da minha mochila, observando-a com a testa franzida, digo a primeira coisa que me vem à mente:

— E se um urso comer?

Joe para e inclina a cabeça como se tentasse me entender.

— Isso me faz pensar que você não sabe o que é um urso.

— Eu sei o que é um urso. — Provavelmente.

— Mapas, você *sabe* que nenhuma dessas porcarias é necessária. Pra onde você acha que vai? Pra um apocalipse zumbi?

— Eu nunca arrumei minha mochila sozinha antes. — Aperto os lábios porque acabei de lembrar Joe de que nunca fiz uma trilha sem o meu pai.

Para ser sincera, não tenho a mínima ideia do que levar. Não me lembro do que ele colocava na mochila. Eu não me lembro... de nada, e me deixa extremamente puta que ele não esteja mais aqui para eu perguntar.

Joe olha diretamente nos meus olhos e depois volta à mochila, com uma expressão mais suave.

— Você vai ter que se livrar de todas as armas. — Ele faz uma pausa e acrescenta: — E cacete, garota. Nada de celular. Como é que você ia carregar esse negócio? Com a porra do sol?

Ele se afasta e fico a sós com Rei. Imaginei que fosse ver um expressão convencida ou arrogante após Joe tê-lo apoiado, mas o rosto de Rei permanece neutro.

— Nada disso — conclui com uma voz profunda e baixa. — Um par de sapatos.

Além de nossos pertences, recebemos itens para todos dividirmos, como repelente de insetos, um tipo de papel higiênico ecológico, um troço imenso cheio de meias. Rei e Biblioteca carregam mochilas com pás, tesouras e até mesmo um martelo. Ninguém menciona que essas coisas também podem ser usadas como armas.

Prendo as barracas, uma azul e a outra vermelha, na minha mochila que quase não fecha de tão estufada. Todo mundo pega suas mochilas e testa o peso, então passo as alças pelos ombros e a coloco nas costas. A sensação é esquisita e nada agradável, mas Docinho tem uma dificuldade imensa ao erguer

O mapa de nós dois **43**

a dela, então conto o fato de conseguir ficar de pé como uma vitória. Júnior parece um cachorrinho tentando pegar o próprio rabo enquanto gira sem parar no mesmo lugar.

Biblioteca e Rei não têm problemas em carregar a bagagem deles. Lógico.

Estou me remexendo no mesmo lugar, tentando equilibrar o peso em minhas costas, quando Júnior se aproxima.

— Aqui — diz ele, ajustando as alças nos meus ombros. — Como está agora?

— Sinceramente? — Eu me movo um pouco. — Melhor. O volume ainda é imenso, mas... melhor.

Ele dá tapinhas no topo da minha cabeça e me dirige um sorriso.

— Que bom.

Júnior se vira, me mostrando a mochila e olhando por cima do ombro.

— Você tá vendo...?

Mas antes que possa terminar a frase, Biblioteca se aproxima dele. Ele estica as mãos na direção das fivelas nos ombros de Júnior.

— Eu não... Eu consigo fazer isso. — Um rubor toma conta do rosto de Júnior enquanto Biblioteca o ignora e invade seu espaço pessoal. O rosto de Júnior cora até ficar todo vermelho. — Eu dou um jeito.

Mas no que diz respeito ao Biblioteca, ele nem sequer parece registrar os protestos enquanto puxa as presilhas.

— Que tal assim? Está bom desse jeito?

Júnior ainda está corado quando responde:

— Aham. — Sua voz soa um tanto grave e sem fôlego.

— Um de vocês bem que podia *me* ajudar — comenta Docinho, e Biblioteca solta Júnior.

— Aqui. — Rei ajusta uma última alça em meu quadril. Seus braços me envolvem enquanto puxa as correias para a frente, e então se afasta. — É só pra ficar mais... estável.

44 KRISTIN DWYER

Ele se vira, flexionando a mão uma vez.

Docinho abre bem os braços.

— É sério isso? — pergunta.

Mais tarde, quando nossas bagagens são guardadas e resolvemos a questão das mochilas, Joe nos oferece um discurso motivacional:

— Amanhã vocês vão querer desistir. Cada parte do corpo de vocês vai dizer que isso não vale a pena e que deveriam voltar pra casa. E a cada dia vocês vão trabalhar com mais afinco do que achavam ser possível. Vocês vão caminhar de dezesseis a vinte e quatro quilômetros por dia com uma mochila de catorze quilos nas costas. E, até mesmo quando pararem de caminhar, vai ser pra trabalhar com as mãos: vão cavar, coletar, enterrar, serrar, limpar, transportar.

— Quanto verbo — comenta Júnior baixinho.

— Vocês vão sentir dor o dia inteiro, então vai chegar um momento em que não vão sentir mais nada. Não se descuidem do próprio corpo. Cuidem dos pés e das mãos. Se se machucarem, vai ser um inferno pra vocês. Vão odiar as refeições e ficar com vontade de conversar sobre fast-food e sobre a comida da mamãe, mas não façam isso. Estejam presentes na trilha. Todos vocês são capazes disso.

Ouvir Joe dizer que acredita que conseguiremos sobreviver em meio à natureza por quatro semanas dá a impressão de alguém nos oferecendo um snorkel quando estamos prestes a mergulhar com tubarões. Todos assentimos e fingimos entender.

Joe coloca uma mão no ombro de Rei.

— Lembre-se de anotar tudo. Você vai se sair bem com...

Rei assente, desviando o olhar.

— Beleza — prossegue Joe. — É só se dedicar e, se rolar qualquer problema, me avisa. Você vai arrasar.

Olho de relance para Docinho, com uma expressão de dúvida. Ela apenas revira os olhos e diz sem emitir som: *Estágio*.

E então Joe faz menção de entregar a bússola para Rei, que balança a cabeça em negativa e aponta para mim. Joe me olha desconfiado.

— Aqui está, Mapas.

O objeto de plástico tem um revestimento para parecer latão e é mais leve do que eu imaginava. Seguro-a no centro da minha palma aberta e escuto a voz do meu pai sussurrando sobre o meu ombro: *Segure com firmeza e ela vai indicar a direção certa.*

O norte, ao que parece, está atrás de mim.

Você consegue. Sua voz é quase como um sussurro na minha mente. Fecho os dedos ao redor da bússola e ergo o olhar na direção das árvores, tentando me distrair. Mas ele também está aqui, pairando por todas essas colinas. Vou precisar passar semanas fazendo trilha com o fantasma do meu pai.

— Preciso ir ao banheiro — anuncio para todo mundo.

Joe sacode a cabeça, mas diz:

— Seja rápida. Já está na hora de partir e você precisa se acostumar a fazer suas necessidades na trilha.

— Ok. — Já estou tirando a mochila e apertando a bússola com uma das mãos. Não sei aonde penso que vou, mas meus pés me levam até o banheiro externo.

Eu atravesso o pátio e passo pelos alojamentos, todos vazios. Parece que todo mundo já deu a largada para suas trilhas, se preparando para caminhar pelo resto do dia. Todas as fileiras de pias do lado de fora do banheiro possuem espelhos manchados de terra e vejo o meu reflexo neles. Meu rosto está pálido — por causa da bússola. Quando entro na pequena construção com cerca de dez compartimentos, uma onda de emoção fica presa em minha garganta como se fosse arame farpado. Não sei se vou conseguir fazer isso. A necessidade esmagadora de me esconder, de cobrir a minha dor de forma que ninguém a veja, parece intransponível. Bem no fundo do cômodo, encontro um compartimento e abaixo a tampa da privada antes de me sentar nela.

Assim que a porta se fecha, sinto as partes de mim que estão machucadas sendo rasgadas em cortes sangrentos que escapam com um soluço. É assim que o luto funciona. Ele te esfaqueia lentamente, enterrando as garras, até que um dia seu corpo decide se livrar dele, te dilacerando de dentro para fora. *Destruição*. É isso o que a morte provoca.

Tento continuar com raiva pelo fato de que sentir saudades do meu pai é tão inconveniente, mas tudo que consigo no fim é ficar acabada e com raiva. A tristeza rola pelo meu rosto em lágrimas espessas enquanto minha respiração sai em lufadas desesperadas.

Gostaria de conseguir antecipar que coisas vão me abalar. Em vez disso, aqui estou eu, chorando por causa de uma porra de bússola.

É tão idiota e sem sentido.

Não sei por quanto tempo fico sentada ali, chorando na privada sem motivo nenhum, sozinha no silêncio desolador do banheiro vazio, mas em algum momento começo a ouvir vozes do lado de fora. Em alto e bom som. O que significa que quem quer que esteja ali consegue me escutar.

Em alto e bom som.

— O que está rolando? — É uma voz masculina. Talvez seja Biblioteca? — Cadê ela?

Merda. Seco o rosto, torcendo para conseguir ficar apresentável nos próximos três segundos, antes de...

— Tá tudo certo. — É a resposta de Rei. — Falei pra ela ir ao alojamento para pegar uma coisa que esqueceu.

Um gemido de frustração, e então:

— Por que você está parado aqui? Tá todo mundo esperando. A gente ainda nem foi pra trilha e você já está...

— Biblioteca — Rei o interrompe. — Só volta logo pro grupo. A gente já vai.

Espero no silêncio que se segue.

Dez, vinte, trinta segundos.

O mapa de nós dois **47**

Respiro fundo e me convenço de que Rei provavelmente já se foi a essa altura. Com Biblioteca. Talvez ele não tenha me ouvido chorar. Talvez ele não saiba...

Saio do banheiro limpando o rosto com a bainha da camisa. Rei está apoiado em uma árvore, os tornozelos cruzados. Os olhos dele encontram os meus, mas apenas por um segundo antes de ele inclinar a cabeça na direção do restante do grupo. Rei esperou. Talvez para que eu entenda que ninguém pode partir até o meu retorno. Talvez para garantir que eu ia sair do banheiro. Talvez porque ele estivesse entediado.

Assinto com a cabeça, tentando fazê-lo perceber que estou bem. Ele dá meia-volta e caminha na direção dos demais, e eu lavo meu rosto inchado com a água fria que sai da torneira enferrujada.

Ele não falou nada. Não me apressou. Nem perguntou. Ele... me deu um tempinho.

Fico me perguntando qual cor de picolé esse gesto teria.

6

A trilha tem uma canção.

O ritmo dos passos no chão. O som do vento nas árvores. Os pássaros e insetos nos contando seus segredos.

Olho para o céu e vejo que o sol já está subindo pelo vale. Começamos a caminhar. Rei e Biblioteca vão na frente. Júnior está na retaguarda. Passam-se quinze minutos antes de pararmos de escutar outras vozes por perto. Depois de quarenta e cinco, o acampamento some lá embaixo. Depois de um tempo, enfim ficamos sozinhos.

Enquanto nos embrenhamos pela trilha, ouvimos esse som. Paramos vez ou outra para que Rei faça anotações no caderno de couro enquanto Biblioteca amarra um barbante vermelho em um galho, árvore ou arbusto.

Os quilômetros andados são sinalizados com pequenas placas de metal nas quais se lê TRILHA DE WESTERN SIERRA em vermelho. Parece até o Olho de Sauron, nos observando. E, abaixo, há placas mais novas, com letras pretas e amarelas que orientam CUIDADO e nos alertam para o fato de que a trilha está fechada e de que estamos invadindo.

Minha mochila escorrega desconfortavelmente nas minhas costas a cada passo. Meus sapatos parecem duros demais. Minhas coxas ardem. Adiante, escuto conversas que ressoam pela metade e nunca se são completamente audíveis na quietude da natureza e em meio à tensão de estranhos que estão a sós.

O mapa de nós dois **49**

De vez em quando, Biblioteca aponta para alguma coisa na trilha e manda um de nós recolher o lixo, que carregamos conosco ou o enfiamos nos bolsos — pequenas coleções de entulho desbotado e latas de cerveja vazias e amassadas. O ar enfim começa a esfriar, assim como o suor grudado no meu corpo. Rei diz para mantermos os nossos olhos de trilha bem abertos e ficarmos atentos a coisas que pareçam perigosas. Lugares que podem estar comprometidos devido à erosão ou a incêndios florestais.

Depois do que pareceram ser umas mil horas, chegamos a uma clareira. O terreno é bem nivelado e perfeito para as tendas. O espaço para uma fogueira já foi escavado e é cercado por um anel de pedras. Liberamos o solo onde iremos acampar e verificamos se as árvores nas proximidades estão danificadas, garantindo que não vão cair sobre nós no meio da noite.

— Mapas — chama Rei. — Monte as barracas.

E então desaparece entre as árvores.

Eu logo descubro que as barracas não vêm com um manual de instruções. Só quilômetros de tecido de PVC e hastes de fibra de vidro. Ninguém presta atenção em mim. Biblioteca mostra a Júnior como fazer uma fogueira enquanto Docinho segura um saco de arroz e uma panela como se fossem coisas de outro planeta. Fico me sentindo um pouco melhor por todo mundo parecer tão confuso quanto eu.

Mas logo o céu se dissolve em um caos de cores e sei que não tenho muito tempo antes de o sol se pôr e me deixar no escuro. A barraca ainda não se transformou numa *barraca* de fato, e começo a perceber que está mais para um cubo mágico. Quando Rei volta com mais madeira, todos parecem ter avançado em suas tarefas, exceto eu.

A fogueira ruge, algo cozinha sobre ela, e eu estou me afogando no lusco-fusco com um abrigo bambo e nada pronto.

Júnior se levanta e faz menção de vir me ajudar, mas Biblioteca o interrompe.

— Não. Ela tem que se virar sozinha.

Júnior faz uma careta que diz "Me desculpa", mas não discute com Biblioteca.

— Você o ajudou com a fogueira — lembro Biblioteca.

— A fogueira é mais complicada do que uma barraca. — Ele se apoia em uma pedra.

Estou tendo dificuldades com as hastes. Frustrada, rebato:

— Acho que é preciso mais de uma pessoa para montar uma barraca!

Não faço ideia de quantas pessoas são de fato necessárias, só sei que espalhei todas as partes da barraca no chão, cruzei as hastes e as coloquei nas linhas de junção do tecido, e ainda assim nada para em pé. Estou prestes a gritar.

— Não é, não — responde Rei, encurvado diante da fogueira.

— O que acontece se ela não conseguir montar a barraca? — pergunta Docinho.

— A gente não dorme nas barracas — responde Biblioteca.

Olho para ele, certa de que ouvi errado. Rei inclina o corpo para trás e respira fundo antes de se levantar. A passos longos, ele vem na minha direção. Ignoro-o e enfio mais uma haste por uma fenda, mas é curta demais.

— Filha da...!

Ele suspira, se inclina, faz alguma coisa no canto da barraca e então faz um gesto para que eu saia de cima. Obedeço, e daí ele ergue a haste e... a barraca fica de pé como num passe de mágica.

Sinto meus olhos se esbugalharem.

— Você conseguiu! — Vou para o canto onde Rei está e me aproximo para poder ver o que ele está vendo. Encosto o ombro no peito dele. — Como é que você fez isso?

Ele recua para longe de mim e franze a testa.

— É sério — digo, erguendo os olhos para ele. — Como?

Rei se afasta mais um passo e gesticula para a parte de baixo da barraca.

O mapa de nós dois **51**

— Use os cantos. — E então se afasta, nitidamente encerrando a conversa.

Eu olho para baixo, tentando entender o que exatamente "use os cantos" quer dizer. Não é como se eu não os estivesse *usando* antes.

— Próxima — ordena Biblioteca, apontando para a outra barraca no chão com a sua colher. Ele já está comendo, com as costas apoiadas em uma tora de madeira e os tornozelos cruzados.

— Mais uma? — gemo de frustração.

Ele ergue a mão como se fosse o Mestre Yoda ou algum outro tipo de líder iluminado.

— É assim que a gente aprende — diz.

A barraca vermelha não é mais fácil do que a anterior e tenho dificuldades de mantê-la de pé.

— Pois fiquem sabendo que vocês são uma bosta como professores — resmungo. — Odiei, *nenhuma estrelinha* pra vocês.

Coloco uma haste na vertical com um puxão e a barraca se ergue meio inclinada, com um dos lados completamente desmoronado. Olho de relance para Rei, que está sentado próximo à fogueira com um caderno e um lápis em mãos. Percebo que seu olhar já está voltado para mim, mas ele desvia o olhar e rabisca algo no papel. Provavelmente um comentário sobre a minha incompetência.

— *Nenhuma* estrelinha — digo entredentes.

Eu como, torcendo para que isso faça eu me sentir melhor, mas sem sucesso. Quando o breu da noite se espalha e garantimos que a fogueira foi apagada, vamos todos para a cama.

Docinho desenrola seu colchonete e o saco de dormir.

— Acho que vai ser melhor se a gente dormir com os pés voltados pra... — Faço um gesto na direção do lado bambo da barraca.

Ela olha para mim e diz com sinceridade:

— Mapas, acho nós podemos ser ótimas amigas, mas é bom você se entender com essa merda de barraca até amanhã porque eu nunca mais vou dormir assim.

Rastejo até a minha mochila, fervendo de raiva. Consigo sentir cada rocha, pedrinha e buraco no chão sob mim.

— Você bem que podia me ajudar — digo a ela.

— Na verdade, eles disseram que não posso. Pelo jeito, esse é o seu trabalho.

— Entendi. — Puxo o saco de dormir até a altura do queixo.

— É assim que a gente *aprende*.

7

Quando abro os olhos, vejo o teto vermelho da barraca.

O tecido está praticamente em cima de mim, e deve ter chovido porque o tecido parece úmido contra o meu rosto. Também está claro. Tiro um braço de dentro do meu saco de dormir aquecido e tento afastar esse troço de mim. No silêncio, o atrito da minha pele faz um barulho alto de algo arranhando. Docinho geme ao meu lado.

— Que merda é essa? — murmura ela, a voz embargada de sono.

Eu não digo nada, apenas me sento e deixo as paredes caírem sobre a minha cabeça como se fossem um véu.

De algum lugar lá fora, ouço um gemido frustrado. De um garoto. E então uma barraca sendo aberta.

Procuro o meu celular, mas daí percebo que não estou com ele.

— Que horas são? — pergunto.

— E eu lá tenho cara de relógio? — responde Docinho. Pega algo de dentro do bolso da mochila. Delineador. Ela o aplica em menos de trinta segundos.

— São 6h22. — Júnior não grita ao responder. Nem sequer soa como se estivesse sentado.

Isso me faz perceber o quão próximos estamos e como está silencioso aqui.

Docinho abre a nossa barraca e ambas nos sentamos na porta para calçar os sapatos. É algo totalmente normal nesta manhã completamente anormal. Fico me perguntando o que a minha mãe está fazendo agora. Será que ainda está dormindo? Está tentando usar a cafeteira? Isso nunca foi função dela, era meu pai que sempre fazia café, e desde que ele morreu ela tem tentado descobrir a alquimia do café perfeito que o meu pai fazia.

Embora não haja mias fogo, Júnior se inclina diante da fogueira. Seu rosto parece inchado e uma das pálpebras ainda está meio fechada de sono. Biblioteca coça a barriga e boceja. E Rei nos observa com uma escova de dentes na mão. Ele está sem camisa, e digo a mim mesma para não ficar encarando os músculos definidos dele, em total contraste com a suavidade do cabelo amassado em ângulos esquisitos e a bermuda amarrotada.

Docinho apanha o papel higiênico ecológico e pega um pouco.

— Não faça xixi perto de mim — adverte ela. — Se você achar que pode me ver, é porque não se afastou o suficiente.

— Garotas não fazem xixi juntas o tempo inteiro? — pergunta Júnior, se colocando de pé.

— Garotos não usam mictórios só pra poderem conferir o pinto de outros caras no sigilo? — rebate Docinho.

Júnior apenas ri.

— Já vi que você *não* é uma pessoa matutina. Saquei.

Docinho vai para um lado e eu sigo na direção oposta.

Quando retorno, a tenda dos garotos já está completamente embrulhada no chão. Biblioteca olha para mim e aponta para a nossa.

— Desarme o seu barracão — ordena.

Odeio ter a sensação de que tudo que eu faço está errado, como se estivesse fracassando em algo em que eu nem queria ser boa para começo de conversa.

— Você bem que podia me ajudar a entender por que não parou em pé — digo, puxando uma haste da barraca.

— Erro da usuária — responde Biblioteca, sem nem erguer os olhos de sua mochila.

— Então você não vai me ajudar?

O mapa de nós dois **55**

Ele suspira e me oferece uma expressão paciente.

— É assim...

— Que a gente aprende — completo, interrompendo-o. Arranco mais uma haste. — Saquei.

Estou brigando com a última haste, tentando fechá-la, quando Rei se aproxima. Ele a tira da minha mão e observo enquanto habilidosamente a torce e dobra. Ele me entrega a haste sem oferecer explicações.

Biblioteca encara Rei com um olhar questionador, mas o outro apenas dá de ombros.

— A gente ia ficar aqui o dia inteiro — diz ele.

O café da manhã é composto de barrinhas de proteína e água. Docinho começa a falar sobre café, mas Júnior a interrompe.

— Por favor... Não posso pensar em café agora. Estou morrendo de saudades.

O humor de todo mundo parece melhorar depois da comida, e o rebuliço no meu estômago diminui até Júnior perguntar:

— E aí, de onde é que vocês são?

Começo a contar meus passos ladeira acima. O sol ainda não surgiu completamente por sobre as montanhas e o ar ainda tem muito o que esquentar. Meus sapatos ainda parecem duros. Minhas coxas ainda ardem. E não quero responder à pergunta de Júnior.

— Por quê? — pergunta Docinho. — Está planejando me perseguir depois que acabarmos aqui?

Júnior revira os olhos para ela.

— Eu não perguntei o endereço nem o tipo sanguíneo de vocês. Só a cidade onde vocês cresceram.

Docinho dá cinco passos antes de responder. Sei porque estou contando.

— Baía de San Francisco.

A área da baía é enorme. Pode ser que ela more no centro urbano e passe numa cafeteria de altíssima qualidade todas as manhãs antes de ir para a escola, ou que more em Marin County no meio das sequoias, ou ainda que venha de uma comunidade onde todo mundo esteja passando por um aperto.

— Eu moro fora da Baía — diz Biblioteca. — Em Vallejo.

Docinho assente.

— Parque de diversões Six Flags. Foi lá que eu fiz um decalque do meu nome numa camisa quando estava no sexto ano.

Biblioteca sorri.

— Tenho algumas dessas também. — Ele amarra barbantes vermelhos em árvores que precisam ser podadas ou que tombaram para que o serviço florestal cuide disso depois. Biblioteca olha para Júnior. — E você?

— Moro na periferia de Redding.

Biblioteca sorri como se ele tivesse acabado de dizer algo engraçado.

— Seita ou fazenda de maconha?

— Quê? — Solto uma risada.

— Lá só tem seita religiosa esquisita ou noia que cultiva erva. E ambos andam armados. — Biblioteca ri como se tivesse feito uma piada, mas Júnior franze a testa.

— E você, Rei? — pergunta Docinho.

— Já morei em tudo o que é lugar.

— E em que lugar você mora agora?

— Tahoe.

Por algum motivo, combina com ele.

— Mapas? Vou chutar: sul da Califórnia.

Franzo a testa.

— Sim — concorda Júnior. — Mas não de Los Angeles. Vale de San Fernando ou talvez San Diego.

— Mas o Vale *fica* em Los Angeles — respondo.

— Isso é exatamente o que alguém que mora no Vale diria. — Júnior parece ter acabado de provar a sua tese.

— Você me pegou.

Minha intenção é dizer isso como uma piada. Planejava dizer a ele que sou da periferia de Sacramento, que moro tão perto dessas montanhas que poderia vir aqui nos fins de semana, que eles estão errados. Mas Júnior sorri e é um alívio poder mentir.

— Sabia. Consigo te imaginar vivendo numa utopia de classe média onde todas as casas são idênticas com pouquíssimas diferenças. Aposto que você teve um festão de dezesseis anos.

No meu aniversário de dezesseis anos, meu pai estava em uma sessão de quimioterapia e minha mãe e eu fomos a um Applebee's perto do hospital para comer um sundae.

— Na verdade, ganhei um carro. — Essa parte é verdade, mas era a caminhonete velha do meu pai, que ficou comigo para poder levá-lo às consultas médicas.

Júnior solta um lamento.

— Mas é óbvio que você ganhou um carro.

— Um monte de gente ganha carros — rebate Docinho.

Júnior gesticula para Biblioteca e Rei.

— Algum de vocês já ganhou um carro? — pergunta.

Rei suspira.

— Nova regra: nada de conversar na trilha.

— Você não pode impedir a gente de conversar. — Mas depois disso Júnior fica quieto.

Nós podamos arbustos, recolhemos lixo e removemos árvores caídas do caminho. As luvas que me deram são duras, um pouco grandes demais e esquisitas de usar, mas evitam que espinhos e partes pontudas da vegetação espetem as minhas mãos.

O suor escorre pelas minhas costas e busco minha garrafa de água mais vezes do que sei que deveria. Em determinado momento, Rei me entrega uma pá e diz que preciso escavar escoamentos de chuva na lateral da trilha.

— E quando é que chove na Califórnia? — reclamo. — A gente não tá no meio de uma seca?

— Aqui chove. — É tudo o que Rei diz.

Nada disso é como os vídeos a que assistimos nem como as trilhas que eu fazia com o meu pai. Isso é trabalho de verdade, que deixa a minha garganta ardendo com o calor, com minha respiração ofegante e com o pólen e a poeira levantados das plantas mortas e ressecadas que arrancamos.

Mas o maior dos problemas é o solo. Sólido, duro e ressecado pelo sol, parece até que estou tentando escavar concreto. Rei me observa levar uma pá em direção a terra. Ele não me diz o que estou fazendo de errado, apenas vai para onde estou e começa a escavar o solo próximo às raízes de um arbusto. Os braços dele flexionam sempre que a pá perfura a terra e suor se acumula em sua testa.

Não me ofereço para pegar a pá de volta. Em vez disso, coloco um par de luvas grossas e começo a puxar uma planta do chão. Eu passo um bom tempo tentando puxá-la. Finalmente, as raízes se soltam e aquilo faz eu me sentir um pouco vitoriosa.

Já deve estar perto da hora do almoço, então pergunto a Júnior as horas. Ele olha para o relógio de pulso, que é analógico, com ponteiro e tudo.

— São 10h17.

Inclino a cabeça para trás e olho para o céu. Talvez ele caia em cima de mim e eu morra logo em vez de ter que passar por isso.

O único som audível é o triturar, quebrar e esmurrar do nosso trabalho, combinado com resmungos e respirações ofegantes. Posso sentir o barulho sugando a minha paciência de dentro para fora.

— Então — começo —, se vocês pudessem comer apenas um tipo de salgadinho pelo resto da vida, qual seria?

Ninguém nem se incomoda em erguer o olhar, ignorando a minha pergunta.

Finalmente, Júnior fica com pena de mim.

— Takis — diz.

— Não quero nem imaginar a situação do seu estômago.

— Repuxo um galho grosso em um arbusto. — Qual é a banda mais superestimada da história?

O mapa de nós dois **59**

— Os Beatles — responde Docinho sem nem pensar duas vezes.

— Porra, os Beatles?! — A pá de Biblioteca para a centímetros da terra.

— Tá bom — repensa Docinho antes de apontar para a camisa dele. — Metallica.

— Os Beatles foram revolucionários — argumenta Júnior. — Eles mudaram a música.

— Eles só pegaram um monte de coisa que outras pessoas já estavam fazendo e tornaram popular. *Superestimados*.

A expressão no rosto de Biblioteca me diz que preciso mudar de assunto, então pergunto:

— Se vocês pudessem ter qualquer superpoder, qual seria?

Suponho que ainda estejam me ignorando até Júnior erguer o olhar para o céu, que está tão ensolarado que parece quase branco, e dizer:

— Eu gostaria de voar.

— Podendo ter qualquer superpoder, você escolheria voar? — questiona Biblioteca. — Que... completo desperdício de poder.

— Pois é. Bem, é o que eu quero. — Júnior dá de ombros.

Biblioteca encara Júnior como se não acreditasse no que está ouvindo.

— O que você escolheria? — pergunto a ele.

Biblioteca parece considerar o assunto seriamente, apesar de ter acabado de implicar com Júnior.

— Invisibilidade. — Ele olha para baixo ao falar.

— Para conseguir espionar as pessoas? — pergunta Docinho com uma risada.

Biblioteca morde o lábio, mas não responde.

— Eu escolheria o poder de ler mentes — diz Docinho para mim. — Para sempre saber o que as pessoas estão pensando de verdade... — Suas palavras se dissolvem no ar e me pergunto em qual mente ela está pensando.

— E você? — pergunto a Rei.

— Imortalidade. — Ele amarra um barbante vermelho no galho de uma árvore.

— Você viveria para sempre? — pergunta Docinho. — Por mais tempo do que todas as pessoas que você conhece e ama? Simplesmente sobreviveria depois que todos partissem?

— Isso. — É simples. — Sobreviveria a todo mundo.

Docinho assente e toma um gole de água.

— E você? — pergunta para mim.

Escolho viagem no tempo.

— Para que momento você voltaria primeiro? Você quer reviver sua noite de rainha do baile da escola? — pergunta Júnior com uma risada.

Eu nem fui ao baile da escola. Estava ocupada demais vendo o meu pai morrer.

— Meu vestido era maravilhoso — minto com um sorriso.

Penso no último dia em que meu pai foi capaz de falar. Sei que ele contou uma história, mas eu estava escutando? Cheguei a ouvir? Prestei atenção ou estava viajando?

— Alugamos uma limosine e meus pais tiraram um milhão de fotos. — Engulo em seco. — Meu pai ameaçou o meu acompanhante e eu morri de vergonha.

— Ai, meu Deus — diz Docinho. — A minha mãe fez a mesma coisa. Fiquei com vontade de matar ela. Ela ligou pras mães de todos os meus amigos e fez um escarcéu pra que ninguém fosse pra nenhuma festa depois.

Ninguém parece perceber a minha mentira. Todos contam as próprias histórias da noite do baile do ensino médio. Os olhos de Rei encontram os meus e, por um segundo, parece que ele sabe a verdade. Espero a vergonha tomar conta de mim, mas ela nunca vem.

E percebo que não me importo se ele acredita ou não na minha mentira, porque eu acredito.

O mapa de nós dois **61**

8

A hora mais quente não é o meio-dia: é por volta das três da tarde. O sol castiga o ambiente em raios opressivos que queimam através da roupa e me fazem sentir como se estivesse carregando cem quilos a mais. Meu cabelo está preso para ficar longe do pescoço e está tão ensolarado que queria ter trazido óculos de sol. Fecho os olhos com força quando o suor escorre e sinto-os ardendo. Rei franze a testa para mim quando inclino a cabeça para trás e solto um gemido frustrado.

— Vamos fazer uma pausa até o mundo esfriar um pouco — anuncia.

Do jeito que ele fala, parece até que o planeta inteiro está pegando fogo que nem a trilha de Sierra, mas enfim paramos debaixo da sombra de um pinheiro antigo. O chão está repleto de agulhas que ao ressecar ficaram muito pontiagudas, mas ninguém se importa com isso enquanto despencamos por cima das mochilas. Minhas pernas estão bambas e tento firmar os pés para não acabar rolando por cima da mochila.

Júnior se apoia no tronco de uma árvore e bebe um gole de água. Faz uma careta ao engolir.

— Eu mataria qualquer um de vocês agora mesmo por uma pedrinha de gelo.

É recompensado com uma risada de Biblioteca. Faz sentido ele achar uma ameaça de assassinato engraçada.

— Queria poder ser transportado pro Polo Norte por, tipo, uns cinco minutos — comenta Biblioteca. — Só isso.

Docinho se remexe contra a mochila, que raspa nas agulhas na terra. Mantém os olhos fechados como se não tivesse energia nem para olhar para o mundo ao redor.

— Você acabaria provocando o derretimento das calotas de gelo polar e daí a Flórida seria engolida pelo oceano ou um furacão arrasaria com o Golfo Pérsico.

— É, mas... eu estaria tão *geladinho*.

Imagino um Biblioteca sorridente de pé no olho de um furacão.

Meus pés doem e estão começando a criar um monte de bolhas. Sinto a pele ficando sensível com o atrito, mas tudo que quero é ficar deitada aqui. Até eu morrer e não precisar mais andar. E então o meu corpo vai ser problema de outra pessoa. A gente ainda nem fez o equivalente a um dia completo de trilha e já sinto que todos os meus músculos estão prestes a desistir.

Estou destruída.

Biblioteca diz a Docinho para começar os preparativos do jantar. Eu o observo dar instruções enquanto ela reclama de estereótipos de gênero e como acha tudo isso um absurdo.

Ele sorri.

— Já entendemos. Você não é como as outras garotas.

— E você é tão descolado com a sua camisa de banda vintage — retruca Docinho. — Muita gente para pra te perguntar qual é a sua banda de metal favorita?

Júnior se senta e pousa uma mão em Docinho.

— Ela só tá com fome — diz, tentando apaziguar a situação. — Ela não quis dizer...

— Eu cem por cento quis, sim — interrompe Docinho, olhando diretamente para Biblioteca.

Rei solta três garrafas vazias de água na minha frente e o barulho ressoa. Estão vazias como o meu nível de energia. Vazias como a minha vontade de viver.

O mapa de nós dois **63**

— Vamos. — Ele carrega outras quatro. — Leve a sua também. Deve ter acabado.

Acabou. Quase toda.

Andamos em meio aos arbustos, com o zumbido baixinho do rio ficando mais e mais alto até praticamente tomar conta de tudo. O sol reflete na superfície da água corrente e nem mesmo as árvores aqui parecem fornecer algum tipo de sombra. Rei sequer para antes de entrar na ribanceira rasa com bota e tudo. Faço uma careta para ele, que apenas baixa o olhar para os meus sapatos, que ainda parecem novinhos em folha. Apesar de estar usando-os na minha caminhada pelo inferno.

— Esses aí são à prova d'água. — Fala com tanta confiança que não pergunto como é que ele sabe. Talvez algum amigo dele tenha um igual. Ou a namorada.

Não digo nada quando o sigo pelo riacho e nos abaixamos juntos para encher nossas garrafas plásticas da Nalgene. Esfrego o tornozelo, desejando poder tirar as botas, mas com a plena consciência de que tudo só doeria mais na hora que eu tivesse que calçá-las outra vez.

— Como estão os seus pés? — pergunta Rei.

— Estão doendo. — Minhas palavras são diretas, mas tenho a sensação de que o significado é mais profundo.

— O Biblioteca tem uma pomada. Passe nos pés hoje à noite antes de dormir e depois coloque as meias.

— Parece nojento. — Faço uma careta, mas estou grata pelo conselho e uma pequena parte de mim odeia se sentir assim. Não quero gostar de Rei.

O cantinho da sua boca se ergue e ele assente como se concordasse comigo.

— E é mesmo, mas é melhor do que ficar com bolhas.

O quase-sorriso não some de seu rosto quando ele tampa uma garrafa e apanha outra.

Estou encarando.

Estou ciente disso, mas esse detalhezinho em sua expressão transformou seu rosto por completo. Meu estômago dá uma leve cambalhota e lembro aos meus sentimentos traidores de que Rei é nosso inimigo. Rei não ajuda com as barracas e pega nossos cigarros e tem um sorriso que parece um raio de sol... Merda.

Pelo visto, quando o assunto é garotos gostosos, a *Mapas* é tão idiota quanto a Atlas.

Tiro uma garrafa de dentro da água e a entrego para Rei. Ele pega um conta-gotas do bolso e a "purifica".

— E então... Por que você está aqui? — pergunto, sacudindo uma garrafa de água de um lado para o outro.

Rei respira fundo e faz o mesmo com a garrafa dele.

— Pelo mesmo motivo que todo mundo. Sou voluntário.

— Mas por quê? — pressiono. Sei o que ele vai responder. Estágio. Mas quero ouvi-lo dizer isso.

Ele olha para mim e pergunta:

— Por que *você* está aqui?

— Achei que a gente não pudesse conversar sobre essas coisas.

Rei inclina a cabeça.

— Não podemos?

— Não é esse o lance todo daqui? Apelidos e nenhum passado?

Ele assente, de leve.

— Então por que você está *me* perguntando?

Mordo o lábio inferior e ergo o olhar para ele.

— Fiquei aqui pensando se você me contaria o seu segredo.

— Estou flertando? Deus do céu, qual é o meu problema?

Mas Rei sorri.

— Só se você me contar o seu primeiro.

Eu poderia falar para ele sobre Joe, sobre a minha mãe e sobre o meu pai falecido, e como eu estraguei tudo em casa. Ele é um estranho e, depois dessa trilha, nunca mais vou vê-lo novamente. Nunca mais.

O mapa de nós dois **65**

— Fica legal no currículo pra faculdade. — *Covarde.*

— Faculdade? Achei que todo mundo já tivesse mandado as inscrições a essa altura.

— Sim, mas se eu quiser entrar numa irmandade ou... — Não faço ideia do que estou falando e me pergunto se Rei é o tipo de cara que sabe como é que se faz para entrar numa irmandade. — Meu pai está fazendo muita pressão pra eu entrar na faculdade. Ele acha que isso vai ajudar.

Rei para de sacudir a garrafa e então pega outra.

—Ah, é?

— É, ele é bem rigoroso. Mas eu só quero, sabe, fazer o que me der na telha.

— E o que seria isso?

Eu quero ver o meu pai outra vez. Quero ter uma despedida, uma sensação de desfecho. Quero fazer as coisas na lista dele porque ele não teve a oportunidade de fazê-las.

— Sei lá. Fazer um mochilão na Europa? — É isso o que jovens normais e bem-ajustados dizem, não é? — Ele me disse que, se eu concluir esse programa, vou poder ir.

— Ir pra onde?

— Viajar. — Está perto da verdade. — Minha mãe e meu pai acham que eu preciso de um pouco disciplina.

Rei assente com a cabeça.

— Sua vez — digo.

Ele olha para mim e se inclina para a frente.

— Se eu te contar o meu segredo, você promete não contar a ninguém?

—Aham. — Eu inspiro.

Os olhos de Rei parecem sinceros quando encontram os meus.

— Eu também estou tentando entrar numa irmandade.

Eu me inclino para trás e aperto os lábios até formarem uma linha fina.

— Tá bom, babaca. Eu te contei as minhas paradas.

— Contou mesmo? — pergunta ele.

Repasso as coisas que contei a ele e sei que não houve nada para deixá-lo desconfiado. Não sei se estamos contando historinhas ou mentindo um para o outro. Não consigo decidir o que seria melhor.

— Eu te conto a verdade quando você me contar a sua — diz ele.

Rei pega as suas garrafas e se levanta. Fico observando as suas costas enquanto vai embora e me pergunto como ele sabia que eu estava mentindo. Será que Joe contou a ele sobre mim?

Não. Joe não faria isso.

Todos fazemos as nossas tarefas. Eu me ponho a digladiar com as barracas. Docinho começa a preparar o jantar com a ajuda de Rei. Biblioteca e Júnior fazem uma fogueira. Júnior observa Biblioteca assoprar as chamas por trinta segundos sem piscar antes de se dar conta disso.

Demoro mais do que deveria, mas finalmente consigo deixar a barraca razoavelmente de pé. Estou melhorando, não que alguém se importe. Não que eu mesma me importe, sendo sincera. Mas aproveito o momento para inspirar e expirar, dentro da barraca. Os cortes nos meus pulsos, bem abaixo da barra das luvas, estão doloridos quando passo um dedo sobre eles.

Um segundo depois, Docinho grita que o jantar está pronto. Nós todos nos reunimos e comemos arroz e feijão quentinho. Docinho até compartilha um pouco do molho de pimenta com a gente. Quando terminamos, Biblioteca me entrega duas pílulas cor de tijolo. Analgésicos.

— Toma aqui, Rainha do Baile — diz ele para mim. — Cuidado com os pés ou não vai mais conseguir dançar.

Assinto e engulo os comprimidos. Engulo as mentiras.

Engulo a garota que sou e tento substituí-la pela garota que eu gostaria de ser.

9

O ritmo da trilha começa a se incorporar às minhas expectativas e, conforme os dias passam, cada um de nós começa a aprender o próprio lugar no grupo. Quem faz o que, quando e como. Cada um com a própria tarefa. Jamais se misturando. Que nem comida em um prato.

E moldamos coisas que assumem o formato da palavra "sempre".

Desarmar uma barraca é *sempre* mais fácil do que montá-la. Lenha é *sempre* mais pesada do que acho que vai ser. Docinho *sempre* nos entrega nosso café da manhã. Júnior *sempre* lava a louça. Biblioteca *sempre* carrega o kit de primeiros socorros. E Rei *sempre* tem um comentário a respeito de tudo.

Se você dobrar desse jeito, vai ficar amarrotado.

Vai acabar quebrando uma haste da barraca se continuar empurrando assim.

Você precisa usar calças. Tem vinhas venenosas por aqui.

Fico repetindo na minha cabeça para não deixar as palavras dele me irritarem. Fico me lembrando que a personalidade de Rei o deixa ao menos sessenta por cento menos gostoso.

Mas eu sou uma idiota com um cerebrozinho de lagartixa.

Certo dia, depois de Rei comentar que estou segurando a pá errado, eu pergunto que nem uma anta qual seria a maneira certa de segurar e ele vem me mostrar.

Suas mãos envolvem as minhas, e ele não exatamente *pressiona* o corpo no meu, mas fica perto o bastante para eu sentir o calor que emana dele. O hálito de Rei é quente no meu pescoço e...

— Saquei. — Solto as minhas mãos da dele e as flexiono ao redor da pá. Meu rosto deve estar bastante corado agora e torço para que todo mundo presuma que seja por causa do calor.

Quando ergo o olhar, Rei já voltou para o local onde estava trabalhando. Ele não está nem um pouco corado.

Na hora do almoço nos sentamos apoiados em uma pedra para comer e beber, em silêncio.

Rei se inclina na direção de Biblioteca para lhe contar alguma coisa e Biblioteca balança a cabeça. Quase parecem apenas dois caras normais conversando, se não fosse pela sujeira.

E então eles riem.

Rei está com a cabeça abaixada e os ombros largos encurvados. Biblioteca, seu oposto, com os cabelos pretos caindo por cima dos olhos, a cabeça inclinada para trás e o longo pescoço exposto.

Observá-los rir abre alguma coisa em meu peito e consigo sentir que estou sangrando. Isso me faz sentir falta das coisas *fáceis*. Eu poderia me sentar com eles e perguntar do que estão rindo. Mas não faço isso, diferentemente de Docinho. Eu observo os dois a acolhendo, pois Docinho é como água, fluida e intensa. Quanto a mim, estou mais para rochas pontiagudas que o tempo não foi capaz de amolecer. Ainda estou quebrada e exposta e não sei como ser como água.

Risadas são para pessoas que ainda se sentem em posse da maior parte de si mesmas. Não é para garotas que não conseguem se lembrar da última vez que ouviram o pai rir.

Estou soando trágica e irritante até para mim mesma, mas não consigo afastar o humor mórbido e tempestuoso que toma conta de mim.

Nós caminhamos. Na beira do rio. Por campinas. Em meio a pedras. Júnior cantarola uma canção baixinho até Biblioteca parar de repente e se virar para ele. Com um só olhar, ele diz:

O mapa de nós dois **69**

— Para.

Júnior revira os olhos.

— Minhas cordas vocais vão ficar atrofiadas se eu não as usar.

No entanto o dia prossegue do mesmo jeito, no silêncio pontuado por intenso trabalho braçal.

Perdi a conta de há quanto tempo estamos aqui. Cem dias? Dois? No rio, a água se expandiu em uma bacia larga que parece calma, quase como uma piscina. A ideia era apenas lavarmos o grosso da sujeira e enchermos nossas garrafas, mas é Júnior quem diz:

— Rei, deixa a gente nadar e tirar a trilha do corpo, por favor.

Ele olha para o nosso cabelo seboso, roupas empoeiradas e pele manchada com um misto de terra e suor.

— O Joe chegou a repassar as regras de segurança em rios com vocês?

Eu me ouço resmungar:

— É só água.

Rei cerra os dentes.

— *Só água* — repete ele.

— Tá tudo bem — prossegue Biblioteca. — Podemos ficar na parte rasa.

Com a testa franzida, Rei olha para o ponto onde o rio faz a curva e desaparece. Já o observei tomando decisões desse jeito em outras ocasiões, sempre procurando pelo que pode dar errado. Pesando e medindo cada possibilidade.

— Beleza. Mas *nada* de sair flutuando com a corrente.

Júnior e Biblioteca olham um para o outro com sorrisos escancarados . Eles arrancam as botas e não demoram a entrar. Os dois correm para a água e assim que ela bate nos joelhos, Júnior dá um mergulho da direção de Biblioteca e os dois caem no rio com roupas de caminhada e tudo.

Então Biblioteca sai da água e se aproxima rápido. Ele agarra Rei e o arrasta até o rio, e Rei ri ao ser submerso. Observo o caos enquanto tiro as botas e as meias. Estou tirando a bermuda quando Rei se aproxima. Mantenho os olhos em seu rosto quando ele sacode a água do cabelo com uma das mãos. Mechas loiras lançam gotas gordas para todo lado, refletindo a luz.

O fantasma de um sorriso ainda está em seu rosto enquanto o seu peito sobe e desce.

— Você sabe nadar em rio? — Os olhos dançam quando faz a pergunta.

Nadei nesse rio a minha vida inteira. Passei tantos anos ouvindo a minha mãe gritar para eu não ir para longe ou suas preocupações com a correnteza subaquática ou para não beber a água, que agora percebo que nunca me preocupei em entender nada a respeito disso. Que dependi muito de outra pessoa para aprender o básico que todo mundo parece saber.

— Já nadei antes.

Ele me olha como se não acreditasse em mim, então continua no meu caminho e me explica o que é o rio e como deve ser respeitado, e tento não me concentrar nos lábios dele, na água que brilha neles e no fato de que está perto demais. Minha mente parece ter se esquecido de que ele é meu líder de trilha e que é literalmente responsabilidade dele me alertar sobre a força da correnteza e que preciso estar sempre à vista de alguém.

— Entendeu? — pergunta ele.

Assinto, mas decido perguntar:

— Quantos anos você tem?

— Vinte. — Ele responde como se fosse por reflexo e isso parece pegá-lo de surpresa também.

— Você é novo demais pra se preocupar tanto assim com tudo. — Uma risadinha ressoa no fim da frase porque quero que ele saiba que estou brincando.

Ele franze a testa e as sobrancelhas se unem.

— Eu levo isso a sério. E não estou nem aí se você acha isso engraçado.

— Não estava rindo de você. — Estava sim. Que nem uma babaca. — Eu só... Está tudo bem relaxar de vez em quando. Inclusive, se divertir.

Ele balança a cabeça e tenho a impressão de que está um pouco decepcionado comigo. Odeio isso.

— Pode pegar o sabão e se limpar, se quiser — diz.

Rei vai até a mochila dele e pega uma barra, e eu faço o mesmo. Ele tira a camisa e a deixa pendurada em um rochedo. Caminho vagarosamente até a água, descalça. As pedras parecem lisinhas sob meus pés e a areia é lodosa. A água fria faz as bolhas e arranhões em meu corpo arderem, mas vale a pena para lavar a sujeira. Quando bate na altura do meu quadril, me encolho de frio e percebo como estou sendo ridícula. Tiro a camisa e a mergulho na água antes de esfregá-la com sabão. Um segundo depois, Docinho faz a mesma coisa. Deliberadamente, não olho para Rei enquanto faço isso. Ou para Biblioteca. Júnior captura o meu olhar enquanto boia, me lançando um olhar convencido. Ele também está sem camisa.

— Aposto que você está contente por ter colocado um sutiã preto — diz.

Olho para baixo em direção ao meu top preto, então vejo o sutiã bege de Docinho e me esforço para não rir. Dá para ver as marcas de suor no tecido.

Ela geme de frustração.

— Acho que eu devia só jogar esse troço na fogueira hoje à noite e usar o meu outro sutiã. Não é como se alguém aqui se importasse com a aparência dos meus peitos mesmo.

— Eu me importo — digo a ela antes de mergulhar a cabeça na água e usar o sabão no cabelo.

— Nossa, isso tá tão bom — fala Docinho, mais consigo mesma do que conosco.

Nem sei se o sabão está fazendo muita diferença, mas não importa. Meus parâmetros de limpeza parecem ter mudado.

Depois que estamos todos limpos, jogo a minha camisa na margem do rio e começo a boiar, me sentindo leve. A água que cerca meus braços e pernas é morna, mas a água sob o meu corpo está fria e fresca.

Fecho os olhos diante do brilhante céu azul e mantenho as orelhas debaixo da água, posso ouvi-la fluindo ao meu redor

A água me lembra do meu pai. Aqui era o seu lugar favorito. A calmaria no interior do movimento constante. A maneira como recolhe e carrega tudo. A forma como te traz coisas, como presentes, vida e verdades.

Aqui sinto pedacinhos da memória de meu pai sendo sussurrados para mim. Posso ver as mãos dele lançando a vara de pescar. A forma como seus dedos se moviam sobre as rochas na parte rasa da água, observando as cores dançarem na luz. Ele me observando pacientemente atirar um milhão de pedrinhas na água, tentando aprender como fazê-las quicar na superfície. Sinto meus olhos se encherem de lágrimas e não faço nada para impedi-las. Decido que este é o lugar para isso. Ninguém aqui sabe que sinto saudades do meu pai. Que ouço a sua voz na correnteza ou que o sinto nos raios de sol sobre a minha pele.

Quando abro os olhos, me levanto e me sinto um pouco zonza de tanto boiar. Olho para o garoto ao meu lado. Rei.

A água bate em sua barriga e forço os meus olhos a desviarem de seu corpo bronzeado para o rosto que está bloqueando o sol. Encaramos um ao outro, e vejo algo que o rio trouxe para mim.

Um presente?

Fico de pé finalmente, me erguendo da água.

— Onde foi parar a Docinho?

Ele pigarreia.

— Ela quis sair para se secar... e você não pode ficar aqui sozinha.

Viro as costas para a margem e olho na direção de onde o rio faz a curva, mas, ao me virar, acabo tropeçando e tombo na

O mapa de nós dois **73**

direção da água. Rei estica a mão para segurar meu braço e me firmar, e caio na direção dele.

Levo menos de o tempo necessário para um respiro para me afastar dele, meu ombro contra a pele de seu peito. Olhando dentro de seus olhos. Quando me endireito, ele ainda está segurando o meu braço.

— Essas pedras — resmungo, e esfrego os pés no fundo do rio como se ele pudesse ver. — Torci o tornozelo aqui várias vezes quando era mais nova.

Meus lábios se apertam quando Rei me encara e me pergunto se ele vai se dar conta de que acabei de contar algo verdadeiro.

Ele solta meu braço e respira.

— Você passou muito tempo por aqui? — pergunta.

— Sim. E não. — O rio está sempre mudando. — O rio é o mesmo, mas, ao mesmo tempo, é outro.

Era algo que meu pai dizia e espero que Rei implique comigo por causa disso. É injusto que eu tenha lhe oferecido algo precioso e que ele sequer se dê conta disso. No entanto, continua em silêncio.

— O meu pai tinha um lance com o rio. — Não consigo engolir as palavras que me sufocam. Eu não falo sobre o meu pai. Não sei como explicar que este lugar parece tão íntimo e tão estranho para mim, tudo ao mesmo tempo.

— Quer conversar sobre isso? — pergunta Rei.

— Sobre o quê? — Mas sei o que ele quer dizer.

— Ou seja: não. — Ele não dá a impressão de estar me julgando ou me pressionando para saber mais. Apenas é o que é. Como a maioria das coisas que dizem respeito a Rei.

— *Você* quer conversar?

Ele sorri ao lançar minhas palavras de volta para mim:

— Sobre o quê?

— Qualquer coisa. Sobre a sua vida. Sobre o porquê de você levar tudo isso tão a sério. — Tenho mil perguntas, mas finjo que só estou falando para preencher o silêncio.

Ele se contrai.

— De novo com o interrogatório?

— Não tem mais nada pra fazer — respondo. — Minta pra mim. Não tenho como saber mesmo. — Quero ouvi-lo falar. Não sei bem por que a ideia de ouvi-lo mentir mexe um pouco comigo. — Você tem família?

Ele deixa os braços caírem para os lados e percorre a superfície da água com as mãos. Quando olha para o céu, seu pescoço fica exposto e os ombros largos recuam, inflando seu peito. Me dá vontade de me esgueirar até ele e arrastar a boca por sua pele.

Sinto o rosto esquentar e fico contente por ele não poder ler meus pensamentos.

Rei engole em seco.

— Eu tenho um irmão. E uma irmãzinha que eu não... que meus pais não me deixam ver. Quando me expulsaram, eles disseram que iam expulsá-la também se viesse falar comigo.

— Como ela é? A sua irmã?

Rei me encara por um longo instante. Finalmente, responde:

— Ela é horrível. Não fecha a tampa do pote de manteiga de amendoim direito, então quando alguém pega, ela sempre cai. Escuta música country e dobra completamente para trás a capa dos livros que lê. É uma doida varrida.

Ele sorri e fico surpresa por ele ser tão bom mentiroso. E uma pequena parte de mim torce para que não seja.

— Quando foi a última vez que falou com ela?

— Quando eu fui embora

— Por que você foi expulso?

Ele balança a cabeça uma vez.

— Pelo mesmo motivo que a maioria das pessoas é expulsa. Uma série de decisões ruins que a minha família definiu que eram imperdoáveis.

— Me dá um exemplo.

Ele ergue as sobrancelhas.

O mapa de nós dois **75**

— Eu fumei cigarros.

Sinto minha garganta apertar.

— Aqueles cigarros não eram meus — digo outra vez. Minha boca se abre e estou prestes a contar a ele sobre o meu pai. Sobre o maço que encontrei e sobre o segredo que é só nosso, mas... — É por isso que você está aqui? Por causa de cigarros?

— Estou aqui porque este programa salvou a minha vida e eu devo tudo ao Joe.

Essa parte é verdade. Mesmo que a irmã e a família sejam mentiras, sei que *isso aqui* é verdadeiro.

— E é por isso que você leva tão a sério? Por causa do Joe?

— É porque Joe me leva a sério. — Então acrescenta: — Porque estou torcendo para que este verão me dê experiência suficiente para fazer um estágio numa área de conservação ambiental.

Ele ainda está virado na direção da descida do rio, observando a água se mover sobre as rochas e as corredeiras. Fico quieta pois torço para que Rei me ofereça algo mais. Uma outra verdade.

— Joe é a pessoa que vai me recomendar para o trabalho. Se eu me sair bem.

— Então este verão é tipo uma entrevista de emprego pra você?

Ele sorri ao ouvir aquilo.

— Algo assim.

— E esse estágio é a sua paixão? Seu propósito na vida?

A mão dele mergulha na água e se levanta em formato de concha antes de imergir outra vez.

— O meu pai trabalhou no ramo da construção civil a vida inteira, até que um dia ele se machucou. Mas daí não havia mais nada que ele pudesse fazer. Não quero isso pra mim.

— Então o estágio é, tipo, o seu plano pro futuro. — O *futuro* parece algo tão grande para alguém que só tem vinte anos.

— É estranho assistir à vida de alguém desmoronar só porque a pessoa aprendeu uma única habilidade na vida e ela não faz ideia de como aprender algo novo. Eu devo viajar pro Alasca depois dessa trilha. Se tudo correr bem.

— Alasca. — A palavra parece desconfortável na minha língua. Examino cada consoante até encontrar o que me faz detestá-la tanto. Então encontro. — É tão *longe*.

— Sim — concorda ele. — A ideia meio que é essa. O que você quer fazer depois disso?

É uma pergunta direta e idiota. O que *eu* quero fazer?

O que eu quero fazer...

Desde que meu pai morreu, parei de conversar sobre o futuro, como se todos os meus sonhos tivessem morrido quando ele parou de respirar. Tudo o que tenho feito é administrar o caos que deixei pelo caminho desde que ele ficou doente. Ninguém pensa no futuro quando o seu presente está completamente fodido.

O que eu quero fazer?

— Não sei — respondo. — Faculdade, acho. — É algo que Mapas diria que quer fazer para as pessoas.

Mas Atlas quer concluir essa trilha. Atlas pensa sobre a lista do pai, cheia de sonhos e desejos que ele nunca realizou. Atlas quer concluir a lista e dizer adeus para o pai de uma vez por todas.

É algo tão estranho de perceber. Com essa lista em meu bolso traseiro. Nesta trilha. Enquanto finjo ser outra pessoa.

Rei analisa o meu rosto e tenho a impressão de que ele está vendo algo que vai além da minha confusão. E então diz:

— Achei que não era para a gente falar a verdade.

O mapa de nós dois **77**

10

— **PORRA!**

A palavra parece estalar no ar ao romper o silêncio. Ela lança uma onda de pânico que passa por cada uma das minhas costelas enquanto espero por...

— *Porra. Porra. Porra.* — A voz de Biblioteca ressoa entre as árvores entre as quais ele e Júnior desapareceram para buscar lenha.

Olho para Rei e Docinho, que está de pé ao lado da fogueira. Só precisamos de um segundo para concluirmos o pior. Nós três corremos na direção dos sons, a passos apressados sobre o terreno irregular cheio de espinheiros, toras de madeira, galhos e pedras.

Quando os encontramos, Biblioteca está sem camisa pois ela foi amarrada no braço de Júnior. Parece haver sangue para todo lado. Júnior tem um arranhão na cabeça e um rasgo na calça na altura do joelho.

— O que aconteceu? — pergunta Rei.

— Eu não sei — responde Biblioteca com a voz pausada.

— Ele está bem? — pressiona Docinho.

— Eu não sei...

— Ele está machucado em mais algum lugar? — interrompe ela.

— Eu tô bem aqui! — Júnior praticamente ruge. — *Caralho.*

Um instante depois, Rei aparece do outro lado de Júnior. Sinto-me desamparada, sem saber o que fazer com o meu corpo. Então sinto minha mente clarear. Corro de volta para o acampamento, encontro a mochila de Biblioteca e pego o kit de primeiros socorros. Quando o tenho em mãos, todos já voltaram.

Entrego-o para Biblioteca, que assente para mim. E daí ele começa a desamarrar a camisa. Sangue jorra do braço de Júnior de repente. Merda.

— Como isso foi acontecer? — pergunta Rei, pegando o tecido da mão de Biblioteca e voltando a pressionar a ferida.

— Ele caiu da colina.

— Mas foi quem nem um homem. — Júnior faz uma careta. — Eu caí que nem um homem.

Rei dá risada.

— Será que eu quero saber por que você caiu?

— Eu não estava prestando atenção pra onde eu ia — responde Júnior. As palavras soam verdadeiras o bastante, mas algo no jeito como fala dá uma leve impressão de que está mentindo.

Rei tira a camisa do braço de Júnior outra vez e o sangramento parece ter diminuído.

Biblioteca tem o rosto franzido enquanto examina o corte irregular.

— Está muito feio? — pergunta Júnior.

É um estranho momento de vulnerabilidade vindo dele e Biblioteca parece não ter muita certeza do que está acontecendo.

Rei pigarreia e vai até a mochila de Biblioteca. Pega uma camiseta e a atira para o amigo, que a puxa pela cabeça em um movimento fluido.

Biblioteca examina o ferimento cuidadosamente, com a cabeça inclinada na direção de Júnior. Não sei dizer se a dor no rosto de Júnior tem a ver com o corte ou com a proximidade do outro garoto, mas os dedos de Biblioteca são leves e gentis enquanto rotaciona algumas vezes a mão de Júnior e a pressiona.

— Dói? — pergunta ele.

O mapa de nós dois **79**

— Sim — responde Júnior, entre dentes.

— Você sofreu um corte relativamente superficial, além de alguns arranhões. Deu sorte. — Ele não parece acreditar muito no que diz, porém.

— Ele vai precisar voltar a trilha para ir a um médico? — pergunta Rei.

Biblioteca balança a cabeça e estica o braço para pegar o antisséptico.

— Não acho que ele vá precisar tomar pontos, mas deve deixar uma cicatriz.

— Meninas gostam de cicatrizes — diz Docinho para Júnior, tentando ser prestativa.

Fico me perguntando se meninos que vestem camisas de anime gostam de cicatrizes.

— Desculpa — fala Biblioteca, posicionando a garrafinha. — Isso... a sensação não vai ser boa.

— Tá tudo bem. A sensação de cair também não foi lá essas coisas. — Júnior faz uma careta quando o líquido atinge o corte. — Caralhoooooooo.

E logo Biblioteca está brigando com a gaze que tenta apertar na pele de Júnior.

— Deixa comigo. — Docinho parece saber o que deve fazer sem precisar de instruções. Ela pega um disco de algodão e o posiciona sobre a ferida antes de envolvê-la com a gaze. Seus dedos a pressionam no braço de Júnior com gentileza, e então ela pergunta se ele consegue mover as mãos. Ele faz que sim. Ela pergunta se o curativo está apertado demais, mas ele faz que não.

— Eu vou buscar lenha — anuncia Rei. — Mapas, termine de armar as barracas, e Docinho... — Ele faz um gesto na direção de Biblioteca e Júnior. — Não deixa eles morrerem quando forem se limpar no rio.

Ela faz uma careta.

— Por que é que o trabalho difícil tem que ficar comigo?

Difícil é armar essas barracas idiotas. Quando Rei está de volta com a lenha e Docinho já começou a preparar o jantar, a barraca azul está de pé. Tento não me sentir vitoriosa, apesar de ser injustificado e eu ainda ter uma monstruosidade vermelha para colocar de pé. A outra barraca está espalhada no chão e sinto vontade de chorar só de pensar em montá-la.

Mas Docinho nos chama para jantar e vamos comer. Júnior reclama de se sentir sonolento e pede a mim e a Docinho para ajudá-lo a se despir e a entrar no saco de dormir.

— Você não quer que o Biblioteca te ajude? — sussurra ela, e nós três olhamos de relance para a fileira de árvores onde Rei e Biblioteca estão. Rei gesticula agitadamente enquanto fala alguma coisa e Biblioteca sacode a cabeça.

— O Rei deve estar reclamando sobre o estágio dele e sobre como o meu machucado arruinou tudo, então não. Dividir uma barraca com esses dois é tipo um teste de tortura medieval em que eu estou constantemente irritado e também um pouquinho excitado.

— Que esquisito — comento.

— Pois é — diz Docinho para nós, cheia de sarcasmo. — Que grande sacrifício dormir na mesma barraca que dois caras gostosos. — Ela olha para Júnior. — Você chegou a bater a cabeça com muita força?

— Você não faz ideia de como a minha vida está difícil. O Rei vai pra cama sem camisa e o Biblioteca fala dormindo. Fico a noite inteira apavorado com a possibilidade de arrotar, peidar ou ser nojento sem nem saber porque vou estar apagado de sono.

Docinho lança um olhar descrente a ele.

— Mas se você não vai saber...

— Mas *eles* vão — completa ele num sussurro falso. — *Eles* saberiam.

Encaro Júnior, com seu maxilar definido e a pele escura que faz os olhos dele brilharem.

O mapa de nós dois **81**

— Acho que um gato cheio de piercings que nem você não deveria se preocupar com essas coisas.

— Gato, hein? — Ele me lança um sorriso torto com seus lábios perfeitos. — Você não faz o meu tipo.

Não há malícia em suas palavras.

— Sim, sei disso. O seu tipo está vestindo uma camiseta de *One Piece*.

Todos ficamos quietos enquanto observamos Rei e Biblioteca. Finalmente, Júnior pergunta:

— Mas será que piercings sexy fazem o tipo *dele*? A pergunta é essa.

— Não recomendo você ficar pensando demais sobre isso — diz Docinho.

— Pensando sobre o quê? — pergunta ele.

Ela se vira para Júnior com uma expressão séria.

— Se alguém contar pro Joe, você vai ser expulso da trilha — adverte Docinho.

— Por pensar em caras gostosos?

— Por ficar com alguém. No ano passado, dez pessoas foram mandadas de volta pra casa em trilhas diferentes.

Lanço a ela um olhar cético.

— Por dar uns beijos?

— Por envolvimento. Está no contrato que todos nós assinamos.

Quase reviro os olhos.

— Mas as pessoas levam isso a sério mesmo? — pergunto.

Ela dá de ombros.

— O Joe leva.

Os olhos de Júnior se iluminam.

— Mas o Joe não está aqui.

Sorrio para Docinho.

— O Joe *não está* aqui.

Docinho dá um empurrão em nós dois, mas Júnior faz uma careta de dor e vejo que ela se arrepende.

Dentro da barraca, ajudamos Júnior a tirar a camisa e colocar outra, então o ajeitamos no saco de dormir. Enquanto estou garantindo que seu braço fique numa posição elevada, Docinho faz uma cara estranha e se mexe.

Um segundo depois, ela ergue uma garrafa com um líquido marrom.

— O que é...? — começa Júnior.

— Ai, meu Deus, isso é uísque! — Ela praticamente grita.

Um instante mais tarde, Biblioteca entra correndo na barraca e arranca a bebida da mão dela.

— Eu encontrei isso! — exclama ele.

A garrafa tem *mesmo* cara de que esteve exposta à natureza, toda suja e empoeirada.

— Por que é que ela está debaixo do seu saco de dormir e não... dentro da sua mochila? — pergunta Docinho.

— Eu ia jogar fora — diz Biblioteca para nós. Ele olha para Rei como quem pede ajuda, mas o amigo apenas sacode a cabeça enquanto entra agachado na barraca.

— Por que você ia jogar fora? — pergunto.

— Porque... — Ele leva tempo demais para lembrar. — Álcool é proibido na trilha.

— Sei — diz Docinho com seriedade.

— Eu... eu não quero ser egocêntrico nem nada, mas tive um dia péssimo. — O rosto de Júnior está sério quando olha para Biblioteca. — Isso aí não me cairia mal. Para fins medicinais.

Docinho não consegue evitar a expressão chocada.

— Você quer beber um uísque que acharam no meio do mato?

Júnior dá de ombros.

— Está lacrado. — Então olha para mim. — E o Joe não está aqui.

— Sabe-se lá há quanto tempo esse seu uísque da floresta está aqui mofando. E se tiver estragado ou algo assim? — Docinho olha para mim, pedindo ajuda.

O mapa de nós dois **83**

— Você quer dizer *fermentado*? —A pergunta de Biblioteca não é uma pergunta. Ele está apontando o óbvio. — E aí se transformado em *álcool*?

Os braços de Rei estão cruzados sobre o peito, e ele ainda não falou nada. Biblioteca olha para ele, esperando por algum tipo de permissão porque todos parecemos estar em um impasse. Sabemos que não temos permissão para isso. Mas...

Mas...

— Eu tenho uma solução — começa Júnior. — Se a gente beber, ele *some*. E então não vai ter álcool nenhum na trilha. — Ele faz um som de *puff* com as bochechas infladas, como se tivesse sugerido algo mágico.

— Gênio. — Eu assinto, séria.

Ele dá um tapinha na minha perna com o braço bom.

— Sempre fui — responde.

— Odeio todos vocês — diz Docinho.

— Ok, nada de uísque da floresta pra você então — diz Júnior, pegando a garrafa e abrindo a tampa lacrada. Todos assistimos enquanto ele dá uma golada e faz uma careta. — Aham, tem gosto de uísque.

Ele tosse logo depois, mas Docinho já está arrancando a garrafa de sua mão.

— Que isso?! — grito para ela. — Dois segundos atrás você não parava de falar de *contratos* e como *odiava a gente*, mas agora...

— O Júnior está certo. Se acabar, não está na trilha. E nem venham me dizer que o grupo Verde não enfiou álcool na mochila e sei que o Amarelo provavelmente tem brownies mágicos listados como itens essenciais.

Mas nós não somos o grupo Verde nem o Amarelo. Somos o Azul. E temos Rei.

Biblioteca olha para ele esperando por algum tipo de resposta, mas Rei apenas dá de ombros.

— Agora já foi — diz.

E essa é toda a permissão de que precisamos.

Não bebemos muito, só o suficiente para que lugares que normalmente mantemos protegidos com cercas pareçam se embaçar e mesclar naquele espaço minúsculo. Nós nos assentamos ali e viramos um emaranhado de braços e pernas. Docinho se apoia em Júnior, cujas pernas pressionam Biblioteca. Biblioteca invade o meu espaço. Minhas pernas estão debaixo de Rei. Ele as reposiciona e acaba com a cabeça inclinada na direção do meu colo, com as pernas atrás de Docinho. Somos a versão humana de um nó celta.

O álcool nos impede de refletir sobre como estamos todos ali trocando o calor de nossa pele ou como isso é o mais próximo que a maioria de nós já esteve.

Não sei quem menciona isto primeiro, talvez Docinho, talvez porque todos estejamos cientes de que estamos quebrando uma regra que pode nos mandar de volta para casa, mas ela começa a falar sobre por que está aqui:

— Eu só precisava sair. — As mãos gesticulam para o teto da barraca. — Ver o céu. As estrelas. Os... Eu só queria respirar.

— Então não é um serviço comunitário obrigatório pra você? — pergunto. — Você se voluntariou?

— E você? — questiona Rei. Os olhos dele se fixam nos meus.

— Serviço comunitário nem sempre precisa ser a sentença de um tribunal, sua vândala. — Docinho fica mexendo no zíper do saco de dormir debaixo dela. Sem parar. — Alguns de nós se voluntariam porque é uma responsabilidade cívica.

— E por causa do céu — lembra Júnior.

— E por causa do céu, óbvio.

Júnior inclina a cabeça para trás.

— Estou aqui porque quero me juntar ao Greenpeace e salvar as baleias.

— Eu me voluntariei porque planejo concorrer à presidência — acrescenta Biblioteca, entrando no jogo.

O mapa de nós dois **85**

— Deve ter maneiras mais fáceis de entrar na política —
digo a ele.

Todos olhamos para Rei.

— Estágio — fala ele.

Esperamos que diga mais, uma piada ou algo sarcástico.

— Em uma estação espacial? — diz Docinho. Ela está
fazendo mais do que uma pergunta boba. Está pedindo a ele
que entre na brincadeira. Consigo vê-lo pensando, calculando
o custo. Fico me questionando se todo mundo consegue ler Rei
assim tão facilmente.

E então ele diz:

— Como é que você sabe? Vai tentar a mesma vaga?

Não sei por que, mas isso faz todos nós rirmos. O tipo de
gargalhada que faz você tombar na pessoa ao lado. O que ele disse
nem foi engraçado; mal foi uma bobeira, mas os olhos de Rei
encontram os meus e o sangue parece correr como eletricidade
em minhas veias.

— Então parece que você é a única aqui que foi obrigada a
fazer serviço comunitário. — Docinho me cutuca com o pé. —
Você matou alguém? Roubou uma loja de bebidas?

— Contrabandeou um caminhão cheio de heroína pela
fronteira dos Estados Unidos com o Canadá? — diz Biblioteca,
tentando adivinhar.

Júnior chama a atenção.

— Ela entrou em um laboratório e libertou todos os
animais.

— Por que é que o meu lance tem que ser um crime? —
pergunto.

— Você tem uma vibe de criminosa — diz Docinho.

Posso sentir Rei me observando.

— Meus pais viajaram pra Europa neste verão e eu não quis
ficar perambulando pela Itália com eles.

— Você quer mesmo que a gente acredite que você não
quis ir pra Europa com a sua família?

— Meus pais são... — Faço um som de explosão. — Minha mãe enche o saco e o meu pai é... um pai. Cheio de curiosidades sobre prédios velhos e... essas coisas. Eu só queria fazer alguma coisa por conta própria antes da faculdade.

— Faculdade. Claro — diz Júnior. — Você provavelmente vai pra alguma universidade particular chique.

— E se juntar a uma irmandade — comenta Biblioteca.

— Como é que eu posso ter uma vibe de criminosa *e* de sororidade?

— Já vi que você não conhece nenhuma integrante de irmandade — rebate Docinho.

— Então, Mapas é uma universitária que vai pra uma faculdade particular chique e se juntar a seitas gregas depois da trilha — diz Júnior. — E você, Docinho?

— Ano sabático.

Júnior ri.

— Só gente rica tira anos sabáticos.

— Isso não é verdade! — exclama Docinho.

Biblioteca sacode a cabeça.

— Gente pobre não diz que vai tirar um ano sabático. Diz que vai *trabalhar*.

— E o que *você* vai fazer? — pergunta ela.

— *Trabalhar!* — Biblioteca ri.

Eu não vou para a faculdade. Eu nem mesmo me formei no ensino médio, mas de algum modo fiz essas pessoas acreditarem que sou o exato oposto de quem sou de verdade. Uma dor se instala no meu peito e peço licença para ir ao banheiro.

— Vê se a fogueira está apagada — diz Rei para mim.

Do lado de fora, vejo que a barraca vermelha ainda está espalhada pelo chão e que a fogueira se extinguiu. Vou para a floresta para fazer xixi e fico impressionada com como me tornei uma especialista em agachamento. Quando retorno, encontro o meu lugar nos sacos de dormir.

O mapa de nós dois **87**

Nós rimos até nossos olhos ficarem pesados e Júnior pede para eu e Docinho continuarmos ali. Biblioteca e Rei trocam um olhar, então Biblioteca assente com a cabeça. Eu me recosto e os meus dedos pousam onde estão os de Rei. É quase como se estivéssemos de mãos dadas e não sei se é o álcool falando ou a proximidade com ele, mas percebo tudo.

A forma como ele se inclina um centímetro mais para perto do meu espaço. A forma como ele levanta a mão, apenas para posicioná-la de novo no mesmo lugar, próxima à minha. A forma como os olhos dele se movem para a minha boca quando eu falo. Quando finalmente nos deitamos e cedemos ao sono que vem nos caçando, parecemos até uma lata de sardinhas. Nossos corpos ficam colados ali, e a distância que normalmente mantemos um do outro se foi. Júnior está ensanduichado entre Docinho e Biblioteca. Biblioteca e Rei têm as costas voltadas um para o outro, e eu estou entre Rei e a parede.

Nossas respirações, o inspirar e o expirar, parecem pesadas e reconfortantes.

Tento não ficar olhando a forma como a luz da lua esculpe Rei. A luz ilumina as maçãs de seu rosto e sua barba por fazer me dá vontade de esticar o braço para tocá-la. Quero percorrer com os dedos os lugares onde a sombra e a luz se misturam; mas não faço nada disso, porque este Rei só existe neste momento.

Pareio o ritmo da minha respiração com a dele conforme nossos peitos sobem e descem ao mesmo tempo. A sensação é íntima. Parece algo com a qual posso me acostumar a fingir. Mapas é o tipo de garota que consegue se deitar ao lado de garotos bonitos. Mapas poderia até ser o tipo de garota capaz de beijar garotos como Rei.

Mas Atlas ainda está por aqui e os estilhaços dela atravessam a farsa.

Porque, quando eu acordar, sei que este momento terá passado.

11

Todos os pássaros da Califórnia estão bem do lado de fora da nossa barraca.

Eles fazem algazarra e piam enquanto insetos zumbem e alguma coisa farfalha pela vegetação. Não sei dizer se isso é coisa da minha cabeça ou se o barulho está de fato mais alto do que o normal. Apenas um dos meus olhos se abre diante da luz forte que atravessa as paredes de PVC da barraca.

Está tudo pintado em tons de azul, alguém ronca suavemente...

E Rei.

Seu rosto está relaxado e não há linha marcada entre as sobrancelhas. Ele se remexe, ainda dormindo, e se move para mais perto de mim.

Quase consigo imaginá-lo esticando a mão. O que, sob a luz da manhã, parece um pensamento ridículo agora. Respiro fundo. E então respiro outra vez.

Mas algo neste momento desmonta a tensão que carrego. A maneira como ele parece calmo e tranquilo aqui me faz pensar que também posso ser assim. Meu coração pode ser assim.

Rei se move e digo a mim mesma para desviar o olhar, mas não faço isso. Os olhos dele se abrem e ele encara o teto da barraca e pisca duas vezes antes de eles se voltarem lentamente para mim.

— Oi — digo, quase em um sussurro.

O mapa de nós dois **89**

Ele me encara e fico me perguntando se os seus pensamentos ainda estão embolados nas memórias da noite passada. Ficamos desse jeito, nossos olhares presos um no outro, até Rei interromper o momento e olhar ao redor da barraca. Está todo mundo dormindo.

E daí ele sorri. Rei pressiona o indicador contra os lábios, me pedindo para ficar em silêncio, então se senta e estica os braços sobre a cabeça. A camiseta que ele veste sobe um pouco e consigo ver o relevo de seus músculos acima do cós da bermuda.

Ele abre a barraca, e Biblioteca se agita de leve quando Rei sai. Deixo escapar um suspiro profundo e fico olhando para o teto, tentando impedir que o meu coração bata asas e saía voando do meu peito.

Mas o momento dura pouco porque logo ouço um rebuliço. É agressivo e um pouco frenético. Mesmo de dentro da barraca, sei que há algo errado. Alguma coisa perturbou Rei e não consigo nem imaginar o que seja até que o ouço dizer:

— Que porra é essa?

O zíper na barraca, que nunca chegou a ser totalmente fechado, é aberto com um puxão e Rei aparece do lado de fora, furioso.

— Que *porra* foi essa, Mapas?

Minha cabeça dói e percebo que preciso beber água. Eu me sento, com o estômago embrulhado.

— Quê?

Ele expira pelo nariz, com força.

— A *fogueira*.

Não consigo entender do que ele está falando e agora todo mundo acordou e está olhando de um lado para o outro, para nós dois.

— Levanta. Agora. — É uma ordem.

— Rei. — A voz de Biblioteca soa embargada de sono. — Do que é que você tá falando?

Mas já estou me levantando, assim como todos os demais.

Enquanto saímos em fila da barraca, vejo o que Rei vê. Uma barraca desmontada jogada no chão. Barrinhas de granola e embalagens de comida espalhadas no solo ao lado de panelas sujas. E nossas mochilas remexidas por alguma coisa durante a noite. Porém, ele é tão responsável por essas coisas quanto eu. Olho para ele, pronta para dizer isso, mas então...

Rei dá um chute nos restos carbonizados da fogueira. Quando afasta a bota, vejo brasas vermelhas ainda acesas.

Ao meu lado, Biblioteca fecha os olhos com força.

Porra.

— Você disse que a fogueira estava apagada — fala Rei.

— E estava.

... Estava.

— É mesmo? — desafia Rei.

— Não tinha chama, não tinha fumaça...

— Mapas. — É Júnior quem me interrompe, mas não dou ouvidos.

— Estava apagada. A fogueira estava apagada, sim.

— É óbvio que não estava, Mapas. — Rei circulas as pedras, olhando para baixo. — Você podia ter ateado fogo na porra da floresta inteira.

Nenhum de nós diz nada. Espero que alguém me defenda, que diga a Rei, que diga a mim, que eu não ferrei tudo. Que foi um erro honesto.

Finalmente, Docinho diz:

— Mas ela não fez isso.

— Nem começa — responde Rei, erguendo uma das mãos. — Não tenta defender ela quando metade das nossas barrinhas de granola está espalhada pelo acampamento inteiro porque *você* não guardou a sua mochila.

— Você não tem o direito de falar assim comigo só porque está preocupado que o Joe fique bravo com você e te proíba de ir pro Alasca! — Docinho grita em resposta.

Os olhos de Rei escurecem quando recua um passo de nós.

— Isso não tem nada a ver comigo!

— Tem, sim! Você é o líder!

— Epa. — Biblioteca se coloca entre Docinho e Rei.

— Quem foi que se esqueceu de lavar as panelas depois do jantar? — pergunta Rei a ela.

— O Júnior se machucou! — A voz de Docinho soa incrédula. — Ô, porra, por que é que você está agindo como se não estivesse flertando com a Mapas a noite inteira?

É como uma granada lançada no ar. Rei olha para mim. Biblioteca olha para mim. Júnior olha para mim.

Não foi a minha intenção deixar a fogueira acesa e sei que deveria pedir desculpas. Desarmar a bomba que parece estar aos meus pés. Em vez disso, eu grito:

— Vai se foder, Docinho!

— Ei! — Biblioteca para com os braços bem abertos como se todos estivéssemos a segundos de nos atracarmos, e talvez estejamos mesmo. — Isso é ridículo. Vocês estão me obrigando a ser a voz da razão e eu não quero ser a voz da razão. Docinho, Júnior e Mapas, limpem essa merda toda e vejam se apagam a fogueira *de verdade*. Rei, vem comigo.

E, surpreendentemente, é o que fazemos. Eu jogo água nas brasas, que chiam, e Docinho e Júnior começam a recolher embalagens.

Biblioteca estica a mão e pega o braço de Júnior com delicadeza.

— Como está? — Ele revira o curativo como se conseguisse enxergar através da gaze.

— Está... — Júnior parece perceber que eles estão muito próximos e dá um passo para trás, limpando a garganta, mas não tira o braço da mão de Biblioteca. — Não está doendo.

Biblioteca assente e passa o polegar pelo curativo antes de soltar o braço de Júnior.

— Pega leve hoje.

Júnior bate continência para ele e volta a coletar lixo, mas vejo as suas mãos tremendo.

Depois de limparmos o acampamento e guardarmos as barracas, nós prosseguimos pela trilha em um silêncio tenso. Trabalhamos e depois, no almoço, paramos debaixo de uma árvore.

A luz do meio-dia atravessa os galhos sobre mim. Fecho os olhos e vejo o meu pai sentado debaixo da árvore em nosso quintal. Às vezes, ele fazia a mesma coisa: fechava os olhos e acabava parando em outro lugar. Observando um bando de pássaros revoar e pintar o céu com suas asas enquanto a luz do sol está em seu máximo.

Mordo o lábio e penso em meu pai dizendo: *Observar algo partir é uma dádiva.* Ele estava falando sobre os pássaros, e logo o aperto de sempre retorna ao meu peito. Logo acima de *Percorrer a trilha com Atlas* na lista do meu pai está *Observar os pássaros migrarem para o sul.*

Ele me contou a história de como pediu a minha mãe em casamento ao pôr do sol em uma ilhota na costa da Flórida. E, enquanto os pássaros migravam para o sul para o inverno, meu pai colocou um joelho no chão e pediu para ficarem juntos para sempre.

No fim das contas, o "para sempre" não dura muito.

Eu nem sei que dia é hoje. Não sei se estamos mantendo um bom ritmo ou se estamos demorando demais ou...

É por isso que eu odeio o silêncio. Meu estômago está parecendo aqueles galhos. Emaranhado nos nós de meus pensamentos.

Nós caminhamos e trabalhamos. Não sei dizer se trabalhamos ainda mais porque estamos com raiva ou se só parece que estamos nos esforçando mais porque nos sentimos um lixo. Rei não fala comigo desde que foi para o meio do mato com Biblioteca e voltou com uma carranca. O contraste com a pessoa ao lado de quem acordei esta manhã é imenso.

O mapa de nós dois **93**

Assim que consigo falar com Rei sozinha, é o que faço.

— Oi — digo. Ele está na minha frente e vejo seus pés hesitarem um passo. Quando não responde, simplesmente prossigo: — Sei que você tá chateado comigo.

Mais silêncio.

— Eu realmente sinto muito, Rei. Juro.

Um. Dois. Três. Dez passos.

— Eu não sabia que a fogueira ainda estava acesa. Sei que o estágio é importante para você e eu sinto... Se a gente precisar contar pro Joe...

Ele dá meia-volta e coloca uma mão no meu braço, me fazendo parar no fim da fila para que os demais continuem caminhando.

— Não fala nada disso pro Joe. Você só vai piorar as coisas.

Ele dá três passos.

— Porque... porque Docinho estava certa. Eu deveria ter conferido.

— Foi um acidente.

Sua mandíbula treme.

— Não foi. Eu sou o responsável pela fogueira e pedi para que você olhasse para mim...

— Então você está me dizendo que não dá pra confiar em mim com a fogueira?

— Eu estou dizendo que não dá pra confiar em mim.

Meu coração acelera quando seus olhos encontram os meus.

— Com a fogueira?

O peito dele sobe e desce, e sinto os segundos se arrastarem ao nosso redor.

— Com você — responde.

O ar está pesado e zumbe, ou talvez seja a minha pulsação sanguínea.

— O que isso quer dizer?

Mas Rei volta à trilha, à sua caminhada, e não olha para trás.

Parou de prestar atenção.

A seção seguinte da trilha é repleta de mato, arbustos e entulho. O rio vem percorrendo a lateral desta área e pelo menos três árvores têm galhos pendurados de maneira suspeita. Trabalhamos o dia inteiro para garantir que as árvores que ainda estão de pé não caiam em cima de nós quando montarmos o acampamento. É silencioso e maçante.

O dia seguinte é a mesma coisa.

Minha cabeça dói.

Não de um jeito que me deixa enjoada ou incapaz de percorrer a trilha, mas de uma forma irritante em que tudo parece um pouco mais brilhante do que deveria ser e que faz o chão parecer um pouco mais próximo dos pés do que deveria estar. Todos parecemos estar sentindo mais coisas do que o normal. Nossas guardas estão baixas e a paciência está mais curta.

Júnior vai mais devagar por causa do braço e tento não pensar no que Rei falou.

Estou dizendo que não dá pra confiar em mim.

Com você.

Removemos uma tora caída, rebocando-a para fora da trilha e desarmando uma armadilha em potencial. É tedioso e perigoso, e piora ainda mais o calor. Sento no chão, dolorida. Biblioteca me diz para não fazer corpo mole porque não quer ter que ficar ouvindo Docinho reclamar que ela precisa fazer tudo sozinha.

Ninguém menciona o que aconteceu com a fogueira. Docinho não fala com Rei e faz bico sempre que pedem que faça qualquer coisa. Júnior garante que o conteúdo na mochila esteja sempre guardado e Biblioteca ainda parece sempre nervoso, não para de perguntar a Júnior como está o braço. Como se uma discussão pudesse irromper a qualquer momento. E eu...

Eu não presto atenção em Rei.

Eu não penso no que ele disse.

Rei e Biblioteca cuidam de galhos sobrecarregados com risco de queda. Júnior e Docinho movem ramos de árvores

O mapa de nós dois **95**

partidos pelo vento, e eu escavo plantas que cresceram na lateral da trilha. Ainda está silencioso, mas o silêncio se incorporou à nossa psiquê a essa altura.

É por isso que não reconheço o som de botas no solo.

Ou a respiração baixa que alguém deixa escapar.

Só ergo o olhar quando escuto alguém dizer:

— Que droga é essa? — Uma garota com cabelo escuro trançado está parada diante de um grupo de pessoas, todas nos encarando.

Não sei o que devo fazer, então fico paralisada, como se tivesse sido pega fazendo algo de errado e talvez se eu ficasse parada por tempo o bastante conseguisse desaparecer na vegetação do fundo.

— Podemos ajudar? — pergunta Biblioteca, ficando de pé.

A garota, que reconheço, mas não sei de onde, apenas dá de ombros.

— Provavelmente não, mas ouvimos o nítido som da desgraça e decidimos dar uma olhadinha.

Rei sorri para ela, algo que não o vejo fazer há dias.

— O Amarelo quer nos ajudar?

Ela balança a cabeça vigorosamente e faz uma careta.

— De jeito nenhum, mas eu aceito um abraço dos líderes da trilha Azul.

—Amarelo? — pergunta Docinho.

Mas o restante de nós está olhando para Biblioteca e Rei, que sorriem um para o outro.

Depois, Biblioteca diz:

— É bom te ver, Pomba.

12

O grupo Amarelo tem sete trilheiros.

São apenas duas pessoas a mais do que o nosso grupo, mas poderiam ser cem. Reconheço a maioria deles de antes, de quando usavam adesivos com pontos amarelos e seus nomes e comiam picolés. Parece que foi em outra vida.

A presença deles imediatamente altera a dinâmica do nosso grupo.

Pomba e Hera são as líderes do Amarelo e, pelo visto, as melhores amigas de Rei e Biblioteca. Pomba envolve Biblioteca com seus belos braços tocados pelo sol e o puxa para um abraço.

— Senti saudades. — Ela aperta o pescoço dele.

— Faz só uma semana. — Ele, no entanto, sorri no ombro dela ao dizer isso.

— Quase duas. — Ela abraça Rei. — Fizeram alguma coisa interessante sem mim?

Espero Rei contar a Pomba sobre o uísque ou sobre a fogueira. Ele não conta.

— Está lembrada de Júnior, Docinho e Mapas?

Pomba olha para mim e repete meu nome:

— Mapas.

— Oi. — Meu cumprimento sai sem entusiasmo.

— Esses são Pedreira, Sufoco, Salgueiro, Balde e Tigre. — Ela aponta para uma fileira de gente. Os nomes deles são ainda mais ridículos do que os nossos.

— O Amarelo vai acampar com a gente essa noite — anuncia Rei para nós. Ele não sorri ao falar isso, mas posso ver que tem vontade. Odeio o quanto isso me deixa com ciúmes.

Decidimos quem vai fazer a fogueira e quem vai ajudar na preparação do jantar. Todos no grupo Amarelo se revezam para montar as barracas e, quando Sufoco me vê com dificuldades com as nossas, ela se aproxima para me ajudar. Seu cabelo escuro está preso em um coque elevado e ela usa uma bandana larga que cobre as orelhas.

— Aqui — diz ela para mim com sua bela voz rouca. — As hastes longas sempre ficam pra esse lado. E é mais fácil se você conectar essas duas aqui e erguê-las primeiro.

Sinto meus olhos se arregalarem.

— Você consegue... simplesmente erguer uma barraca? Tudo sozinha?

O rosto dela assume uma expressão cautelosa.

— Aham. A Hera me ensinou...

Eu não choro, mas quando a abraço tenho lágrimas nos olhos.

Durante o jantar, Rei e Biblioteca se sentam com Hera e Pomba. Eles riem enquanto Hera conta o tipo de história que requer gestos de mãos e reações da plateia. Uma dor se assenta em meu peito, que logo reconheço como inveja. Mas não sei se isso tem a ver com Rei ou se é porque tudo entre aqueles quatro parece fácil e não consigo me lembrar da última vez que tive amigos com quem as coisas eram assim.

Nós três do Azul estamos sentados meio afastados quando Sufoco se deixa cair bem entre mim e Docinho.

— Oi. — Ela sorri para Docinho, que parece confusa por sua súbita aparição. — E aí, vocês ainda têm aquela vodca? — Seus olhos dançam ao perguntar e decido que gosto dela.

— Não sei do que você tá falando — responde Docinho, com um pouco de orgulho na voz. — Mas se eu soubesse, diria que não era vodca, e sim uísque.

Pedreira se senta ao meu lado com um baralho imenso de cartas nas mãos.

— Vocês sabem jogar Duvido?

— Duvido? — pergunto.

— É um jogo em que vence o melhor mentiroso. Querem entrar?

— Ah — diz Sufoco, virando-se para Docinho. — Vocês vão amar esse jogo.

— Eu sou um mentiroso profissional — diz Pedreira para nós, e então explica as regras. Formamos um círculo, onde cada jogador precisa descartar pelo menos uma carta em seu turno. Elas devem ser descartadas em ordem: ás, um, dois, três etc. — Se você não acreditar em alguém, você diz *Duvido*. Se a pessoa mentiu, ela precisa pegar todas as cartas na pilha de descarte. Se contou a verdade, é você quem pega.

Jogamos uma rodada e Júnior é pego na mentira toda vez.

— *Duvido!* — grita Tigre, um menino baixinho de cabelo castanho. — Você não tem *sete* valetes.

Júnior recolhe a pilha inteira.

— Eu estou *ferido*...

Depois da primeira rodada, os líderes de trilha resolvem entrar. É estranho observar Rei e Biblioteca serem casuais com outras pessoas. É como se fossem seres humanos completamente diferentes esta noite e tento não me permitir ficar pensando em como não serei capaz de esquecer isso.

Estou na penúltima carta e Rei na última. A pilha de descarte cresceu bastante, então quando abaixo uma carta e digo que é um dez, todo mundo olha com cautela para mim. Se eu estiver mentindo, vou ter que pegar todas aquelas cartas.

— Ela tá mentindo — diz Júnior.

— Estou? — blefo. É óbvio que estou mentindo, mas o rosto de Júnior parece menos convicto agora.

— Ela está? — pergunta Hera a Biblioteca.

Ele franze a testa.

O mapa de nós dois **99**

— Não sei dizer.

Sinto os olhos de Rei em mim e, quando olho para ele, desejo não ter feito isso. Seu olhar é firme e o rosto é passivo.

— Duvido. — Seu tom é suave, mas confiante.

— Tem certeza? — pergunto, mas o ar ao meu redor zumbe enquanto ele me observa.

— Duvido — repete Rei.

Pedreira puxa a minha carta no topo do baralho e revela a rainha de paus.

O grupo inteiro irrompe em clamores de injustiça. Pego a pilha inteira e espalho as cartas, sorrindo, mas não olho de novo para Rei. Não confio em mim mesma.

Quando chega a vez de Rei, penso em dizer "Duvido", mas não consigo.

Jogamos mais três rodadas antes de Biblioteca e Hera nos dizerem que é hora de irmos para a cama.

Estou no rio quando Pedreira me encontra. Nós lavamos os rostos e os braços na parte rasa e escovamos os dentes um ao lado de outro, em silêncio. Rei e Pomba estão a poucos metros de distância, conversando em vozes baixas.

— Qual é o lance da sua equipe? — Pedreira enfim pergunta.

— Lance?

— O loiro malvado não para de olhar feio pra mim.

— Rei? — Sorrio.

Ele retribui o sorriso.

— Você sabe o nome dele — digo.

Pedreira apenas dá de ombros.

— "Loiro malvado" é mais engraçado. Qual é a dele?

— A cara dele é assim mesmo. — Ainda estou sorrindo, mas minha entonação deixa explícito que ele não tem o direito de zombar de Rei. Gosto de Pedreira, mas ele não está na mesma trilha que a gente, ele não é do grupo Azul. E só um Azul pode provocar outro Azul.

— Vocês formaram uma conexão — conclui ele. — É, eu entendo. Também não ia deixar ninguém zombar da Hera ou da Pomba.

Dizer isso em voz alta torna todas as palavras mais pesadas. Não quero que o que diz seja verdade porque significaria que as pessoas aqui são importantes para mim.

— Ele vai para um estágio depois daqui se tudo der certo, então leva as coisas a sério.

Pedreira assente, mas é evidente que não dá muita bola.

Quando termino, apoio as costas nas rochas do rio e fico assistindo ao céu escurecer. Estrelas começam a se insinuar pelo azul-arroxeado. Mais um lembrete das centenas de noites e das milhares de constelações que observei com o meu pai.

Tudo parece me fazer pensar nele agora que não estou mais me distraindo com uma porção de outras coisas. Por um segundo, desejo que pudéssemos simplesmente permanecer aqui. Na beira do rio, olhando para as estrelas, comendo barrinhas de granola em silêncio.

Sei que a qualquer momento Rei vai aparecer e me dizer para me levantar. Para me colocar de pé e voltar para a nossa barraca minúscula e dormir e acordar e ficar exausta de novo, mas ele me surpreende ao se aproximar e se sentar conosco. Pomba senta-se do outro lado de Rei e ninguém fala nada enquanto escutamos os animais, o rio e o som de nossas respirações.

Eu aponto para a Ursa Maior e digo a todos:

— Aquela ali é a constelação de Órion.

Espero que alguém — *Rei* — me diga que estou errada, mas só recebo silêncio como resposta, então acrescento:

— Aquela ali é Capricórnio. — É a Ursa Menor.

Ao me virar, as rochas debaixo do meu corpo se movem e tilintam, mas vejo o sorriso desaparecendo no rosto de Rei quando ele diz:

— É melhor a gente voltar.

Eu me levanto, limpando a calça.

— Você só está com raiva porque sei mais sobre constelações do que você.

Ele acende a lanterna e olha para mim.

— Você tá com um... troço nas costas. — Rei ergue uma palma aberta como se quisesse espanar a coisa.

— Ah — digo, e me viro para deixar que faça isso, mas Pedreira aparece e logo dá um jeito. O toque das mãos dele nas minhas costas é bruto e a sensação é quase desagradável.

— Prontinho — diz Pedreira com um joinha quando acaba.

Levanto a mão, silenciosamente oferecendo retribuir o favor. Ele faz que não com a cabeça.

E quando ergo o olhar, Rei já está andando na direção das barracas.

13

Na manhã seguinte, pouco antes de o sol nascer, acordo por conta do frio.

Minha pele se arrepia e tenho a certeza de que não ou conseguir voltar a dormir. Portanto, saio do meu saco de dormir e visto a única blusa de manga comprida que trouxe.

Andando entre as barracas na ponta do pé para não acordar ninguém, vou até a água. As pedras deslizam sob o meu peso enquanto tento equilibrar os passos, considerando como o rio parece diferente sob a promessa da luz.

Quando o sol desponta pelas montanhas, esqueço do frio e só fico ali parada, maravilhada com o céu. O sol pinta tudo em tons de rosa, amarelo, roxo e azul. E...

Isso me dá saudades de café.

Do cheiro. Da maneira como a caneca aqueceria as minhas mãos. Da maneira como o meu pai sorria para mim nas manhãs em que me arrastava para pescar com ele às quatro da madrugada.

O sorriso gentil sob o chapéu de pescador verde, com a insígnia da licença para pescar afixada nele, e a sua jaqueta azul desgastada, que cheirava a roupa guardada, tabaco e algo que era simplesmente ele.

Café.

A aurora me faz sentir saudade de *café*. Pego os meus sentimentos a respeito do meu pai, enfio-os em um cofre e jogo as chaves no fundo do coração.

O mapa de nós dois **103**

Escrevo no topo: *Para resolver mais tarde.*

Quando volto para as barracas, Rei está sentado em uma pedra com o caderninho aberto. Escreve algo com o lápis e fico me perguntando se faz isso todas as manhãs.

— Oi — digo.

Ele olha para mim com uma carranca, à qual estou começando a me acostumar.

— Onde você estava? — pergunta Rei.

— Fui pro rio. — Eu aponto às minhas costas como se isso provasse alguma coisa.

Está todo mundo dormindo, menos nós. O grupo Amarelo nem começou a se mover em suas barracas. Talvez seja por isso que me sinto corajosa o bastante para perguntar:

— Estamos de boa?

Rei olha para o papel, percorrendo com os dedos algo que está escrito ali, e aperta os lábios.

— Eu não sou... muito bom nessas coisas.

— Coisas?

O lápis batuca nervosamente no diário.

— Tenho dificuldades com... essas coisas.

Quero perguntar se *eu* sou "essas coisas", mas parece algo presunçoso demais e tenho medo de que ele diga que não.

Rei pigarreia.

— Sim, Mapas. Estamos de boa.

Era o que eu queria escutar, então não sei bem por que as palavras parecem espinhos perfurando a minha pele.

Eu me obrigo a sorrir.

— Somos amigos, então?

Quando Rei me encara desta vez, sinto como se estivesse tomando uma decisão a respeito dele mesmo em vez de mim.

— Que tal sermos líder de trilha e...

— Amiga de trilha? — ofereço, ainda com o sorrisão que machuca.

— Não estou muito interessado em fazer amigos.

Odeio a forma como ele não para de se distanciar de mim. A cada passo que dou em sua direção, Rei recua dois passos até não restar nada além de um abismo entre nós. Isso fere o meu orgulho e me pergunto se ele enxerga isso no meu rosto.

Rei apenas suspira.

— Precisamos arrumar as mochilas.

— Está com pressa de se mandar? — pergunto. Torço para a minha voz soar leve, mas sei que não é o que acontece.

E Rei não responde.

O grupo Azul se levanta e faz o desjejum antes mesmo que um Amarelo sequer acorde. Já desmontei e guardei a barraca vermelha quando Pomba emerge da dela.

Ela franze a testa para Biblioteca e Rei.

— Caramba, vocês são uns ditadores. — Pomba se vira para Docinho. — Pisque duas vezes se estiver em perigo.

Hera sai da barraca e para ao lado de Pomba, ambas esfregando os olhos com sono.

Biblioteca pergunta:

— Para onde vocês vão depois daqui?

Pomba dá de ombros e olha para Hera.

— Talvez para o mirante? Ainda não sei — responde ela.

— Vocês não têm que seguir a trilha que incumbiram a vocês? — pergunta Júnior enquanto ajeita a mochila.

— E quem disse que não estamos seguindo? — Hera coloca uma mão sobre o ombro de Júnior. — Há mais de uma maneira de se fazer trilha.

Rei sorri, mas diz:

— Na verdade, não. Só tem uma trilha. — Ele move a mão para a frente e para trás.

— Opa — rebate Pomba. — Você faz do seu jeito e a gente faz do nosso.

Biblioteca e Rei se despedem de Hera e Pomba, prometendo se encontrar de novo no fim da trilha.

O mapa de nós dois **105**

— Se vocês chegarem lá a tempo. — Hera dá risada, antes de acrescentar: — Do jeito que vocês estão indo, só vão chegar lá no outono.

Rei balança a cabeça, mas não consigo parar de pensar no que ela disse. *Outono*.

Estamos atrasados?

Pergunto isso a Biblioteca enquanto caminhamos em fila única.

— Não — responde. Então acrescenta: — Na verdade, não.

— Como assim?

Ele não elabora e continuamos seguindo em frente, cuidando da trilha enquanto andamos. Sem o grupo Amarelo para nos distrair, a distância entre todos nós retorna. Física e metaforicamente.

Decido voltar ao jogo de perguntas e respostas.

— Se você só pudesse comer a culinária de um único continente pelo resto da vida, qual seria?

— Quê? — pergunta Júnior.

— Um continente — repito.

— Por quê?

— Porque se eu tiver que ficar em silêncio por mais um segundo que seja, vou cortar o galho de uma árvore e usá-lo pra esmagar o meu crânio. — Levanto, então, uma tora com a mão enluvada.

— Até parece que eles iam te deixar usar a serra — brinca ele. — Tá bom. Ásia. — Ele nem precisa considerar o assunto. — Comida indiana, tailandesa, vietnamita, japonesa...

— Você não precisa enumerar cada país na Ásia — comenta Biblioteca, revirando os olhos. — A gente sabe o que "Ásia" quer dizer.

Nem sabia que ele estava prestando atenção.

— Você seria capaz de desistir de comida mexicana? — pergunto. — De toda a culinária sul-americana? De macarrão?

— Me esqueci da comida mexicana. — Júnior parece dividido. — Nunca mais comer um burrito na vida...

— Nem um hamburgão? — acrescenta Docinho. — Nem churrasco?

— E você, qual escolheria? — pergunto a ela.

— Europa. — Com a pá, ela coloca uma porção de folhas na pilha de detritos. — Eu amo comida francesa. Um bom *moule-et-frites* é indescritível.

Acho que nem sei o que é *moule-et-frites*.

— Sua escolha ainda é a Ásia?

— Sim.

— Hum, corajoso. Eu não sou capaz de abrir mão da culinária mediterrânea e do oriente médio. Me recuso — digo para ele. — E quanto a você, Rei?

— Mesma coisa. Mediterrânea.

Sinto um rebuliço no peito ao ouvir que Rei e eu gostamos da mesma coisa e tento ignorar a sensação.

— E você? — pergunto a Biblioteca.

— América do Norte. Eu morreria sem um taco. Qualquer coisa fica gostosa numa tortilha de milho. Literalmente qualquer coisa.

— Até cereal? — pergunta Júnior.

— Aham. Eu cem por cento comeria. — Biblioteca empurra um galho mais para dentro da pilha. — E se você tivesse que escolher uma região específica da Ásia?

— Ah, essa é boa. — Sinceramente, só estou feliz por Biblioteca estar participando.

Júnior solta um gemido.

— Sul.

— Você acabou de desistir por livre e espontânea vontade de sushi, bife wagyu, churrasco coreano...

Júnior me interrompe.

— Desde quando é "livre e espontânea vontade" se você está me obrigando a escolher?

Sorrio.

— *Topokki*, macarrão udon, wasabi, *toda* a culinária da China, *frango frito* coreano. — A última iguaria eu enuncio no mesmo tom que usaria se ele tivesse decidido assassinar cachorrinhos.

— Você por acaso gosta de dizer às pessoas tudo aquilo que elas não têm? — pergunta Biblioteca.

— Só quero que vocês entendam o impacto das suas escolhas. — Rei deixa escapar uma risada seca, mas Docinho fala antes que eu possa perguntar o que ele quer dizer.

— Eu escolheria o sul da Europa. E nem começa, porque não estou nem aí pra tortas de carne e comida insossa.

Biblioteca coloca as mãos no quadril e olha para ela.

— Nem pra *fish & chips*?

— Eu tô com tanta fome. — Deixo escapar com um gemido.

Depois disso, ficamos em silêncio de novo. A quietude parece mais segura do que um joguinho bobo sobre comida.

O dia passa lentamente, com instruções, tarefas suarentas e todo mundo ainda meio que se evitando.

Acampamos em um mirante com vista para o rio e montamos as barracas ao lado de um anel de pedras que parecem ter sobrevivido a anos de tempestades e incêndios. Se a trilha estivesse aberta, este seria um lugar bastante popular. Respiro fundo enquanto observo a vista fantástica.

Júnior me pede para ir recolher lenha com ele porque ainda está pegando leve com o braço. Não precisamos ir muito longe para encontrar e as árvores se abrem para um penhasco que dá vista para o vale em um ângulo diferente.

— Bonito, né? — comenta ele.

— É — concordo.

E tenho vontade de explicar *por que* acho bonito.

— É meio esquisito. — Ele pega um galho, mas o lance para longe porque ainda está muito verde. Seu piercing reflete a luz quando ele inclina a cabeça.

108 KRISTIN DWYER

— Como assim?

Júnior pensa um pouco antes de responder:

— É esquisito que a gente esteja aqui, fazendo esse negócio supercomplicado, certo? E é um porre, mas... também é meio incrível.

Fico olhando a paisagem e penso no fantasma do meu pai, que parece estar a apenas poucos metros de trilha à nossa frente. Sempre. É difícil vê-lo em todos esses lugares e saber que ele nunca mais estará aqui. No entanto, aqui... aqui também é um lugar onde ele ainda existe. Pois consigo vê-lo de pé nas rochas de granito que ainda brilham. Pois dentro das pedras, das árvores e do céu há fragmentos de passado e fragmentos da memória dele. É um porre, mas também é meio incrível.

— É. É mesmo.

Quando voltamos ao acampamento, Rei e Biblioteca estão discutindo.

Docinho senta-se meio afastada, remexendo nas coisas dentro de sua mochila e fingindo ignorá-los.

— Você está agindo de forma esquisita sobre isso. — Biblioteca pressiona Rei. Eles ainda não notaram a nossa presença, e Júnior e eu caminhamos mais devagar sem nem perceber.

— Não, não estou — rebate Rei. — Você não...

— Só fala logo. Quanto mais você der importância a isso, mais estranho vai ser.

— Esquece essa história, Biblioteca. — Rei começa a se afastar dele, mas o amigo o segue.

— Eu sei que você gosta...

Rei dá meia-volta e lança um olhar incrédulo a Biblioteca.

— Tá de brincadeira, né?

— Quando mais você fingir que isso não tá rolando, mais estranhas as coisas vão ficar. Só conta logo a verdade pra ela e...

Júnior pigarreia e Rei e Biblioteca se viram na direção de onde estamos, carregando toras de madeira. Estão com cara de quem foi pego no flagra.

O mapa de nós dois **109**

— E aí? — pergunta Júnior. — Qual é o assunto, hein?

Biblioteca olha para Rei e, por um segundo, a culpa neles é tão pesada que penso que vão atirá-la em nós. Em vez disso, Rei xinga e caminha até mim, antes de tirar a madeira das minhas mãos.

— Mapas. É hoje que você aprende a fazer uma fogueira — declara Biblioteca. — Todo mundo consegue, menos você.

Rei lança a Biblioteca um olhar de censura e fico esperando que voltem a discutir. Biblioteca não recua.

Olho para Júnior como se ele fosse me salvar, mas suas sobrancelhas estão erguidas.

— Eu monto as *barracas* — lembro-o.

— Sim. Mal. E está na hora de te ensinarmos outra habilidade — diz Biblioteca.

Júnior vai até Docinho para ajudá-la a tirar a comida da mochila.

— Poxa, mas ela já faz tanta coisa — provoca ele. — Ela reclama...

— Ela discute — acrescenta Docinho.

— Ela reclama de discutir.

— Viu só? — digo a Biblioteca. — Já aprendi um monte de coisas.

Biblioteca parece querer debater e nem me importo que estejam implicando comigo porque todo mundo está sorrindo, mas daí Biblioteca abre um sorriso e diz:

— O Rei vai te ensinar.

Olho para Rei, que já está se ajoelhando diante da fogueira, e tento ignorar como o meu coração acelera furioso. Tudo neste momento parece mais pesado porque não consigo parar de revirar suas palavras na minha mente. Quem é *ela*?

— Eu tenho que armar as barracas.

— Docinho e Júnior dão conta disso — diz Biblioteca para mim. — Você consegue fazer uma fogueira. Com o Rei. Não é tão difícil assim, Mapas.

Não estou preocupada que vá ser difícil. Na verdade, não estou preocupada e ponto. Estou nervosa. Rei me deixa nervosa.

— Tá bom.

Vou para o lado dele e fico parada em frente ao espaço da fogueira, aguardando instruções.

— O que está fazendo? — pergunta Rei.

Olho ao redor, vendo se deixei passar alguma coisa.

— Esperando que você me ensine a fazer uma fogueira.

Ele ergue as sobrancelhas.

— Ninguém nunca tentou te ensinar?

Meu pai tentou num certo ano, mas acabei ficando frustrada e chorando. Nos anos seguintes, ele assumiu a função. Mais uma das muitas coisas que ele deixou para depois quando morreu. Agora estou frustrada pensando que não deveria ser Rei a me ensinar, e sim o meu pai. Mas não menciono nada disso, porque Mapas não tem um pai morto.

— Você já me viu fazendo uma fogueira em qualquer momento dessa trilha? — retruco de mau humor.

Rei parece irritado, como deveria. Estou agindo como uma criança.

— Você não prestou atenção quando todo mundo estava aprendendo?

Fico boquiaberta, apontando para a barraca, com a impressão de que ele perdeu todas as vezes que tentei construir um *abrigo*.

— Estava ocupada tentando não ser esmagada pelo náilon.

Ele balança a cabeça e respira fundo.

— Você precisa de material inflamável. É a coisa que vai pegar fogo. Podem ser gravetos e...

— Sei o que é material inflamável. — Pego a madeira que eu e Júnior trouxemos e percebo de repente que não sei de fato o que fazer com ela.

Rei cerra os dentes.

O mapa de nós dois 111

Ele faz isso durante toda a explicação.

Finalmente disponho toda a madeira que tenho na posição e pego um isqueiro. Estendo a chama na direção dos gravetos e observo-a inflamar e apagar. Inflamar e apagar. Inflamar e apagar.

— Talvez você precise dar um empurrãozinho na chama.

Faço cara feia para Rei, esperando que ele me dê mais detalhes.

— Assopra o fogo — orienta ele.

Acendo o isqueiro de novo e aproximo a chama dos galhos. Quando finalmente pega fogo, me inclino para a frente e assopro.

— Com calma — diz ele.

Inclino-me ainda mais, juntando os lábios e deixo um sopro escapar devagar. A chama se apaga.

Olho para Rei, mas ele apenas me orienta a tentar de novo com um gesto.

Engulo em seco, passo a língua nos lábios e sopro outra vez. Desta vez a chama ganha fôlego e se move pelo graveto. Vejo Rei me observando com o canto do olho e tento evitar ficar nervosa com isso, respirando fundo.

Ele se inclina para a frente e estica a mão na direção do fogo. Por instinto, agarro o seu pulso para impedi-lo.

— Epa!

Os olhos de Rei vão para a minha mão em seu braço. Puxo-a de volta e nós nos encaramos em silêncio por um tempo desconfortavelmente longo.

— O fogo — digo, à guisa de explicação.

A lateral da boca de Rei se ergue, e ele estica o braço na direção da fogueira para ajustar uma tora.

— O fogo não vai se alastrar do jeito como você construiu essa fogueira — diz ele.

Ele assopra o graveto, os lábios unidos e as sobrancelhas baixas de concentração. Seu movimento é gentil, deliberado e confiante. Momentos depois, chamas lambem a lateral da tora de madeira.

— Até que enfim — resmunga Docinho. — Pensei que a gente ia ter carne seca e olhares intensos para o jantar.

Biblioteca solta uma gargalhada. Fico indignada.

— Seria mais fácil se a gente tivesse fluido para isqueiro — digo a eles.

— Fluido é pesado, fedorento e eu não gosto do sabor que deixa na comida. — Biblioteca passa pela barraca que Docinho não teve o menor problema para montar. — Além disso, é desnecessário. Que nem a sua opinião. — Ele sorri para mim.

Biblioteca parece um pouco mais amigável do que de costume esta noite, então decido fazer o favor de deixar o assunto para lá.

— Tanto faz. — Respiro fundo e estico as mãos bem abertas. — *Eu* comecei uma fogueira.

Rei ergue os olhos, mas ele não me contradiz.

— Vou mudar a minha avaliação — provoco Rei. — Quatro estrelas.

— Só quatro? — pergunta Júnior.

— A nota cinco é reservada para a excelência e tenho algumas observações.

— Fala isso pro Joe — diz Docinho. — Ele pode acrescentar na recomendação pro estágio do Rei.

É engraçado como uma palavra pode parecer grande demais para ser escalada. Sempre que eu penso que estamos começando a diminuir a distância entre nós, lembro da montanha que nos separa e faz com que eu me sinta pequena.

Rei me observa e às vezes tenho total convicção de que ele consegue ler os pensamentos que me atingem como flechas. Mas é impossível. Eu não conheço Rei e ele não me conhece.

Depois do jantar, Docinho e Júnior se sentam bem perto de mim, cada um de lado. Júnior se inclina por cima do meu corpo e sussurra para Docinho:

O mapa de nós dois **113**

— O que é que o Biblioteca e o Rei estavam discutindo mais cedo?

Os olhos de Docinho disparam de mim para Júnior.

— Não sei. Eles estavam falando em códigos, uma chatice só.

Mas ela olha de novo para mim e franzo a testa, sem ter certeza se está tentando me dizer alguma coisa.

— Ei. — Júnior dá um tapinha na minha perna. — Você que fez isso. — Ele aponta para a fogueira.

Mesmo que eu não tenha feito tudo *tecnicamente* sozinha, cheguei perto.

— É. — Deixo meu sorriso crescer e atravessar os pensamentos que remoem a minha mente.

Envolvendo as pernas com os braços, fico sentada em frente às chamas, observando-as após o sol se pôr, após a comida acabar, após todo mundo ir para a cama.

Observo-as dançar, até a última labareda estremecer e se extinguir.

14

Não consigo achar as minhas luvas.

É uma manhã como todas as outras, na qual a rotina se tornou tão naturalizada que nem mesmo conversamos. Hoje tomamos nosso café da manhã até o finzinho e não é o suficiente. A cada dia que passa, nossa motivação diminui e, não sei dizer se isso é verdade, mas parecem estar mais quentes. O calor, a exaustão e a fome desgastam e fragilizam a todos nós.

Desmontamos as barracas, verificamos se tudo foi coletado e se não deixamos vestígios, e nos preparamos para a trilha. Ferramentas, água, garrafas e...

Procuro em todos os bolsos. Tiro e recoloco os meus pertences na mochila. Até desenrolo o meu saco de dormir e colchonete.

Não consigo achar as minhas luvas.

— O que está fazendo? — pergunta Rei, por cima do meu ombro.

— Minhas luvas sumiram — respondo.

— Você perdeu as luvas?

Eu não gosto nem um pouco do tom da voz dele.

— Não — respondo entredentes. — Só não sei onde estão.

Rei olha para as minhas coisas espalhadas no chão. Está frustrado e não faz a menor questão de esconder isso. Mas, para ser justa, *ninguém* está mais frustrado do que eu.

— Bem, e onde foi que você deixou?

O mapa de nós dois **115**

Que pergunta burra.

— Se eu soubesse disso, não estaria procurando por elas.

Ao meu lado, Docinho suspira e tira a mochila das costas, antes de se apoiar em uma árvore.

Júnior sussurra alguma coisa para Biblioteca, que olha para Rei. Estão todos falando a meu respeito como se eu não pudesse *vê-los*.

— Você tem uma ideia de quanto tempo vamos ter que esperar pela *Mapas*? — pergunta Biblioteca.

— Não vamos esperar — rebate Rei.

Ele anda na direção do meu saco de dormir e pega o colchonete, mas eu o retiro de suas mãos.

— Já conferi aí.

Observo os quatro pares de olhos que me assistem. Impacientemente. Quanto mais esperamos, mais tempo teremos que trabalhar na parte mais quente do dia.

— Teria como vocês darem uma olhada nas mochilas de *vocês*? Talvez alguém tenha pegado sem querer, achando que eram suas?

Docinho balança a cabeça.

— Não vou desmontar minha mochila toda porque você perdeu as suas luvas.

Demoro um segundo para perceber que ela acabou de dizer não, porque não entendo por que Docinho está se comportando desse jeito.

Júnior já está conferindo os bolsos externos da mochila, mas não procura dentro dela.

Biblioteca não se move.

— Eu sei como são as minhas luvas. Não teria confundido com as suas.

Rei balança a cabeça.

— Mapas, a gente tem que trabalhar.

A ansiedade se esgueira pelos meus nervos.

— Se a Docinho...

— Não. — Ela está irritada, isso é evidente. Como se eu também não estivesse por ter que ficar aqui procurando as minhas luvas. — Eu já guardei as minhas coisas, Mapas. Não vou tirar tudo da mochila.

Sei que conferir tudo vai dar uma trabalheira para ela, mas...

— Já olhei tudo o que eu podia — digo.

— E eu sei o que está na *minha* mochila — decreta ela.

— *Docinho* — adverte Júnior.

— Não — prossegue ela. — Só porque o Júnior faz tudo o que você manda e o Rei...

— Ele *mal* olhou! — grito. — Vocês todos são um bando de...

— Epa! — Júnior me interrompe. — Eu não perdi o *meu* bagulho, Mapas. Vê se melhora na pontaria dos seus xingamentos.

— Docinho. — Eu me adianto na direção dela.

— Mapas. Não. — As palavras de Rei são definitivas. — Não vou pedir a outra pessoa para tirar tudo da mochila porque você foi descuidada com as suas luvas.

Não sei por que isso me incomoda, mas incomoda.

— Eu não fui descuidada.

— Não? Que nem quando você apagou aquela fogueira? — pergunta ele. — Não temos tempo pra ficar aqui discutindo.

Meu estômago embrulha de vergonha, e engulo em seco.

— E como é que vou trabalhar sem luvas? — pergunto, mas ele já está se afastando.

Biblioteca respira fundo.

— Podemos voltar até o Joe e conseguir luvas novas...

— Todo mundo? — pergunto.

— É. — O rosto dele indica que essa é a resposta mais óbvia. — Você não pode ir sozinha.

— Não — digo a ele. Não quero ficar aqui por mais tempo do que o necessário.

— A gente não pode voltar — diz Rei para Biblioteca.

O mapa de nós dois **117**

— Ela não pode trabalhar sem luvas — responde Biblioteca. — Sei que isso vai acrescentar uns dias na sua conta, mas o Joe pode conversar com alguém...

— Não posso me atrasar. Se eu me atrasar, eu perco.

Porra. O estágio dele. Olho para Docinho de novo.

— Você não pode mesmo dar uma olhada?

Ela solta um gemido frustrado e puxa a mochila.

— Eu não... — Ela a desenrola. — ... estou... — Ela sacode. — ... com as suas coisas. — Ela remove seus pertences um a um. Cada item aumenta a pilha de frustração. — Tá feliz?

Não estou.

Biblioteca sacode a cabeça em uma aceitação incomodada.

— Bem, acho que podemos começar a voltar...

— Eu não quero voltar.

Júnior franze a testa.

— Você não quer... Mapas, e as suas mãos?

— Eu vou pensar em alguma coisa. — Mas é mentira. A verdade é que não faço ideia do que vou fazer.

Tenho vontade de gritar enquanto enfiamos tudo de volta nas mochilas. Odeio Docinho por ser uma escrota por causa disso. *Enfio.* Odeio Júnior por não simplesmente conferir a mochila. *Enfio.* Odeio Rei por me fazer sentir uma idiota. *Enfio, enfio...* enfio.

Quando terminamos de guardar tudo, voltamos a descer a trilha a passos irritados.

Ele me chamou de descuidada. Por causa de uma porra de par de luvas. É uma besteirinha ridícula, mas se infiltra entre todas as minhas inseguranças.

Mesmo aqui, onde não tenho passado, parece que ainda não consigo escapar dos erros que cometo. *A Atlas não quer saber de nada. Não dá pra contar com a Atlas. A Atlas é uma encrenqueira.* Não existe um número mágico de pedidos de desculpas que garanta que alguém vá esquecer ou parar de julgar você pelas coisas que fez.

Suponho que Mapas seja o tipo de pessoa que quase começa incêndios florestais e perde as porcarias dela por aí.

Quando alcançamos Rei, ele já começou o trabalho de limpeza da área. Sei qual é a minha função. Já estamos trabalhando há tempo o bastante para que ninguém precise pedir instruções, mas quando fecho os dedos ao redor do talo de um pé de cicuta, já tenho uma ideia de como as minhas mãos vão sofrer.

— Porra. — Xingo e puxo as mãos.

Júnior me observa com olhos indagadores.

— E se eu te der uma das minhas? Cada um fica com uma mão.

— Tá tudo bem — respondo. Não quero a pena de ninguém. O que eu quero são as *minhas* luvas e não acrescentar mais dias na trilha.

Ranjo os dentes, as mãos vermelhas, irritadas e arranhadas. Rei me oferece uma pá, mas não a aceito. Sei que estou sendo teimosa, mas tudo o que escuto é ele me chamando de descuidada. Júnior me pede para ajudá-lo a mover toras de madeira, mas elas destroem as minhas mãos com a mesma velocidade que o trabalho de arrancar plantas.

É só no fim do dia que começo a sangrar. Pego uma meia de dentro da mochila e a enrolo na mão, me perguntando por que não fiz isso antes.

Quando o dia está acabando, Rei não me pede para armar as barracas. Em vez disso, me manda encher as garrafas de água. Deixo a água correr pelas minhas mãos e sinto lágrimas nos olhos.

Estou machucada. Estou com raiva. Minhas emoções foram esgarçadas até quase arrebentar. Elas se desfiam, desgastadas, e odeio como não há lugar onde eu possa extravasá-las. Acima de tudo, me sinto incompreendida e é isso que me dá vontade de chorar. Ninguém pensou o melhor de mim. Ninguém se adiantou para dizer que *tínhamos* que encontrar as

O mapa de nós dois **119**

luvas quando me recusei a voltar. Ninguém se importou. Estou sentindo pena de mim mesma. Me sentindo sozinha. Sentindo que se o meu pai estivesse aqui, ele jamais deixaria que alguém me tratasse desse jeito.

Aperto a mão, sentindo dor. Toda vez que movo os dedos, o corte lateja e sei que posso sentir meus batimentos cardíacos nele. Coloco uma mão esfolada na superfície da água e a deixo lá.

Tá de mãos dadas com a água? É uma memória do meu pai. Ouço-a com a mesma nitidez com que ouço o rio. Partes dos dois, que ecoam um ao outro.

Terminei de chorar. Não tem por que ficar aqui, amuada, então volto à clareira com as garrafas de água.

E parado bem ao lado da fogueira está Joe.

Há uma sacola grande aos seus pés e ele tem as mãos nos quadris enquanto conversa com Docinho.

— Muito bom, hein? — diz ele com o sarcasmo que lhe é característico.

Não sabia que ele viria hoje. E, por algum motivo, vê-lo aqui faz com que as lágrimas ardam nos meus olhos de novo.

Joe me nota e diz:

— Oi. — A cabeça dele se inclina para o lado quando observa o meu rosto. — Tudo bem aí?

Não. Está todo mundo sendo cruel comigo e as minhas mãos doem e sinto saudades do meu pai e eu nunca vou deixar de ser uma completa fodida e eu quero ir pra casa.

— Alergia. Estava espirrando.

Joe faz cara de quem quase acredita em mim. Ou que ao menos quer acreditar.

— O que você tá fazendo aqui? — pergunto.

— Reabastecendo os suprimentos.

Assinto com a cabeça.

O olhar dele me percorre, tentando decifrar por que pareço tão cansada.

— Como estão as coisas? — pergunta Joe.

— Bem — digo, apesar de minhas mãos não estarem nada bem. Solto as garrafas e caminho até Biblioteca. — Pode me dar um pouco de ibuprofeno?

Biblioteca assente e começa a procurar o kit de primeiros socorros na mochila. Ele me entrega dois comprimidos e pego a minha garrafa d'água enquanto os jogo na boca.

— O ibuprofeno é por causa do quê? — pergunta Joe, aproximando-se de Biblioteca e de mim.

— Pra porra das minhas mãos — esbravejo.

— Mãos? — Os olhos dele se estreitam na direção delas, então ele pega o meu pulso para me interromper. — Mapas, você precisa usar luvas.

— Eu sei.

— Por que você não está usando suas luvas? — Então a ficha de Joe cai. — *Cadê* as suas luvas?

Respiro fundo uma vez. Então outra.

— Não sei.

— Você *não*... Mapas. Você não pode trabalhar sem luvas.

— Tecnicamente, isso não é verdade.

Joe não acha a piada engraçada. Ele gira o meu pulso e olha para as minhas palmas.

— Suas mãos estão em carne viva. O que é isso, Mapas?

Droga. Por que é que ele não pode fazer vista grossa? Estou carregando raiva e mágoa demais para ter essa conversa.

— Eu não consegui achar. Elas... sumiram.

— E você não falou nada?

Não respondo, deixando Joe compreender o que aconteceu em meio ao nosso silêncio.

Seus olhos saltam de Rei para Biblioteca.

— Vocês sabiam disso e ainda assim a deixaram trabalhar? — Os dois permanecem quietos, olhando para o chão. Joe se volta para mim. — Você ao menos chegou a procurar por elas?

O mapa de nós dois **121**

— Eu não sou idiota. — A raiva se mescla às minhas palavras. Joe solta uma risada sarcástica.

— Revirei a mochila inteira procurando por elas — respondo.

— Você perdeu as luvas. — E consigo ver em seus olhos: *Mapas, a fodida.* É o que ele está pensando. Mas antes que eu possa discutir, Joe olha para Rei. — E você não mandou ela fazer outro trabalho? Chegou a olhar pra porra das mãos dela? Tem um rasgão em uma das palmas e parecem até carne moída.

Faço uma careta ao visualizar a imagem.

Docinho sai da barraca, com o rosto pálido.

— Isso *não* é cuidar da sua equipe. — Joe aponta para Biblioteca e Rei, repreendendo-os. Eu deveria me sentir vingada ou vitoriosa, mas só me sinto cansada.

— Ela não mencionou que estava ruim assim — diz Rei para Joe. — Eu não percebi...

— Ela não precisava. É o tipo de coisa que você tem que saber e pronto. E é um conhecimento básico pra caralho que não dá pra trabalhar sem luvas. Mapas, você vai ter que voltar na trilha comigo.

— Espera. O quê? — Meu coração para.

— Eu sei que você queria terminar, mas...

— Não, Joe. — As unhas afiadas do meu pânico arranham meus pulmões.

Os olhos de Biblioteca e Júnior se arregalam.

— Joe — diz Rei. — Você não pode...

— Não, *você* não pode — diz ele para Rei. — Você ferrou tudo e...

— Hum — diz Docinho. Ela pigarreia e... — Encontrei as luvas da Mapas.

Todo mundo fica em silêncio quando nos viramos para Docinho. Ela está parada, segurando o meu par de luvas com a mão esquerda.

— *Quê?* — pergunta Joe.

Ela engole em seco e abaixa o olhar para o chão.

— Elas estavam emboladas no meu saco de dormir. — Suas palavras saem lentas e deliberadas.

Joe olha para ela. Olha para mim. Olha para Rei. Mas todos estão encarando o chão.

— Eu não sabia — prossegue Docinho. — Sinceramente, não faça ideia de como foram parar lá. Juro que não estava escondendo. Cheguei a tirar todas as minhas coisas de dentro da mochila, só que nunca achei que pudessem estar *dentro*...

Joe está furioso.

— Uma das ferramentas de trabalho mais importantes some e vocês não viram o acampamento de cabeça pra baixo pra procurar? Vocês não vão até um posto e tentam pegar outro par?

Ninguém diz nada. Joe olha para mim, então digo:

— Eu não queria andar até um posto. Eu não queria desperdiçar tempo. Não é culpa de ninguém.

Joe fica em silêncio.

— Se você quiser registrar uma reclamação ou...

— Não — interrompo-o. — Não quero.

Os olhos de Rei fixam-se nos meus. O tom escuro dança e muda, e me sinto... estranha.

Joe parece *decepcionado*. Ele aponta para mim.

— Vai cuidar das suas mãos. — Então aponta para Rei. — *Vem comigo*.

Assim que Rei e Joe desaparecem na trilha, o clima tenso volta.

Biblioteca enfia a mão na mochila e me oferece o kit de primeiros socorros.

— Você não precisava ter feito isso — diz ele para mim.

— Eu sei.

— O estágio do Rei...

— Eu *sei* — interrompo-o. Não quero que me lembre disso.

O mapa de nós dois **123**

Biblioteca faz menção de tocar a minha mão, mas Docinho logo tira o kit das mãos dele.

— Aqui. Me deixa ajudar — diz ela.

— Não, tá tudo bem — digo a ela e tento eu mesma ficar com o kit.

Ela o afasta de mim e, com autoridade, faz um gesto para que eu me sente.

— Docinho. Tá tudo bem.

— Ok. — Mas ela não olha para mim ao dizer isso e há algo suave em sua voz.

Sentamos em um tronco de madeira, nossas pernas pressionadas uma na outra. Ela coloca a minha mão sobre o seu colo e retira o mesmo líquido transparente que Biblioteca usou em Júnior, mas ela não me dá nenhum aviso antes de aplicá-lo em minha pele com um disco de algodão.

— Porra! — A coisa arde contra a minha palma e tento arrancar a mão de seu colo, mas ela segura o meu pulso em um aperto férreo.

— Você tá bem — resmunga Docinho. — Nem o Júnior reclamou tanto. — Ela respira fundo e relaxa o aperto. — Desculpa — murmura enquanto pega a pomada de dentro do kit. — Mapas. Eu...

Espero enquanto seu olhar encontra o meu.

— Não estou me desculpando por prender a sua mão. Estou me desculpando pelas luvas. Eu não sabia que elas estavam nas minhas coisas. Juro que não sabia.

Ela baixa o olhar e passa a substância gelatinosa e transparente em minhas feridas.

— Tá tudo bem — digo, pois *eu te perdoo* não parece certo, e tampouco *eu entendo*.

— Sei que você deve achar que fui uma babaca... — Ela respira fundo. Sinto o ar que ela expira se espalhar na minha mão aberta. — E fui mesmo. Mas eu não teria sido... — Ela para e vejo que está com dificuldades de se expressar. — Eu estava... irritada e simplesmente... me deixei levar. Tipo, eu vi que estava sendo irracional, mas só fui me fechando mais e mais. Em casa, às vezes a sensação é a de que é minha obrigação fazer alguma coisa. Ter a resposta ou... é difícil de explicar. E eu odeio isso. Odeio que ninguém me peça para fazer algo. As pessoas simplesmente esperam que eu faça. Então eu sem querer virei um monstro e tentei devorar você.

Olho para Docinho, que se mantém concentrada em minha mão e nunca encontra o meu olhar enquanto trabalha. A trilha é um lugar esquisito, onde o passado não importa de fato, mas você o arrasta com você de qualquer forma. Assim como a sua bagagem, você nunca se livra dele, não importa o quão pesado seja.

— Às vezes eu viro um monstro também — digo a ela.

Docinho me lança um olhar.

— Eu podia ter dito pra gente ir atrás de luvas — continuo. — Fui teimosa e escolhi trabalhar sem elas. Consigo falar por mim mesma. Estamos de boa, Docinho.

— Ok, Mapas. — Ela ergue o olhar para mim, um sorriso aparecendo em seu rosto. — Da próxima vez... Da próxima vez não vou me transformar em um monstro.

— Nem eu. — Dou uma pancadinha nela com o ombro.

Ela sorri, envolvendo minha mão com uma camada fina de gaze.

— Sobre o que você acha que eles estão conversando? — pergunta ela, inclinando a cabeça na direção de Rei e Joe... no exato instante que Rei desvia o olhar de nós.

Dou de ombros de leve.

— Provavelmente sobre o estágio.

Docinho faz um ruído pensativo.

Depois que ela termina, ergo ambas as mãos para exibir os curativos.

— Isso aqui é penitência? — pergunto com um sorriso.

Ela balança a cabeça.

O mapa de nós dois **125**

— Não. Penitência é pra quem desistiu.

— Então o que é?

— Sou eu tentando acertar as coisas. — Ela fica de pé antes que eu possa responder. — Melhor que um pedido de desculpas.

15

Joe não vai embora.

Ele me observa montando as barracas. Inclina-se por cima de Júnior enquanto ele faz uma fogueira. Come a refeição de Docinho como se fosse um crítico culinário.

— É feijão e arroz — diz ela para Joe. — Para de fazer cara de quem queria que isso fosse um bife.

Joe simplesmente ergue o olhar de sua tigela e diz:

— Sou vegetariano.

Pela manhã, Joe ainda está aqui. Docinho confere os resquícios da fogueira e Joe observa. Biblioteca afivela o equipamento em sua mochila e Joe fica encarando. Júnior guarda a comida, lacrando tudo, e Joe sacode a cabeça devagar. Rei volta ao acampamento depois de escovar os dentes e olha para Joe, esperando que grite com ele ou repreenda-o.

Joe não faz nada.

Ele fica com as mãos nos quadris. Coloco a barraca de volta em minha mochila, com um ruído de nylon contra nylon que comecei a achar tranquilizante. Estou ignorando-o. Se ele estiver com vontade de gritar comigo, vai fazer isso independentemente de eu estar nervosa ou não.

— As coisas são sempre assim? — Ele fica de pé ao meu lado enquanto termino de arrumar a mochila.

Minhas luvas estão no chão, perto de mim.

—Assim como? — pergunto.

O mapa de nós dois

Joe gesticula na direção dos demais e franze a testa.

— Assim, esse silêncio e... seja lá que merda esteja rolando aqui.

Fico de pé e respiro fundo.

— Aham. E como é que deveria ser?

Joe balança a cabeça.

— Não desse jeito.

— Bem, normalmente você não fica por aqui, então se não gosta... é só ir embora. Tenho certeza de que há alguma equipe por aí que mal pode esperar pra ter você observando tudo o que eles fazem.

Ele ergue as sobrancelhas.

— Sabe, essa trilha... ela é importante pra mim. Eu não botei o grupo Amarelo para cuidar dela porque queria alguém que levasse ela a sério. Eu não pedi ao Vermelho porque queria pessoas que respeitassem a trilha. Eu não pedi ao Verde porque... bem, eles provavelmente acabariam se perdendo. O que estou tentando dizer é que botei vocês aqui porque esta trilha tem *significado*.

Ele está falando com todos nós, mas olha para mim ao dizer isso.

Porque sei o que quer dizer. Eu lembro que esta era a trilha favorita dele e do meu pai.

— Sei que isso parece uma punição, mas não é. Eu confio em vocês. — Joe balança a cabeça.

Eu me obrigo a ignorar a sensação de que, de algum modo, o decepcionei. Joe não tem o direito de ficar decepcionado comigo. Joe não tem o direito de ser mais uma pessoa com quem fracassei.

Nós observamos enquanto ele pega as coisas dele e coloca a mochila nas costas.

— Só... só tentem *conversar* uns com os outros. As palavras fazem toda a diferença.

Em vez de se despedir ou de oferecer instruções sobre o que fazer em seguida, ele volta pelo caminho que viemos na trilha e ergue uma das mãos. Depois que Joe desaparece por baixo da crista de uma colina, nós nos voltamos uns para os outros e continuamos a guardar as coisas nas mochilas.

Quando me levanto, Docinho aparece na minha frente, esticando a mão na direção da minha.

— Como estão? — pergunta, apertando de leve os curativos nas minhas mãos.

— Bem. — É mentira. Minhas mãos estão doloridas e adoraria tomar mais alguns analgésicos, mas Biblioteca e Rei não saíram de perto um do outro agora pela manhã, ambos com cara de poucos amigos, e o ferimento de Júnior é pior, mesmo que ele diga que está melhorando.

— Joe disse pra gente conversar mais. — Ela solta as minhas mãos, vira-se na direção de Rei e berra: — Rei! Você já perguntou à Mapas sobre as mãos dela?

Ele não diz nada, mas olha para mim. Em seus olhos, vejo algo que parece demais com arrependimento. Quase me sinto mal por ele. No entanto, não consigo parar de ouvi-lo me chamar de *descuidada*.

— Mapas — diz Rei devagar. — Como estão as suas mãos?

Faço *tsc* com a língua.

— Igual estavam trinta segundos atrás.

Rei lança a Docinho um olhar deliberado e eu reviro os olhos e passo a mochila pelos ombros.

— Vamos embora — diz Biblioteca para todo mundo. — Seja lá o que esteja rolando por aqui pode continuar rolando enquanto a gente caminha.

No nosso primeiro intervalo, Rei me pergunta de novo sobre as mãos, mas eu o ignoro. No segundo intervalo, ele me oferece água quando vê que a minha garrafa está quase vazia. Vou até Júnior e peço a ele para dividir. Enquanto estou escavando um fosso, Rei se oferece para me ajudar e eu explodo.

— Não preciso da sua ajuda. — Sei o quão petulante devo soar, mas não consigo me impedir.

O mapa de nós dois **129**

— Parece que precisa, sim — diz ele.

Mas Rei para de me perguntar sobre as mãos. Em vez disso, alfinetamos um ao outro o dia inteiro. Ele reclama do lugar que eu escolho para a pilha de lixo. Eu reclamo do tempo que ele demora para serrar um galho.

Então nos deparamos com uma armadilha arbórea em potencial.

Não uma, mas três.

Uma árvore grande caiu atravessada sobre o tronco de três árvores menores, cujo peso da maior mantém presas contra o solo. Elas não *aparentam* ser perigosas, mas graças aos vídeos de segurança que fomos forçados a assistir, sabemos que são.

— Porra — resmunga Biblioteca. — A gente vai ter que...

— Ele pega uma folha de papel. — A gente vai ter que cuidar disso.

Algo muda na dinâmica do grupo e parece que toda a tensão comprimida armazenada na armadilha se espalhou pelo ar ao nosso redor.

Rei começa a falar sobre força elástica e efeito chicote. Ele descreve ferimentos que já viu e, de repente, parece que estamos desarmando uma bomba.

— Vocês precisam cortar na parte de baixo — diz Docinho aos rapazes.

Os três se viram na direção dela.

— Quê? — pergunta Biblioteca.

— Cortem aqui. — Ela aponta para o ponto de dobra. — Basta um cortezinho na parte de cima, não muito profundo, mas suficiente para dar espaço de torção, e então alguns cortes pequenos na parte de baixo. Se fizerem isso ao mesmo tempo, vocês não vão perturbar a árvore que caiu.

Biblioteca franze a testa para Docinho.

— Como é que você sabe disso?

Ela olha para eles como se tivessem dito algo incrivelmente idiota.

— É física.

Docinho fica nas proximidades, direcionando os cortes e garantindo que o *timing* deles esteja perfeito. Os antebraços de Júnior, Biblioteca e Rei flexionam enquanto trabalham juntos, mas Rei se move mais devagar que os demais.

— Rei, você precisar ser mais rápido — digo.

Ele não ergue o olhar. Eles se inclinam para trás e observam a madeira se partir e lascar antes de erguerem a serra contra ela outra vez. No entanto, Rei continua mais lento que os demais e isso faz com que a tora caída sobre as árvores se erga para um dos lados.

— *Rei* — alerto.

— Cala a boca — resmunga ele sem olhar para mim.

— Toma cuid...

E daí a armadilha que Biblioteca está serrando se parte com um estalo. As duas outras árvores produzem um gemido agudo ao erguer a maior do chão como se fosse uma catapulta em câmera lenta. A árvore de Júnior cai com um baque silencioso e então...

Alguém grita. Docinho? Biblioteca? A árvore de Rei ainda está se partindo e lascando. E sei que estou em seu caminho. Sei que se a árvore chicotear para a frente, ela vai me atingir, mas não consigo me obrigar a me mexer. Os olhos de Rei encontram os meus e, um segundo depois, seu pé pousa na madeira e a serra começa a trabalhar.

As árvores caem e quicam no chão quando a tensão as abandona, e então todo mundo pula para trás.

— *Porra* — diz Júnior, mas é com alívio.

Biblioteca balança a cabeça para Rei, cuja respiração ainda está ofegante.

— Você meteu o pé na árvore?

Rei larga a serra.

— Caralho de árvore... Eu nem pensei direito. — Ele passa a mão no rosto. — E a Mapas não parava de gritar.

O mapa de nós dois **131**

Minha boca se abre de frustração.

— Você não estava sendo rápido o bastante e...

— Eu não sou um robô, Mapas! Não consigo cronometrar as coisas perfeitamente.

— Talvez, mas você podia ter tentado!

E então ele anda na minha direção.

— Tentado? Eu? Mas e você? A árvore estava prestes a estalar na sua cara e você só... ficou parada lá?

— Ela não ia estalar na minha cara! — Engulo a minha mentira porque, naquele momento, quando a árvore estava se quebrando e preparada para catapultar para a frente, a sensação é de que ia, sim, me atingir.

— Mapas — diz Biblioteca. — Você deveria estar agradecendo.

— *Quê?*

— Ele podia ter se machucado. — E então, em voz mais baixa, Biblioteca resmunga: — Porque ele é um puta idiota.

— Eu estava tentando ajudar. — Mas sei que estou agindo feito criança. Aperto os lábios, me perguntando por mais quanto tempo vou continuar a sempre escolher as palavras erradas. Por quanto tempo as pessoas vão seguir sem me entender.

Rei cerra os dentes e ele invade meu espaço pessoal quando rosna:

— Ajudar é a última coisa que você faz.

Docinho se coloca entre nós.

— Que porra é essa que tá rolando entre vocês dois?

Rei e eu somos como estilhaços disparando em direções opostas.

Continuamos a caminhada, mas não vamos muito longe antes de alcançarmos uma pequena bifurcação. É evidente que a passagem mais estreita é menos escolhida.

Rei aponta para a trilha menor.

— Ela desemboca na outra trilha, então... — Ele olha para Júnior. — Você vem comigo. E Docinho e Mapas vão com o Biblioteca.

Já estou seguindo na direção do outro caminho quando Biblioteca me interrompe.

— Eu acho que você e Mapas deveriam fazer essa trilha.

— Quê? — pergunto. — Por quê?

— Porque... — diz Biblioteca enquanto pigarreia. — Porque vocês dois estão sempre brigando ou numa vibe esquisita. E, sinceramente, o restante de nós merece uma folga.

Júnior assente com a cabeça.

— Concordo.

— É óbvio que você concorda — digo quase num sussurro, mas Júnior estreita os olhos para mim.

— Sendo sincera, eu concordo também. Uma folga seria legal — concorda Docinho.

— Então você vai ficar com o Biblioteca e o Júnior? Pra ter uma folga? — pergunto, incrédula.

Ela gesticula na direção dos dois.

— A parada deles é melhor que a de vocês.

Apesar disso, ela me lança um olhar solidário, Biblioteca sussurra algo para Rei e Júnior dá tapinhas nos ombros de nós dois antes de assentir uma vez e seguir Biblioteca pela trilha.

Então, de repente, Rei e eu somos deixados a sós.

16

— **Quanto tempo** você acha que essa trilha vai levar?

Faz poucos minutos desde que começamos a caminhar, mas tem sido em silêncio. Uma quietude maçante que me deixa ansiosa. Meus inimigos mortais: silêncio e Rei.

— Você não precisa preencher cada instante com alguma conversa — responde ele.

Sim, preciso.

— Estou tentando conhecer você.

Rei olha para mim, seu rosto cheio da irritação que sinto emanar dele em ondas.

— Eu realmente não quero mais responder nenhuma das suas perguntas esquisitas.

Ele está sendo babaca. Talvez isso finalmente convença o meu cérebro reptiliano de que Rei não é *tão* gato assim. Ou competente. Ou inteligente.

— Que bom, porque as suas respostas são esquisitas.

Rei pega seu caderno e lápis. Não conversamos depois disso, exceto para indicar coisas na trilha. Árvores derrubadas pelo vento, um trecho de vegetação alta ou um risco de incêndio.

Perto da hora do almoço, a trilha começa a parecer diferente. As copas das árvores ficam mais próximas umas das outras e ocultam o céu com folhas verdes manchadas. Parece... que o mundo inteiro desapareceu e que somos só Rei e eu.

Rei tem cara de quem está ruminando seus pensamentos em silêncio, e isso causa uma tensão em meu peito enquanto espero que finalmente desembuche.

É só quando está caminhando à minha frente, sob pinheiros altos, que ele diz:

— Por que não contou pro Joe que você pediu para conferirmos as mochilas?

Deixo a pergunta se assentar no ar entre nós.

— Não sei. Por que você não contou pra ele que eu não apaguei a fogueira? Ou sobre os cigarros?

— Não havia nada a contar. — Ele nem olha para mim ao dizer isso. — Isso foi só para ficarmos *quites*?

— *Você* queria que ficássemos quites?

Rei para na minha frente de repente e preciso me segurar para não esbarrar nele quando se vira para me olhar.

— Eu quero saber por que você não contou pro Joe.

Minha boca se abre, mas não sei o que dizer. E não tenho certeza do porquê.

— Você fez a mesma coisa e não foi nada de mais. Por que *você* fez isso?

Ele me dá as costas.

— Boa pergunta.

Estamos subindo uma colina que segue na direção do que deve ser a superfície do sol e Rei... sequer parece cansado.

— Eu estou *exausta* — gemo, me jogando sobre a minha mochila. Rei pega seu diário. — Nunca vou entender por que as pessoas se exercitam de propósito.

— Endorfina. — Rei nem sequer desvia o olhar da árvore da qual faz anotações.

— Bem, eu devo estar quebrada, porque não tenho esse negócio aí.

— Todo mundo tem. — Ele finalmente olha para mim. — Bebe a sua água.

Quero discutir, mas nem eu estou me aguentando mais.

Ele tira a mochila. As costas de sua camisa estão empapadas de suor e sei que a minha deve estar igual quando faço o mesmo. Sentamos sobre as mochilas e nos reidratamos.

Rei enche as bochechas de água antes de engoli-la.

— Você se acostuma com o calor e a caminhada.

— Você está acostumado?

Ele dá outro gole e acho que vai me ignorar, mas diz:

— Às vezes. Trabalhar com obra é quente. O corpo se lembra.

— Eu não quero jamais trabalhar em uma obra.

— E não precisa. Você vai pra faculdade.

Existe uma sensação muito específica de quando alguém te lembra de uma mentira que você contou. Uma descarga elétrica que percorre o seu corpo. Pânico toma uma forma física. Você precisa se esforçar o máximo que puder para evitar que esse sentimento transpareça em seu rosto e para lembrar como é a cara de alguém quando se fala a verdade.

— Isso — concordo em um tom neutro.

— Você vai tentar entrar em uma irmandade. — Ele fala isso de um jeito que soa como se eu tivesse dito algo ofensivo.

Eu me levanto e espano as calças.

— É melhor a gente ir.

Voltamos a caminhar, mas a minha mente não para.

— Eu não quero ir pra faculdade — digo a ele. Era para ser uma mentira, mas não sinto como se fosse. Sinto como se tivesse arrancado o pensamento de partes sombrias da minha mente que nunca viram a luz do dia.

Rei não diz nada.

— Quando eu era pequena, achava que os meus pais me levariam de carro pra faculdade que nem nos filmes. A minha mãe ia chorar e o meu pai a guiaria de volta para o carro e me lembraria de ligar pra casa. Eles me dariam tchau e eu fingiria estar incomodada, mas secretamente não ia querer que fossem embora. E quando estivessem se afastando com o carro, meu

pai olharia para trás uma última vez e teria lágrimas nos olhos...
e daí eu seria uma adulta. — Percebo que sem querer deixei
que um pouco de emoção se infiltrasse na minha voz.

Mas não pigarreio porque não quero que saiba que este sonho que sem querer compartilhei com ele teve um custo. Não
digo que meu pai não vai aparecer. Que este sonho não é nada
além de um sonho.

— Foda-se a faculdade.

Se Rei nota algo na minha voz, ele não menciona. Apenas
responde:

— Não é assim que a gente vira adulto.

Espero que ele me pergunte o que planejo fazer em vez da
faculdade, mas Rei não pergunta, e caminhamos em silêncio
conforme a trilha se agarra à lateral da montanha. Um dos lados
é pura rocha e o outro é um trecho de terra minguado onde crescem pouquíssimas plantas que não precisam de muita luz. O vale
sob nós está em sua maior parte obscurecido por outras pedras e
rochedos, e a trilha não é nada além de uma passagem estreita.

E então a montanha nos encurrala, e há apenas uma brecha
apertada para atravessar. Nem sei se vamos caber ali e estou
pronta para dizer a Rei que deveríamos dar meia-volta quando
ele fala:

— Vamos ter que passar de lado. — Rei já está tirando a
mochila.

— A gente precisa mesmo passar por aqui?

— Sim, é assim que a gente vai encontrar os outros — responde ele, se esgueirando pelo espaço minúsculo. Rei arrasta
sua mochila com uma das mãos, e eu o observo puxá-la com
força quando alcança os trechos mais estreitos. Depois que
chega ao outro lado, ele olha de volta para mim.

E faz sinal para que eu o siga.

Que merda.

Tirando a mochila, vou entrando na passagem, andando de
lado como um caranguejo. Meus pulmões parecem pesados

O mapa de nós dois **137**

quando meu corpo se choca contra a parede à minha frente. Dou mais um passo, e então mais outro, e viro a cabeça para olhar para a bolsa atrás de mim. Não sei bem quando me dou conta de que não consigo virar o corpo, mas por algum motivo isso faz minhas mãos tremerem. Dou um puxão na mochila, mas isso não a libera de seja lá onde esteja presa e eu não consigo... não consigo, não consigo.

Estou entalada.

Não consigo respirar. Não tem ar dentro dessa fenda e a minha mochila não se move. E eu não consigo me mover e eu não consigo.

— Ei. *Opa.* — A voz de Rei parece vir de debaixo d'água.

— Estou entalada.

Percebo que ele está falando comigo, mas mal consigo entender até que ele grita:

— Ei! — Rei logo solta um palavrão.

E eu só fico repetindo *não consigo*. De novo e de novo. Porra. Não sei se os meus olhos estão fechados ou se a minha vista escureceu.

Sinto a mão dele no meu ombro.

— Ei. Mapas, ei. Olha pra mim.

Não vou olhar para ele. E não consigo. Meus olhos permanecem fechados.

— Respira fundo. *Olha* pra mim.

Balanço a cabeça em negativa.

— Solta a bolsa. Foda-se a mochila. — Sua mão toca o meu braço. — Me segue, tá bom? Escuta a minha voz.

Minha mão tateia e se aperta ao braço dele, apavorada com a ideia de ele me deixar.

— Não, não, não, não, não.

— Mapas. Eu estou bem aqui. — As palavras soam suaves e...

Eu o sigo.

Nós andamos e não consigo pensar em mais nada além da sensação da mão dele na minha pele. É a única coisa que me permite cambalear contra as pedras ásperas e ignorar a forma como arranham o tecido das minhas roupas.

E então tudo o que me cercava desaparece, e eu caio para a frente. Não abro os olhos e meus pulmões ainda parecem comprimidos.

— Mapas. — Os braços de Rei estão ao meu redor. Eu o sinto pegar as minhas mãos e as colocar sobre o seu coração. — Respira fundo assim como eu. Só uma vez.

Sob minhas palmas, sinto seu peito subir e descer.

— Assim como eu — repete ele e inspira.

Imito-o e nós dois prendemos o ar. A camisa sob os meus dedos está aquecida com o calor de sua pele e da minha. Ele solta o ar e faço o mesmo.

De novo. E de novo. E de novo.

Enfim, estamos apenas respirando.

— Quando o meu irmão foi pra faculdade, ele foi sozinho. — Consigo sentir a vibração das palavras em seu peito. — Ninguém apareceu para ajudá-lo com a mudança ou... Ele ficou num dormitório com outras cinco pessoas. Um dos colegas de quarto dele estava com a família toda lá. Meu irmão falou comigo pelo FaceTime naquela noite e dava pra ver que ele estava fingindo que não ligava, mas...

Uma das mãos de Rei sobe e desce pelas minhas costas enquanto a outra segura a minha contra seu peito enquanto esfrega um polegar pelo dorso dela.

— A faculdade não torna você adulto, ela só te lembra do quanto você queria não ser um. — Ele limpa a garganta.

Suas palavras se assentam na superfície da minha pele e tenho vontade de espaná-las para longe, mas as pressiono contra o meu ser e deixo que tenham significado para mim. Talvez Rei só esteja tentando me distrair. Talvez.

— Está tudo bem não querer alguma coisa que você supostamente deveria desejar. — Ele fica em silêncio de novo, então diz: — Eu quero o estágio no Alasca. Um monte de gente se

O mapa de nós dois **139**

esforçou bastante para garantir que eu tenha essa oportunidade e há uma expectativa de que devo ser grato por isso. E eu sou, mas também fico irritado por precisar sentir gratidão. Parece que mesmo que me digam que tenho uma escolha, a sensação não é essa. — Ele balança a cabeça. — E o mais estranho é: eu quero isso. Tipo, eu quero *muito* isso. Essa trilha foi a primeira vez na vida que me senti bom em algo. Mas isso também é outra coisa que me dizem que sou bom e que precisa ser *presenteada* a mim. As pessoas não param de repetir que é uma grande honra ter a recomendação do Joe.

Tenho vontade de rir, mas não rio.

— A vida é isso aí — digo. — Uma série de coisas que outras pessoas dizem que são suas escolhas, mas que na verdade não passam de expectativas e obrigações.

— Quais são as suas obrigações? — pergunta objetivamente.

Meu luto. Minha mãe. Deixar que este programa seja um novo começo, apesar de eu não querer seguir em frente — mesmo que isso signifique que sou uma encrenqueira; mesmo que signifique ir para a faculdade.

Porque seguir em frente significa seguir cada vez para mais longe do meu pai.

Abro os olhos devagar e percebo como a cena parece. Rei e eu sentados no chão. Eu praticamente em seu colo, e ele com os braços ao meu redor. Uma de suas mãos está sobre a minha, e meu rosto está quase colado em seu peito. Puxo os braços de volta para a lateral do meu corpo.

Um olhar que não compreendo atravessa o rosto dele.

— Aqui. — Rei me entrega a água dele e se apoia nas pedras.

Imito-o e logo estamos sentados lado a lado, as pernas esticadas para a frente e pressionadas uma contra a outra. O calor e o peso dele ao meu lado são como uma âncora.

— Tá melhor? — pergunta ele, parecendo sincero enquanto espera por uma resposta.

Assinto.

— Sim — digo num fôlego só.

— Então, não é fã de espaços apertados?

Na quietude, percebo que quero contar para ele.

— Acho que não.

A imagem de Joe, cheio de expectativa no rosto, nos dizendo que essa trilha é importante vem me incomodando. Sei que isso é importante, mas estou fracassando. Estou fracassando com o meu pai.

— Eu não pertenço a esse lugar — confesso. — Não consigo nem percorrer uma trilha.

Rei ri baixinho.

— Isso não é verdade.

— Você não precisa dizer essas coisas só pra eu me sentir melhor. Eu devia ter voltado com o Joe.

Rei morde o lábio inferior.

— Quer saber o que eu pensei quando o Joe disse que você precisaria voltar com ele? Eu pensei... — Ele ergue o olhar para o céu, como se estivesse meio constrangido de admitir. — Eu pensei: *Ela não pode ir embora. É o destino dela estar aqui.*

Não respiro porque, se eu o fizer, esse momento poderia ser tomado de mim. E isso... Isso é o mais perto que já estive de acreditar que há algo mais aqui. Ele reconhecendo a existência dessa sensação elétrica sob a minha pele e nas cores escuras de seus olhos.

E se isso não for real... também não quero saber.

— Não estava preocupado com o meu estágio ou com as suas mãos. Eu só pensei que... — Ele aperta os lábios e balança a cabeça. — Eu acho que você pertence a essa trilha, Mapas.

Cutuco uma linha escapando da parte de baixo da minha camisa como se pudesse me manter ancorada a este momento. Um momento em que o chão sob Rei e eu parece se mover.

Ele umedece os lábios.

— Fecha os olhos. — Não é uma pergunta.

O mapa de nós dois **141**

— Quê?

Rei não explica, apenas repete:

— *Fecha os olhos.*

Em vez disso, eu os reviro, mas Rei apenas me encara até eu finalmente obedecer. Aguardo, me sentindo meio constrangida com o fato de ele estar sentado bem ao meu lado fazendo sabe lá Deus o quê.

Finalmente, ele fala:

— Respira fundo.

É o que faço, meu peito subindo e descendo.

— De novo.

Repito o processo outras três vezes. Finalmente o desconforto que sinto flutua para longe e sou deixada com a quietude de mim mesma, a quietude das árvores. O cheiro de terra, pinho e plantas. O som dos pássaros em algum lugar acima. Minha respiração sendo puxada para dentro do meu corpo e então liberada.

— A minha avó me fazia fechar os olhos quando eu precisava contar a verdade. Ela dizia que, se você fecha os olhos, é como se estivesse conversando consigo mesmo. E então a única pessoa para quem está mentindo é você.

Quase abro os olhos. Quase, mas Rei fala outra vez:

— Você está bem?

Estou bem. É o que tenho vontade de dizer, até para mim mesma. Para todo mundo. Quero repetir essa mentira tantas vezes até que ela acabe se tornando verdade. No entanto, apenas uma palavra deixa a minha boca:

— Não.

Então digo:

— O meu pai morreu. — Em voz alta, parece mais pesado do que imaginava que seria, mas de algum modo menos... pungente do que eu esperava.

Rei não reage.

— Eu costumava sonhar com ele num caixão, o que é idiota, porque meu pai foi cremado. Eu acordava e dizia a mim mesma que isso era ridículo, mas então ficava imaginando o corpo dele numa daquelas gavetas de necrotério ou no forno crematório, e é tudo tão nojento, mas não conseguia impedir a minha mente de ir pra esses lugares como uma psicopata e eu só... odeio lugares apertados. Onde não tem ar nem... — Passo a mão sobre o meu peito como se pudesse sentir os pulmões e então abro os olhos.

Dei a Rei diversas oportunidades de me dizer que estou sendo ridícula ou de mencionar que menti para ele e para todo mundo, mas ele apenas continua me olhando... e me pergunto quando é que este olhar vai se transformar em uma arma ou em pena. É o que sempre acontece quando falo sobre o meu pai.

— Sei que falei pra vocês que o meu pai e a minha mãe estão na Europa, mas... — Mas o quê? — Eu menti e sinto muito...

Sinto mesmo? Nem sei mais como me sinto. Espero que a piedade dele dê as caras e me salve de ter que admitir minhas próprias mentiras, mas Rei apenas me observa pacientemente. Aguardando.

— Mentir pareceu mais fácil. Menos perguntas. E eu estou bem. Na maioria dos dias eu nem penso nisso. — *Mentira.* — E claustrofobia não é incomum, né? É que nem ter medo de altura, certo?

Voltei a não dizer a verdade. Rei fica em silêncio e não sei se estou imaginando o desgosto em seus olhos.

Rei muda de posição e a sua coxa pressiona a minha perna.

— Não tem problema em ficar triste.

— Eu não estou triste. — Engulo em seco. A emoção parece entalar na minha garganta e sinto que posso acabar vomitando-a. — Digo, estou triste, mas não, tipo... eu estou bem. — Pigarreio. — Eu estou bem.

— Você não precisa estar bem. — Ele diz isso de uma maneira muito direta e seu rosto não muda. — Você pode estar do jeito que quiser.

O mapa de nós dois **143**

Não sei o que dizer. Desde que o meu pai adoeceu, eu nunca mais pude simplesmente sentir qualquer coisa. Minha mãe está sempre tentando administrar meus sentimentos, apavorada com a ideia de se transformarem em algo impossível de manejar ou, pior, de fazerem *ela* sentir alguma coisa.

Mas Rei não tem expectativas quanto à minha reação, o que é estranho, já que tantas pessoas estão sempre me dizendo o que devo ou não devo sentir, dizer ou fazer.

— É por isso que você contou pra todo mundo que os seus pais estão na Europa?

— Nunca alguém da minha família esteve na Europa. — Mordo o lábio. — Eu só não... As pessoas sempre fazem as mesmas perguntas, tipo, "como foi que ele morreu?". Como se isso fosse melhorar as coisas.

Rei não parece chateado ou irritado. Ele parece usar o silêncio para pensar.

Então diz:

— Me fala sobre ele?

Há partes do meu pai que mantenho trancadas em um baú bem fundo dentro de mim, que só retiro e examino quando sei que estou segura. Quando estou sozinha. Mas... uma pequena parte de mim quer compartilhar meu pai com Rei, que não o conheceu e vai me deixar pintá-lo com as cores que eu bem desejar.

E é o que faço. Eu falo sobre as histórias que ele contava, como ele adorava estranhos e como não parava de fazer perguntas, tentando aprender tudo o que pudesse sobre qualquer um. Eu falo sobre como ele cantava suas músicas favoritas tocando no rádio com as janelas do carro abaixadas e sobre uma vez em que foi me buscar na escola de roupão de banho como punição por eu ter matado aula.

Eu falo sobre coisas pequeninas também. Sobre como ele lia para mim todas as noites antes de dormir e como, quando achava muita graça de algo, sua risada era quase silenciosa.

Não choro porque não quero. Como se contar a Rei significasse que não tenho que me preocupar em ser digna da pena dele. Essas memórias podem simplesmente ser o que são. Memórias.

Quando ergo o olhar, Rei não está sorrindo, mas também não está emburrado.

Passo as minhas palmas suadas na parte de cima da minha calça jeans.

— Desculpa, eu tô falando sem parar.

Ele assente com a cabeça e respira fundo.

— Acho melhor a gente continuar andando.

Apoio a cabeça na rocha atrás de nós e mordo a parte de dentro da bochecha. Há quanto tempo estamos aqui, de bobeira? Será que ficamos muito para trás? Devolvo a garrafa d'água dele e percebo que bebi tudo.

Apesar de Rei ter me deixado falar, me sinto constrangida. Compartilhei demais, quando tudo o que ele queria era me distrair.

Assinto com a cabeça, então digo:

— Você vai contar pro Joe?

— Contar o quê?

— Sobre... — Balanço a mão para as pedras. — Meu surto.

Rei me olha nos olhos de novo.

— Você tem o direito de surtar.

— Pra você falar é fácil. — Minha voz soa tênue no fim das palavras.

— Mas não é. Acho péssimo quando alguém diz como a outra pessoa deve se sentir, e a minha impressão é que você espera que eu te diga como seu luto deveria ser.

— Como meu luto deveria ser... — repito. — É, ninguém está nem aí pro que eu quero, desde que faça o que é esperado. E não crie *encrenca*.

— Às vezes a única forma de as pessoas te levarem a sério é criando encrenca. — Ele não fala mais nada, mas compreendo

O mapa de nós dois **145**

as palavras que não diz nas entrelinhas . Às vezes você precisa gritar para que alguém finalmente o escute.

— Você é uma encrenca? — pergunto. Parece uma pergunta que eu deveria definir melhor, que eu deveria explicar. Tipos diferentes de encrenca pairam no ar, e tenho vontade de dizer a Rei que não sinto que ele seja encrenca para mim.

Rei ergue as sobrancelhas e parece estar decidindo algo.

— Não estou aqui por escolha própria. Ou melhor... no ano passado eu não estava. Foi por decisão judicial. — Rei ergue o olhar para mim e diz: — Então, sim. Sou encrenca.

É simples, como uma alcunha que ele veste por tempo o bastante para estar confortável em sua pele. Uma tatuagem talhada de tinta preta e julgamento alheio. Não consigo deixar de sentir como se Rei tivesse me oferecido algo. Quando pego as suas palavras e as examino, percebo que não significam nada.

Então digo a ele:

— Eu também sou.

Rei e eu.

Os encrenqueiros.

17

Às vezes eu penso na minha mãe.

Posso visualizá-la de pé em frente ao espelho do quarto dela, experimentando todas as roupas como se procurasse algo. Uma pirata em busca de um tesouro. Ela percorreria as laterais do corpo ou as pernas com as mãos enquanto eu a observava se trocar.

— As roupas podem tornar você qualquer coisa — dizia ela. Como se tecido pudesse ser um superpoder. Uma pitada de magia. Uma lagarta tentando se metamorfosear.

Meu pai entrava no quarto, se apoiava no batente da porta com um sorriso que parecia oferecer apenas a ela. E quando ela olhava para ele, quando seus olhos se encontravam, era só então que ela se metamorfoseava. Uma borboleta desenrolando suas asas.

Olho para a bainha da minha bermuda, onde um rasgo abriu sobre a minha coxa. Parece estar piorando. Deslizo o dedo para dentro da área esfiapada. Não vai demorar para essa bermuda ficar tão rasgada que não vou conseguir mais usá-la e vão sobrar apenas as outras duas que trouxe.

Fico pensando no que essas roupas me tornam.

Noto uma sombra sobre mim e, quando ergo o olhar, Rei está ali.

Desde que nos reunimos com o restante do grupo, temos rondado um ao outro.

Paramos de brigar e discutir, mas não temos *conversado*. Rei faz algo completamente diferente.

Ele tem prestado atenção.

Ele me entrega a pomada silenciosamente se me nota mancando. Ou reserva um pouco de comida se ainda estou montando as barracas. Ou me passa uma ferramenta instantes antes de eu perceber que vou precisar dela.

Às vezes apenas ficamos sentados em lados opostos da fogueira, sem falar nada, e tento não admitir que esses são os momentos que mais gosto da noite — os silenciosos, quando podemos fingir que temos uma relação calejada e confortável que não requer palavras.

E agora ele paira acima de mim com uma caixa.

— O que é isso? — pergunto.

Rei segura uma caixa azul empoeirada com travas amarelas, seus ombros bloqueando o sol.

— Um kit de costura.

— Kit de costura? — repito, e ele gesticula na direção de onde meu dedo está cutucando a bermuda.

É um gesto atencioso, algo que estou aprendendo ser uma constante em Rei. Decido fazer piada em vez de ser grata.

— Dá pra considerar isso uma arma?

— Com certeza. — O canto da sua boca se ergue. — Estou cem por cento te sabotando em vez de tentar evitar que as suas calças se desmanchem.

Pego a caixinha de plástico azul e a abro. Há diversas agulhas e alguns carreteis, e retiro uma agulha e uma linha preta. Fechando um dos olhos, tento passar o fio pelo buraco da agulha.

— Aqui — diz Rei, tirando-os da minha mão. Um segundo mais tarde, o fio está amarrado com um nó. — Você nunca costurou antes? — Penso que vai me devolver a agulha, mas ela permanece em sua mão.

— Não tive aulas de conhecimentos domésticos na escola. — Minha voz não entrega o quão nervosa me sinto.

— Suas ancestrais devem estar horrorizadas. — Ele se ajoelha diante de mim e agarra a bainha da minha bermuda.

— O que está fazendo?

Rei olha para mim e meu coração bate mais forte.

— Te ajudando, já que você não sabe costurar.

Pigarreio.

— Talvez eu queira parecer com o Joe — comento, mas as palavras saem silenciosas e suaves, como este momento.

Ele dá um sorriso, algo delicado e pequenino em seus traços marcantes, e volta a se concentrar na minha perna.

— Não se mexe. — Sinto sua respiração na minha coxa.

Observo-o se aproximar da minha perna, puxando minha bermuda para cima gentilmente enquanto move a agulha para dentro e para fora do tecido. Os olhos estão focados na linha preta de encontro à bermuda azul-marinho, e fico fascinada com a delicadeza de suas mãos.

Fico pensando se são gentis assim...

— Onde você aprendeu a fazer isso? — pergunto, tentando me distrair dos meus pensamentos.

Rei deixa escapar um suspiro.

— Minha mãe adorava bordado ponto-cruz. Não é exatamente a mesma coisa, mas é parecido.

— Foi ela que te ensinou?

Quando ele fala, sinto seu hálito na minha pele. As palavras saem de modo lento e deliberado, como se estivesse muito ocupado se concentrando na minha bermuda.

— Minha mãe me ensinou um monte de coisas, e prefiro não lembrar da maioria delas.

A agulha espeta com um pouco mais de agressividade um trecho de tecido mais grosso, e Rei puxa a bainha para cima para não me furar.

Não me encolho, mas meu corpo tensiona.

— Tá tudo bem? — pergunta ele.

O mapa de nós dois **149**

— Aham. — Mas a minha voz sai tensa e percebo que ele pensa que estou assustada.

Os olhos de Rei estudam os meus.

— Já estou acabando.

Engulo meus sentimentos, encarando o céu e desejando que simplesmente desmorone sobre mim e acabe com o meu sofrimento. Docinho aparece no meu campo de visão, com as sobrancelhas erguidas.

Rei nem sequer faz uma pausa quando ela se inclina sobre o seu ombro.

— Tá dando uns pontos nela?

— Na bermuda dela. — Ele permanece concentrado.

Júnior se aproxima e olha o trabalho de Rei, assentindo com a cabeça.

— Nada mau.

Docinho olha para ele com uma expressão surpresa.

— Você também sabe costurar?

Júnior dá de ombros.

— Todo mundo sabe, não?

Ela assume uma expressão perplexa, que combinaria com a minha se eu não estivesse tão concentrada em Rei.

— Não, nem todo mundo sabe *costurar*.

— Beleza — diz Rei para si mesmo. Então, lentamente, ele se inclina para baixo e pega a linha com a boca para cortá-la com os dentes. Sua cabeça está no meu colo, sua boca a meros centímetros da minha pele. Sinto seus lábios rasparem a minha perna pela mais breve fração de segundo. Então ele se inclina para trás e observa seu trabalho. — Bom. — Rei assente uma vez e desliza um dedo pela costura. Para a frente e para trás. Para a frente e para trás. — Não vai durar pra sempre, mas deve segurar pelo menos até o fim da trilha.

Ele se põe sentado e me oferece a mão para me ajudar a levantar.

— Não vai dizer nada? — pergunta, ainda agachado.

— Tipo o quê?

O canto de sua boca se ergue e tenho convicção de que ele é capaz de ler a minha mente.

— Tipo obrigada?

— É. — Limpo a garganta. — Tipo obrigada.

Agora ele sorri. Reviro os olhos e espano as mãos na bermuda.

— Ei — diz ele, com as mãos ao redor do meu pulso. Ele ergue o olhar para mim, agachado. — De nada.

De nada.

Algo no jeito como diz isso me faz sentir que eu talvez não saiba do que ele está falando. As palavras têm outro significado, um que não consigo captar.

O olhar dele fixa-se na minha bermuda. Nas minhas pernas. Em mim. Ele exibe um sorriso que nunca vi antes, então eu compreendo. A mágica nunca esteve nas roupas.

Ela sempre esteve no modo como o meu pai olhava para a minha mãe.

Depois do jantar, nós cinco ficamos sentados como passarinhos na fiação dos postes, com as pernas balançando para fora de uma rocha conforme a luminosidade se despede de nós. A luz do sol é dourada e suave, e faz todos parecermos estar sob efeito de um filtro. Observamos o mundo soltar seu fôlego. O céu é tomado por tons de laranja e rosa, e olho para trás na direção da lua e duas estrelas valentes que espiam por um céu índigo.

— Se vocês pudessem fazer qualquer coisa, o que seria? — pergunto. — Uma profissão, um talento, qualquer coisa.

Vejo que estão considerando a pergunta e tento não me sentir muito vitoriosa por finalmente estarem participando do meu jogo sem questionar.

Docinho se inclina para trás e fecha os olhos.

O mapa de nós dois **151**

— Quando eu era pequena, queria ser uma cozinheira de banana.

— Uma cozinheira de banana? — pergunta Júnior. — Do que é que a gente tá falando mesmo?

— Não se cozinha banana — diz Biblioteca a Docinho.

— Não venha me limitar. — Ela nem sequer abre os olhos ao dizer isso. — E se o mundo tivesse dito ao Steve Jobs para não começar uma empresa que revolucionaria a animação por puro rancor?

— Você é muito fã do Steve Jobs? — pergunta Júnior com um sorrisinho.

— É importante compreender os visionários que nos antecederam.

Júnior puxa o rabo de cavalo de Docinho sem muita força e sorri para ela quando sua cabeça tomba para trás.

Biblioteca se inclina para a frente e olha para Docinho.

— O assunto ainda é cozinhar bananas, né?

— Eu queria ser médico quando era pequeno — diz Júnior.

— Médico? — Biblioteca soa um pouco surpreso.

— Médicos são prestativos — responde Júnior. — Eu queria ser prestativo.

— E agora, o que você quer?

Júnior deixa escapar um suspiro profundo e sua voz sai baixa quando responde:

— Ser egoísta.

E é assim que sei que é verdade.

Biblioteca vasculha o rosto de Júnior por algo que não sei se vai encontrar, então olha para o horizonte.

— Eu só quero ser rico. Eu quero um avião. Talvez um iate.

— E o que você vai fazer pra ganhar esse dinheiro? — pergunto.

— Nada. Não vou fazer nada. Vou ter riqueza geracional e vou ficar obcecado por causas aleatórias enquanto como as refeições do meu chef particular que levo comigo no avião pra tudo que é lado porque fiquei paranoico com a possibilidade de alguém tentar me envenenar.

— Tudo é possível — diz Docinho a ele.

Não menciono que é literalmente impossível ele ter riqueza geracional, já que ela precisaria vir dos pais dele. Em vez disso, balanço as pernas à minha frente.

— O que você faria, Mapas? — pergunta Biblioteca.

Uma mulher chamada Maeve cantou "Danny Boy" no funeral do meu pai. Lembro de todas as vezes que ele lacrimejou ouvindo a música quando estava vivo.

I'll be there in sunshine or in shadow.

Estarei aqui sob os raios de sol ou na sombra.

Se eu pudesse fazer qualquer coisa... Se eu pudesse fazer o impossível... eu cantaria esta canção para o meu pai.

— Eu seria cantora.

— Cantora? — Júnior ri. — Você quer ser famosa?

Balanço a cabeça e odeio o calor que toma conta das minhas bochechas por ser incompreendida. Por ser motivo de risada e por me importar o suficiente para ficar constrangida. Eu não deveria ter dito isso.

I shall sleep in peace until you come to me.

Dormirei em paz até você vir a mim.

Posso sentir todos me observando, buscando significado nas minhas palavras. O desejo de me explicar pesa em minha língua.

— Eu só quero esse estágio — diz Rei, e os olhos de todo mundo se voltam para ele.

— Você pode fazer qualquer coisa — repete Docinho. — *Qualquer coisa.* É pra ser um sonho.

Rei ergue um dos ombros e repete:

— O estágio.

— Talvez seja isso o que ele quer — diz Biblioteca para nós.

O *desejo* de Rei deixa minha pele pinicando como urtiga. Sei que o estágio é importante para ele, mas Rei obter o que deseja significa o *fim* da trilha.

O mapa de nós dois **153**

Por algum motivo, essa palavra não está mais associada ao término do meu sofrimento nesta trilha nem a um item sendo riscado de uma lista.

Por algum motivo, o significado mudou sem que eu percebesse.

Parece que mudou para o fim *disso*.

O fim de *nós*.

18

O tempo é uma coisa estranha. Às vezes ele é lento e excruciante, os segundos esticados até o infinito. E, às vezes, você é capaz de senti-lo escorrendo pelos dedos, desperdiçado.

Fico deitada em meu saco de dormir, pensando em todo tempo desperdiçado com o qual não tive o menor cuidado.

A escola foi um desperdício.

Nunca cheguei a terminar. Talvez eu nunca termine.

Quando fecho os olhos, posso ver o momento em que decidi parar de perder tempo lá.

No meu penúltimo ano no ensino médio, quase dez meses antes de o meu pai morrer, nós dois fomos para a secretaria da escola. Ficamos sentados lado a lado diante de uma escrivaninha barata feita de um material que imitava mogno. Com mãos trêmulas, meu pai segurava a folha de papel branca com o símbolo do distrito da nossa escola. As palavras EVASÃO ESCOLAR estavam estampadas em letras garrafais pretas no topo da folha. Meu pai usava um gorro cinza, mas a ausência de sobrancelhas deixava explícito que não havia cabelo sob ele. Sua pele estava macilenta e flácida sobre os ossos de seu rosto.

— Alunos precisam frequentar a escola. — O diretor Bartlett mexeu nervosamente alguns papéis em sua escrivaninha.

— Eu entendo — respondeu meu pai. Desde que adoeceu, ele fazia longas pausas em meio às conversas apenas para

O mapa de nós dois **155**

encontrar as palavras certas. — O ano passado foi complicado, mas Atlas está comprometida com a escola agora.

O diretor limpou a garganta.

— Ela está atrasada em todas as matérias. Ela antagonizava com os professores no ano passado. Em uma das aulas, simplesmente se levantou e foi embora.

Fiz isso mesmo. Nem tentei me justificar. Meu pai tinha uma consulta médica marcada naquela manhã e simplesmente saí.

Não queria estar em sala de aula. Mal consegui me concentrar enquanto o diretor Bartlett falava sem parar de mim para o meu pai.

Eu não era uma encrenqueira, estava passando por problemas. Eu não era desrespeitosa, tinha perdido o rumo. Isso não era uma punição, mas uma oportunidade.

— Atlas, você está ouvindo? — perguntou o diretor Bartlett, então olhou para o meu pai como se isso provasse o seu argumento.

Meu pai esticou o braço e agarrou a minha mão.

— Concordo que a Atlas não seja uma encrenqueira, mas gostaria de me concentrar no que podemos fazer para ela voltar à escola.

— Teremos uma audiência sobre qual programa supletivo tem uma vaga para ela.

Supletivo era para jovens que foram expulsos de escolas normais ou que eram velhos demais ou para adolescentes que engravidaram. Havia um ar de mistério aterrorizante em torno do programa; menções de brigas e de alunos se drogando nos banheiros. Os jovens que ninguém mais sabia como consertar.

E eu tinha me tornado um deles.

O diretor Bartlett se virou para mim.

— Ações têm consequências. As coisas que fazemos e as escolhas que tomamos podem mudar nossas vidas.

Mordi o interior da bochecha e encarei o tecido trançado vermelho da cadeira em que estava sentada.

E às vezes não importa. Às vezes, as coisas acontecem e você não tem o menor controle sobre elas e fica presa a uma realidade de ter que ir para casa e encontrar o seu pai arriado em um quarto escuro porque a quimioterapia é muito desgastante.

— Entende o que estou dizendo?

A ideia de que jovens desobedientes são por algum motivo mais burros do que os demais sempre soou esquisitíssima para mim. E se você, Deus o livre, por acaso indicasse ser inteligente, os adultos começavam a usar palavras como *potencial* e *talento desperdiçado*.

O que realmente queriam dizer é que você era uma *decepção*.

O diretor Bartlett lançou ao meu pai um olhar como se estivessem do mesmo lado. Apenas tentado me salvar do meu descaso com a frequência em sala de aula.

— Se ela permanecer na escola, longe de problemas, vai poder retornar depois de dois semestres.

— Dois semestres? — repetiu o meu pai.

— Sim, mas ela vai precisar se matricular no programa supletivo para ser capaz de ser readmitida em qualquer colégio neste distrito.

Meu pai se virou para mim.

— Atlas, você quer frequentar essa escola?

Olhei para o meu pai, com a emoção transbordando no peito. Ele estava me lembrando de que eu tinha uma escolha. Que mesmo aqui, quando me era dito que não possuía nenhuma, eu tinha.

— Não — falei simplesmente.

— Ok. — Ele se levantou, os braços trêmulos erguendo o levíssimo peso de seu corpo. — Agradeço pela atenção, diretor Bartlett.

O diretor apenas piscou. Uma vez, então outra.

— Ela precisa frequentar a escola.

— Sei disso — falou meu pai. Ele olhou para mim. — Está com todas as suas coisas?

Fiz que sim com a cabeça e peguei meu saco de lixo. Não me deixaram voltar até o meu armário para limpá-lo, em vez disso mandaram um conselheiro da escola pegar as minhas coisas. A mensagem era óbvia. Não podiam confiar em mim. Os olhos do meu pai endureceram quando olhou para a sacola e ele balançou a cabeça suavemente. Passei meu braço pelo dele e saímos da sala.

— Sua mãe vai ficar irritada — disse ele enquanto caminhávamos pelo estacionamento.

— Eu sei. — Respirei fundo. Ela gritava mais agora do que nunca. Pedia-me para explicar atitudes que eu não sabia como justificar. Fazia suposições e ameaças e chorava. Eu sabia que tudo isso me esperava quando chegasse em casa. — Mal posso esperar.

Assim que entramos no carro, ele se virou e olhou para mim.

— Me desculpa.

Senti a minha testa se franzir e a garganta apertar. Minhas sobrancelhas se ergueram, indicando minha confusão.

— Eu deveria ter te escutado quando você disse que não queria voltar pra escola. Eu deveria ter... — Ele se interrompeu e tentou inspirar profundamente, o que deixou seu peito estreitado parecendo ainda menor. — Eu queria que a sua vida continuasse normal. Eu não queria que nada disso te afetasse.

Engoli em seco e apertei as unhas contra a carne da palma da mão. Chorar não era uma opção. Não na frente do meu pai. Não quando ele já tinha tantas outras coisas difíceis com que lidar. Ele não precisava que eu caísse no choro. Seria injusto.

Mas meu pai era a única pessoa que me enxergava, que olhava para as minhas atitudes e não pensava o pior de mim. Ele pensava que a culpa era *dele*.

— Você ainda vai ter que fazer lição de casa. E não tem permissão pra mandar ninguém se foder. Caramba, Atlas.

— Eu não disse isso — esclareci. — Eu mostrei o dedo pra ela antes de sair da sala.

Meu pai revirou os olhos.

— Sempre achei a sua professora de matemática uma idiota mesmo. — Ele sorriu para mim e então sua expressão ficou séria. — Você me perdoa por não te ouvir?

Perdoar ele. Como se fosse com meu pai que eu estivesse brava, e não com o câncer, com o universo, com a vida sendo inacreditavelmente injusta.

— Pai — resmunguei. — *Eu* é que peço desculpas.

Ele sorriu para mim e deu um tapinha de leve no meu nariz com o nó do dedo.

— Tá bom, mas arrependimento não pode ser a única coisa que a gente sente, Fora da Lei. Isso deixa a gente sem tempo pra melhorar.

19

Rei está sentado em uma pedra, o diário numa mão e o lápis na outra, com a luz da manhã brilhando às suas costas. A forma como a mão se move me faz notar que ele não está escrevendo e, sim, desenhando. Ele parece até uma fotografia. Quero guardar este momento na memória. Apenas ele e eu e a quietude antes de o sol nascer e o céu pintando tudo em tons de laranja.

— Você desenha?

Rei parece um pouco surpreso. Observo-o contemplar minha aparência, que não consigo ver de fato. Devo estar com o cabelo embaraçado e o rosto todo inchado. Não uso maquiagem desde que cheguei aqui e as minhas roupas estão cobertas de sabe-se lá o quê.

E ainda assim... sinto-me tímida sob o seu olhar. Como se eu quisesse ser bonita. Como se desejasse ser bonita.

Rei fecha o diário e sorri suavemente para mim. O mesmo sorriso de antes.

... Isso me faz pensar que *sou* bonita.

— Um pouquinho. Mal.

Rio baixinho ao me sentar do outro lado das cinzas da fogueira da noite passada.

— Acho que ninguém liga pro quão bem você desenha as árvores.

Ele olha para mim como se eu tivesse falado a coisa errada, mas não sei qual seria a coisa certa. Espero que me diga, mas ele apenas fala:

— Você deve estar certa.

— O que é isso? — pergunto, inclinando o queixo para o diário. — Só anotações do que a gente ainda precisa fazer?

— Algumas, sim. — Ele assente. — E umas coisas que já fizemos. Um bocado de mapas das trilhas menores que a gente já completou.

— Um livro de Mapas. — Menciono isso porque é engraçado. É o meu nome.

Mas daí Rei diz:

— Pois é. Praticamente um Atlas. — Ele sorri ao dizer isso. *Atlas*.

Não sei quando é que respiro de novo porque ouvir Rei dizer... Atlas...

Parece...

Parece até um segredo que ele acabou de desvendar. Uma mentira que me deixa constrangida. Quero que a sensação seja boa. O fato de ele saber a verdade deveria ser libertador, mas em vez disso só consigo sentir uma pressão no peito ao perceber que Rei talvez seja capaz de descobrir quem sou de verdade.

A pessoa que existe fora desta trilha.

O rugido surdo chacoalha dentro do meu peito.

Ele parece sacudir o granito sob os nossos pés e até o próprio ar. As árvores vão ficando mais escassas diante de nós conforme nos aproximamos de um declive em direção ao rio. Ele se abre para uma piscina larga com rochedos enormes emergindo nos arredores de sua foz. Uma cachoeira. O rio se derrama pela borda de uma parede de pedra e, na parte de baixo, onde a água se acumula, diversos montanhistas estão de pé nas margens. Um grupo de caras mais novos escala até o topo da cachoeira.

O mapa de nós dois **161**

Algumas pessoas largaram roupas nas pedras como se fosse um varal; outras sentam-se próximas a pilhas de botas de trilha e mochilas. Não reconheço nenhum dos rostos, até ver alguém inconfundível.

Pomba.

Todo mundo do grupo Amarelo parece estar esparramado nas margens, nos rochedos e dentro d'água.

— Mas que filha da... — reclama Biblioteca. — Por acaso ela te disse que ia mudar de trilha?

Rei nega com a cabeça.

— Não é como se ela escutasse mesmo.

Os dois trocam um olhar antes de Biblioteca dizer:

— Acho melhor a gente descer e dar uma conferida na situação dela.

— Isso — responde Rei. — Só para verificar se o Amarelo está bem.

— Isso.

— Então — começa Docinho —, só pra confirmar: a gente vai descer até a cachoeira.

Biblioteca lança um olhar para ela.

— Só pra conferir se...

Mas é tudo que ele precisa dizer. Docinho e Júnior desatam a correr ao mesmo tempo. Ele arrancando a camisa por cima da cabeça e ela tirando as calças, milagrosamente sem tropeçar. Quando alcançam a água, ela está nas roupas de baixo e ele, de bermuda. Júnior mergulha espalhando água para todo lado e quando a cabeça atinge a superfície, ele solta um ganido.

— Tá frio pra caralho!

Docinho solta gritinhos enquanto caminha com dificuldade para dentro do rio, mas tem um sorriso no rosto que não vejo há tempos. É despreocupado. Feliz. Ela se joga em Júnior.

— Venham! — grita Júnior para nós quando segura Docinho. — Entrem!

— Tá congelando! E provavelmente há sanguessugas na água! — grita Biblioteca em resposta, mas é pura conversa. Sabemos que vai entrar.

Rei balança a cabeça.

— Sanguessugas só vivem águas mornas.

— Isso é verdade? — Biblioteca me pergunta como se eu fosse a Wikipédia.

Olho para Rei. Nossos olhares se chocam e preciso desviar.

— Não faço ideia — respondo, já me abaixando para desamarrar as botas.

Corro até a cachoeira, tirando a bermuda e a camisa.

Júnior tinha razão. A água está gelada a ponto de dar a impressão de espetar o corpo inteiro com agulhas, deixando a pele toda arrepiada. Mas o suor e a sujeira vão embora, e espero o meu corpo parar de sentir frio e ficar dormente.

Rei e Biblioteca se juntam a nós e pulam na água. Fico na proximidade das rochas, mas encontro um trecho de água parada e começo a boiar sob a luz do sol. O céu azul se estica sem uma nuvem sequer. Ao meu lado, Docinho faz o mesmo. Ficamos deitadas silenciosamente na água, duas estrelas-do-mar na superfície. Há uma sensação de paz e o ruído ao nosso redor se transforma em um zumbido.

— Mas que...?

Quando Docinho e eu nos sentamos, Biblioteca está encarando a cachoeira conforme Júnior escala os rochedos.

Um grupo de garotos está de pé no topo e oferece a Júnior uma mão para subir. Os músculos nas costas dele se contraem e relaxam.

— Nossa, como ele é gostoso — diz Docinho ao meu lado. Biblioteca lança um olhar cortante para ela, que prossegue: — Objetivamente falando.

Biblioteca revira os olhos e grita:

— Pula, seu covarde!

O mapa de nós dois **163**

— A gente já sacou! Você é fodão. Pula logo, seu babaca! — reclama Docinho, mas é com amor.

Júnior balança os braços como se estivesse juntando coragem, então pula. Dá uma cambalhota para a frente e cai com os pés para baixo como um mergulhador.

Sinto o meu coração acelerar dentro do peito.

— Que coisa mais ridícula ele ser bonito assim — comenta Biblioteca.

A risada de Rei se sobressai de todo o barulho da água e das pessoas no rochedo onde ele se senta com Pomba e Hera. Pomba se inclina para a frente, a mão dela em sua perna, e Hera dá empurrõezinhos em Rei. É um clima amigável, confortável e...

E daí Júnior surge entre Biblioteca e Rei. Não o vi se aproximar tanto.

Isso assusta Docinho, mas Biblioteca sorri ao empurrá-lo de volta para debaixo d'água.

Eu não rio. Eu não salto nem brinco. É como se houvesse pedras amarradas aos meus tornozelos, me mantendo presa aqui. Me afogando em meus próprios pensamentos. Mapas... a covarde que boia na água, mas não mergulha.

Percebo o que vou fazer quando já estou atravessando o rio a nado. A temperatura muda conforme a correnteza flui ao meu redor e logo estou nos rochedos. Tomando um impulso para subir e plantando os pés com cuidado nas pedras escorregadias, agarro os pontos que acabei de ver Júnior usar para escalar.

— Mapas! — ouço Biblioteca me chamar, mas não me importo. Não olho para baixo nem para trás. Apenas para a frente.

O ar esfria a minha pele conforme passo uma mão por cima da outra e, quando estou perto do topo, um garoto bonito de cabelo escuro e molhado sorri para mim, me oferecendo a mão. Eu aceito a ajuda e percebo mais três outros garotos parados ali. Um deles é loiro e tem uma tatuagem serpenteando pela lateral do braço. Ele me diz:

— Primeiro as damas.

Fico de pé, olhando para a água, que agora parece bem mais distante do que antes.

Respirando fundo, me permito sentir o momento.

Mentalmente, vejo o meu pai de pé na beira da piscina, segurando a minha mãozinha. Ele abaixa o olhar para mim e diz: *Vamos contar até três e ser corajosos.* Meu pai sorri e começo a tremer com a pele esfriando.

Não quero ser corajosa.

O loiro para atrás de mim.

— Você já pulou antes?

— Não — digo em voz baixa enquanto movo os pés na poça que se formou onde todo mundo parou para saltar.

— O mais importante é manter as pernas unidas e colar os braços no corpo. Não deixe que eles batam na água, entendeu?

Fiz que sim.

Consigo ouvir o sorriso em sua voz, mais do que ver.

— É só uma questão de se soltar e deixar acontecer.

Se soltar e deixar acontecer.

Olho para Rei, que está de pé no rochedo agora. Mesmo daqui de cima consigo ver que ele não quer que eu salte.

Mas não me concentro nele. Estico os braços para fora como se estivesse me preparando para voar. *Vamos contar até três.* Serei corajosa.

Um.

— Que se foda.

Eu me empurro para a frente em vez de me soltar, e meus braços se sacodem ao redor como se batesse asas. Os segundos despencam assim como eu, esperando pela água, esperando para atingi-la, esperando que essa sensação de frio na barriga e do meu corpo tentando se agarrar ao ar. E então a água está próxima demais e eu grudo os braços nas laterais do corpo e cruzo as pernas.

Meu corpo inteiro sacoleja com o impacto quando caio na água. Afundando sem parar. A água fica mais escura e o mundo

O mapa de nós dois

muda para tons de preto e azul, mas nunca atinjo o fundo. É silencioso e agradável, logo antes de eu entrar em pânico.

Consigo sentir a correnteza do rio me levando pela escuridão. Tento lembrar tudo o que já escutei a respeito de correntes subaquáticas conforme bato os pés para subir. Quando alcanço a superfície, percebo que fui carregada para muito longe e tudo em que consigo pensar é que minha mãe ficaria muito brava. A correnteza ganhou força e, ao tentar nadar para a costa, acabo me ainda mais do grupo.

Rei salta para dentro da água, mas não entendo por que está vindo atrás de mim.

Não me concentro nele, apenas me esforço para alcançar a outra margem. E quando chego lá, Rei está me esperando.

Seu peito nu sobe e desce. Quando fala, sua voz sai tensa:

— Mas que porra foi essa?

— Eu pulei — respondo.

— Sim, eu vi. — Ele parece irritado e um pouco preocupado. — E se alguma coisa tivesse acontecido com você?

— O Júnior também pulou — tento argumentar. Ninguém gritou com Júnior.

— O *Júnior* não foi arrastado meio rio abaixo.

Rei sacode o cabelo para tirá-lo dos olhos e gotas gordas de água salpicam para todo lado, refletindo a luz. Quando sua cabeça se inclina para trás, observo a respiração dele se acalmar.

— Puta merda, Mapas. Você nem falou pra ninguém que ia saltar.

— Eu não tenho que te contar tudo o que faço só porque você é o líder da trilha. — Deus. Isso soa mesquinho até para os meus ouvidos.

— Se alguma coisa tivesse acontecido com você...

— Não aconteceu nada. Não se preocupa, ninguém vai contar pro Joe.

— Você acha que eu estou preocupado por causa do Joe? — Ele parece magoado ao perguntar isso.

Quero responder que sim, mas a decepção estampada em seu rosto me faz sentir que estou deixando passar mais alguma coisa, algo que ele acha que deveria ser óbvio.

— Por que mais você estaria preocupado?

— Porque... — Seus olhos se fixam na minha boca, e espero que a verdade saia da dele.

Diga. Diga. Diga.

Mas ele não diz. Eu me agarro a um rochedo e percebo que estamos fora da vista de todo mundo. Ele segue o meu olhar. Compreensão cruza o rosto de Rei e, por um segundo, acho que parece preocupado e que vai nadar para longe.

Ainda assim, ele permanece onde está.

Estremeço. Talvez por causa do frio, mas também por causa de Rei. Sem camisa, enquanto eu estou só com a roupa de baixo.

— Tá frio. — Uma coisa idiota para se dizer. Estou apenas preenchendo o silêncio, mas me inclino na direção dele.

— Mapas... — Os olhos de Rei escurecem e consigo me ver refletida neles. O rio. Eu. Nós.

Eu me aproximo até ficarmos separados por um mero sussurro.

Seu olhar desce para a minha boca.

— Eu não sei o que você quer.

Sabe, sim.

Quero que ele me beije. Quero que pressione o corpo contra o meu e quero sentir a pele dele tocando toda a extensão da minha. Quero sentir se sou capaz de afetá-lo ou não. Quero saber qual é o seu gosto e que sons faz quando está perdido em outra pessoa.

— Quero saber se você pensa sobre... — digo baixinho.

Mas também não sou capaz de terminar a frase.

Rei fica estático e olha em meus olhos.

— Mapas, eu...

— Mapas! — Docinho me chama de algum lugar acima de nós e Rei se afasta de mim rapidamente.

O mapa de nós dois **167**

Um rubor desce pelo peito dele, que sobe e desce sem parar, a respiração ofegante. Imagino que eu também esteja assim. A verdade está nos lábios de Rei e, apesar de eu poder escutar Biblioteca o chamando, quero ouvi-la.

— Rei — digo, como numa súplica.

Então ele sai da água.

Jogo a cabeça para trás e encaro o céu por dez segundos excruciantes. Esta posição em que me encontro, com Rei me fazendo questionar os sentimentos dele, me deixa mais insegura do que já estive em muito tempo.

Pelo restante do dia, ficamos deitados em pedras sob o sol e deixamos nossa pele e as roupas secarem ao ar livre. Nosso grupo consiste em um amontoado de arrepios, hematomas e arranhões.

Júnior fica paquerando o garoto loiro tatuado e Docinho faz uma careta toda vez que o escuta dando risada. Biblioteca está muito ocupado fingindo que não está notando nada disso. Chamo Docinho para se deitar ao meu lado e tentar pegar um bronzeado.

— Tá bom, eu te ajudo a arranjar um câncer de pele — concorda ela, apesar de sua pele já ter adquirido um belo bronzeado marrom-dourado.

Ficamos deitadas juntas nos rochedos, como répteis, e nenhuma de nós pensa nos rapazes.

Meus olhos estão fechados quando digo:

— Eu amo a sensação da luz do sol depois de mergulhar em água gelada. A forma como a gente vai se aquecendo, bem devagarzinho. — Soa um pouco como uma confissão, então abro os olhos.

— A leve cosquinha que faz — acrescenta Docinho, com uma grande gota escorrendo pela sua lateral.

— Você é tão esquisita — zomba Biblioteca quando se aproxima para se deitar ao lado dela.

Docinho ri.

— Isso tudo é muito esquisito.

Seu tom é brincalhão, mas o corpo de Biblioteca fica tenso e Docinho passa os dedos pela superfície da rocha lisa com as duas mãos.

— É. Acho que não importa — diz ele.

— O que não importa? — pergunto, mesmo já sabendo o que ele quer dizer. Só estou torcendo para que não seja corajoso o bastante para falar.

Todo mundo fica em silêncio por um longo tempo, antes de Biblioteca responder:

— O que eu penso. O que você pensa. Nada disso conta.

Odeio que essas palavras machuquem. São como sal na ferida aberta da nossa verdade compartilhada. Isso não é permanente. Nós somos as pessoas que não contam. Os nomes não são reais. Nada disso conta porque vamos voltar a nossas vidas de verdade e deixar tudo o que vivemos juntos aqui para trás.

Tenho pensado nisso, mas dói ouvir em voz alta.

Eu quero que isto conte.

No entanto, assim como quando pulei na água, mantenho as mãos grudadas na lateral do corpo e aguardo a queda.

O mapa de nós dois **169**

20

— **Vamos dormir** no campo-base esta noite.

Rei diz isso como se fosse a coisa mais normal do mundo. Júnior me olha, confuso, como se eu tivesse as respostas, mas também estou confusa.

No entanto, há uma parte sombria da minha mente que me diz que Rei quer ir para o campo-base por causa de uma pessoa. Alguém para quem ele quer sorrir como sorriu para mim.

O campo-base é, no fim das contas, um acampamento próximo às cachoeiras onde diversos trilheiros armaram suas barracas, abriram cadeiras dobráveis e instalaram equipamentos de cozinha. O campo aberto extenso tem fogueiras rodeadas de gente enquanto as chamas dançam no centro. Não me lembro da última vez em que vi alguém sentado em um assento que não foi fornecido pela natureza.

Nem todos aqui são voluntários do parque estadual, o que é óbvio ao notar as coisas que as pessoas trazem. Passamos por uma cafeteira prateada em uma rocha próxima a uma fogueira e tento evitar transparecer meu julgamento em voz alta. Não faço trilha há muito tempo, mas já estou julgando as pessoas pelos itens supérfluos que carregam.

Deus. Quando foi que me tornei alguém que acha que *cadeiras* são supérfluas?

Há coníferas altas rodeando a campina onde todos acampam como um cercado, e há algumas construções nas margens.

Casarões triangulares de madeira que foram desgastados pelo clima, com telhados vergados, têm placas com símbolos indicando banheiros ou chuveiros. Um amplo espaço comunitário, adornado com mesas gigantescas e multifuncionais fica situado nas proximidades, e as mesas estão todas ocupadas no preparo das refeições. Diversas barracas estão distribuídas pelo campo como pedras coloridas gigantescas que se erguem do solo.

E o burburinho de gente.

Civilização.

O som lembra o de um rio. Um rugido fraco e indistinto. Há grupos de pessoas sentadas próximas a seus amontoados de barracas. Trilheiros de certa idade com longas barbas grisalhas sentam-se em um trecho mais próximo aos banheiros. Andarilhos mais jovens vestindo roupas sujas se espalham para todo lado. Dá para ver que passaram dias nas trilhas pela sujeira impregnada em seus corpos e no brilho de seus olhos. Há uma energia cansada neles que parece quase calma. Como se a trilha estivesse sendo difícil, mas tivesse transformado algo dentro deles. Espero que tenhamos essa aparência também. De gente vivida e centrada.

A maior parte dos andarilhos é composta por pessoas mais velhas do que nós... exceto um grupo.

Estão acampados num local mais afastado em barracas verdes, assentadas em um semicírculo próximo a uma fogueira maior, todas novinhas em folha e brilhantes. Parecem até uma propaganda da marca REI para montanhistas, esbanjando sorrisos e peles bronzeadas. Botas de trilha que parecem da última moda combinando com meias de lã merino cinzentas. Suas roupas combinam.

Ao lado deles, parecemos pessoas em situação de rua. Meias de cano alto brancas, botas arrebentadas, camisetas gigantescas e manchadas, sujeira que não sai de debaixo da unha nem esfregando.

Automaticamente me sinto constrangida.

O mapa de nós dois **171**

E, próximas ao grupo, estão Hera e Pomba. Hera dá um tapinha no ombro de Pomba, que ergue o olhar. Até eu sei que ela é linda e algo dentro de mim se encolhe. Pomba corre na direção de Rei, com o mesmo sorriso de antes estampado no rosto.

— Ei! Vocês vieram! — exclama ela nos seguindo para uma área vazia mais distante da fogueira e mais próxima das árvores.

Rei solta a mochila e oferece um sorriso fácil para ela.

Eu o comparo com os que ele já ofereceu para mim.

— Ela nem é assim tão bonita — diz Docinho, me lançando os espeques da barraca.

— Quem? — pergunto, tentando manter parte da minha dignidade me fingindo de besta.

Mas Docinho nunca foi boa em deixar alguém se fingir de besta.

— Você sabe de quem estou falando.

Dou um pisão em um espeque no chão com a bota.

— Sim, ela é.

Docinho assente gentilmente com a cabeça.

— É. Ela é mesmo.

Hera exige que jantemos com todo mundo na área comum. A maior parte do acampamento está compartilhando a comida, numa espécie de junta-panelas onde *cada um traz o que tem*. Biblioteca balança a cabeça.

— Então é assim que você tá fugindo do feijão com arroz.

Hera lança um olhar travesso para ele.

— A gente não ganha horas extras de voluntariado por sofrer.

— Pois eu devia ganhar — diz Biblioteca, e os dois riem.

Júnior se esgueira para o meio da multidão.

A melhor parte do acampamento são os chuveiros. Tomamos banhos em turnos, em uma água quase morna. Parece até um mimo, usar sabão e ter água caindo sobre o corpo em vez de estar sentada em um rio. Água morna deveria ser obrigatório. É um direito humano básico, como ar e alimento.

As pessoas carregam cachorros-quentes e salsichões, pacotes de batata chips e alguém trouxe um pacote inteiro de biscoitos Oreo.

Não é como se estivéssemos jantando em um restaurante, mas é ainda melhor. Júnior e Docinho me encontram, e devoramos o nosso banquete como se fosse a primeira refeição de nossas vidas.

Uma grande fogueira ruge, e me sinto grata por ninguém ter me pedido para procurar madeira. Algo naquele ambiente faz os meus ossos relaxarem enquanto Júnior e eu conversamos com dois trilheiros do Colorado. Eles nos dizem que, se um dia formos para Boulder, podemos dormir no sofá deles, o que é bem esquisito. Eu sou uma estranha, mas eles explicam que temos uma vibe boa.

— Existe um código. Trilheiros respeitam a natureza e uns aos outros — diz ele com um dar de ombros. — Pessoas que fazem isso são bons seres humanos. Dá pra ver quem pertence ou não a esse lugar.

Sinto a garganta apertar e, quando olho para Júnior, vejo que está sorrindo, mas com a testa franzida.

Essas pessoas fizeram suposições a nosso respeito, mas não são as de sempre. Elas pensam que somos parecidos. O código não é muito diferente do que temos seguido, mas todas essas pessoas vivem segundo essas normas de livre e espontânea vontade, e porque também seguimos tais normas, elas supõem que somos *do bem*.

É estranho que alguém suponha que eu seja uma... boa garota.

Alguém oferece a Júnior uma bebida alcóolica e ele aceita na hora. Lanço a ele um olhar que espero que o lembre da última vez que bebemos, mas ele apenas aponta para os trilheiros bonitos.

— Eles têm um monte desse negócio. Eu provavelmente preciso beber uns dez desses pra ficar bêbado de verdade.

O mapa de nós dois **173**

Aceito uma lata da mão esticada de Júnior. O esmalte brilhoso está lascado, praticamente todo gasto. A bebida tem gosto de frutinhas artificiais e é amarga.

Rei fica de pé próximo à fogueira com Biblioteca enquanto eles comem cachorros-quentes e conversam com Pomba e Hera.

— O que tá rolando entre vocês dois? — pergunto a Júnior, inclinando a lata na direção de Biblioteca.

Júnior me lança um olhar demorado.

— Te pergunto a mesma coisa, mas sobre o loirinho.

— Não tem nada rolando. Rei segue *todas* as regras. Estágio. — Há certa emoção na minha voz.

— Não segue nada. Ele também bebeu aquele uísque. — Júnior faz um gesto com os braços ao nosso redor. — Além disso, tenho cem por cento de certeza de que esse lugar não faz parte da nossa trilha, então as regras não se aplicam aqui.

— Tipo um buraco negro de regras?

— Exatamente. Uma dobra no continuum espaço-tempo.

Aquilo me faz rir.

— A gente não entende absolutamente nada de espaço.

— Não. — Ele dá outro gole. — Mas eu entendo de regras e de todas as maneiras que elas podem ser dobradas na direção de algo que você queira.

Ignoro-o porque preciso acreditar nas minhas palavras para que a linha entre mim e Rei permaneça definida e grossa. Diferente da situação no rio mais cedo, quando quase cruzei a linha inteira a nado.

Mordo o lábio e penso em como Rei se recusava a olhar nos meus olhos quando saiu da água. Culpado. Eu estraguei tudo de novo.

— É, bem, Alasca é longe. — Tomo um longo gole da latinha e a entrego de volta para Júnior. — Não vale a pena, sabe?

Ele beberica o que restou e então esmaga a lata.

— Será que sei? Você não vai se casar com ele. Não precisa ser pra sempre. Pode ser só por *agora*.

— É isso o que você está fazendo?

Júnior espalma uma mão no peito.

— Eu estou jogando um avançado jogo de gato e rato, mas ainda preciso determinar qual dos dois eu sou.

— Pois eu acho que você é o queijo.

Ele revira os olhos, me puxa para perto e beija o topo da minha cabeça.

— É por isso que você não tem amigos — diz.

Júnior põe outra latinha na minha mão e o mundo fica ainda mais turvo. A luz do fogo ilumina nossos rostos e o ar esfria. O grupo mais velho tem um violão e alguém trouxe um tamborim. As pessoas cantam músicas antigas que reconheço dos discos que meus pais tocavam durante o jantar enquanto bebiam vinho e observavam as estrelas, relembrando o passado ou sonhando com o futuro.

Pomba aparece e pergunta se queremos jogar com o grupo Amarelo. Percebo que Rei e Biblioteca vão se juntar a eles antes mesmo de ela nos contar isso.

Vejo que Júnior vai responder sim, então digo:

— Não, valeu. — respondo, com o sorriso forçado e o tom de voz rude, apesar das minhas palavras não serem.

— Tá bom, se mudarem de ideia...

— Não vamos — interrompo-a, e Pomba apenas assente.

Júnior ergue uma sobrancelha e vejo a pergunta se formando em seus lábios.

— Nem vem. Não quero falar sobre isso — digo, e tomo o último gole da lata. Rei me afeta de tal maneira que, quando me coloco de fora da situação e olho para mim mesma, fico envergonhada.

— Muito saudável. Não conversar sobre as coisas que te transformam num monstro.

— Eu não sou um monstro. Eu só estou...

— Com *ciúmes*. A palavra é essa.

Ergo um dedo até os lábios e faço *shhh*.

O mapa de nós dois **175**

Mas, pela primeira vez na trilha, a noite só fica mais barulhenta ao invés de silenciosa.

As pessoas riem e contam histórias. Um copo vermelho com bebida alcóolica translúcida é passado para mim e então para Júnior. Ouço uma risada de garota, mas não olho para ver se foi provocada por Rei ou se vem da direção dele. Apenas bebo.

— Opa, já tá bom. — Júnior tira o copo da minha mão. — Tenha modos, Mapas. Isso aqui não é a nossa birita barata nojenta. Deixa um pouco pros donos.

Mas a bebida ajuda. Dá uma esmaecida nas angústias. Aquieta os sentimentos. Sinto meu estômago embrulhar.

Mais tarde, Rei se aproxima de nós e pergunta se estamos bem. Ele vê o copo nas mãos de Júnior e fala para pegarmos leve, mas olha para mim ao dizer isso.

— É água. — Minhas palavras soam como se estivesse *debaixo* d'água.

Rei olha para Júnior.

— Ela está bem, de verdade — assegura ele.

Faço um círculo grande com as mãos.

— Isso é um buraco negro — digo.

Júnior tenta me puxar com ele, mas empurro suas mãos.

— Quê? — Rei parece confuso.

Decido ajudá-lo a entender quando Docinho aparece.

— Não esquenta. O estágio? — Lanço a ele um olhar sério. — Você vai... — Bato as palmas das minhas mãos, com um estampido.

— O que foi que eu perdi? — Os olhos de Docinho estão arregalados, e Júnior apenas balança a cabeça.

— Buracos negros e regras que são tipo canudos dobráveis.

— Canudos... — Rei franze a testa.

— Ok. Bora dançar pra fazer... isso aí... passar. — Júnior gesticula na minha direção.

Rei interrompe Júnior.

— Vê se não vão pra muito... Fiquem por perto, ok?

Júnior o encara com olhos gentis e concorda com um aceno.

O mundo se agita conosco e penso em meu pai dançando comigo ao som de uma música do Bob Dylan.

— Bem que eu tava procurando pelos encrenqueiros do Azul! — exclama Pedreira, sorrindo principalmente para Docinho.

Pedreira flerta com qualquer coisa passe na frente dele. Ele diz que Júnior é o garoto mais lindo que já viu e me fala que sou boa demais para o rabugento.

— Então, sejam honestos — pede ele. — Eu estou prestes a apanhar? — Pedreira faz um gesto na direção de Rei e Biblioteca, que estão sentados do outro lado da fogueira, olhando para nós. — Eu reconheço *esse* olhar.

— Eles são nossos líderes de trilha — diz Docinho. — Eles só estão garantindo que a gente não se meta em problema.

Pedreira ri para dentro do copo.

— Não se meter em problema ou com alguém?

Encontro Rei do outro lado da clareira e tento sorrir. Mas nossos olhares se fixam por mais tempo do que deveriam. Com intensidade demais. Um músculo na mandíbula dele se contrai e sinto o desejo se espalhar pelo meu ventre. Como uma fome absurda.

Pode ser só por agora.

E então Júnior para bem na minha frente.

— Há dragões para esse lado.

Ele tem razão, mas não sei dizer se Rei é o dragão ou o tesouro.

— Eu não... — Perco o fio da meada.

— Que bom — diz Docinho para mim, e parece falar sério. — Porque não quero ser a única garota na trilha porque você foi mandada pra casa.

— Quê? — Alterno o olhar entre ela e Júnior.

— Quem é que vai contar? — pergunta Júnior. — Tá todo mundo quebrando alguma regras.

O mapa de nós dois **177**

— Isso vale pra você também — diz ela para Júnior. — A gente não conhece o grupo Amarelo e vocês dois dão muito na cara.

— Eles não vão contar nada — diz ele para mim, mas parece menos convicto agora.

— Tomara que não — fala Docinho.

— Isso aqui era para ser um buraco negro — choramingo para Júnior.

— Shhhh. — Ele cobre meus ouvidos e diz para Docinho: — Você está incomodando o bebê.

Faço beicinho para ela, que revira os olhos, mas não toca mais no assunto.

A noite prossegue e sigo Pedreira até o outro grupo de trilheiros, que estão se desafiando a comer Oreos das caras uns dos outros sem usar as mãos. Olho para trás, na direção de onde Biblioteca e Júnior estão tão próximos que não há espaço entre eles. Pedreira e eu rimos das estrelas e, pela primeira vez desde que cheguei nesta floresta, não sinto o meu luto.

Fico de pé, danço e rio, e então alguém começa a cantar "Landslide".

Um segundo depois, sinto a mão de alguém no meu pulso.

— Vamos. — As palavras são um sussurro, no pé do ouvido. Sinto-as vibrando em meu pescoço e os dedos ao redor do meu pulso não apertam, parecem mais uma pergunta.

Rei. Ele está parado, segurando a minha mão, quase como se me puxasse da minha mente de volta para o agora. Me inclino para a frente, de leve.

— Essa é a água que ela tem bebido — diz Pedreira, meu mais novo melhor amigo, para Rei, que assente. — Acho que está pronta pra ir pra cama.

— Tô nada — digo, mas deixo Rei me guiar na direção das nossas barracas. Meu mais novo melhor amigo é um *traidor*. — Eu não quero ir pra cama.

— Ok — diz Rei. — Que tal se a gente só ficar deitado?

— Eu não tô bêbada. — Paro de andar, mas não deixo passar a maneira como ele disse *a gente*.

— Ok — concorda ele, mas seu tom lembra o de um pai que decidiu não contrariar uma criança.

— Eu tô alegrinha, mas não bêbada.

— Eu também.

— Então por que eu tenho que ir pra cama e você não? — Estou choramingando, assim como a criança que não quero ser.

Rei passa uma língua sobre os dentes, algo que percebi que faz quanto está pensando.

— Você parecia precisar de uma... pausa.

Cravo as unhas nas palmas das mãos.

— O que eu *preciso* é de um cheeseburguer. — Ergo o dedo indicador. — Talvez eu tenha bebido mais do que deveria. É essa trilha idiota. Eu só como feijão e barrinhas de granola. Eu *sei* beber sem passar vexame.

— Beleza. — Rei quase sorri. — Mas como não tem nem Taco Bell muito menos um McDonald's por perto, vamos ter que nos contentar com água.

Deus, como sou patética. Mandada para a cama mais cedo, apesar de todo mundo ainda estar festejando. E de quebra com Rei no meu pé, precisando bancar a babá.

Dou um passo adiante, mas meio que tropeço e meu cabelo cai sobre o meu rosto. Tento afastá-lo, mas sei que pareço toda atrapalhada. Soprando mechas de cabelo e dando tropeções.

— Você não precisa ser minha babá — digo, mesmo enquanto ele ri e pega meu braço para me firmar.

Rei procura dentro das nossas mochilas e me oferece minha escova e pasta de dentes. Escovo os dentes que nem a minha cara e ele permanece por perto. Devolvo a escova pra ele e seco a boca com as costas da mão.

Ele afasta o cabelo do meu rosto e me guia de volta à minha barraca. Lá dentro, ele me entrega a camisa que sempre uso para dormir e não se vira quando me troco. Já passamos desse ponto mesmo.

— Por que você está sendo tão legal comigo? — pergunto, brigando com a camisa para encontrar os buracos dos braços, com a cabeça ainda enfiada dentro do tecido.

Rei puxa o tecido para ajustar a camisa.

— Por que eu não seria? — Mas ele não olha para mim ao dizer isso.

Porque eu bebi demais, mesmo depois de você me dizer para não fazer isso. Porque eu passei a noite inteira torcendo para você me ver dando mole para outros garotos e ficar com ciúmes.

— Porque eu odeio a Pomba. O nome dela é idiota — digo quando finalmente consigo passar os braços pelas mangas.

— Por que você odeia ela? — Uma risadinha preenche o ar noturno entre nós.

— Por causa de buracos negros.

Uma expressão confusa toma conta do rosto dele.

— Quê?

Não respondo; em vez disso digo algo tão idiota quanto:

— Me desculpa por arruinar a sua paquera.

Agora ele sorri.

— Você não arruinou a minha paquera. Eu estou indo muito bem.

Tomara que não. Tomara que Pomba odeie Rei. Tomara que ela pense que ele é um otário esquisitão. Engatinho até o meu saco de dormir e me deito.

— Você está legal? — pergunta ele.

Não.

— Sim.

Rei assente e faz menção de abrir a barraca, mas estico a mão e agarro seu pulso. Meus dedos estão em sua pele.

— Fica aqui? — pergunto baixinho.

— Ficar?

— É. Só... só até eu dormir?

Rei parece dividido e consigo ver o "não" estampado em seu rosto por um segundo antes de ele voltar a se sentar no saco de dormir de Docinho.

— Só até você dormir — promete ele.

— Ok — digo.

Coloco as mãos debaixo da bochecha e fico olhando para Rei, que encara o teto da barraca. Lá fora, está uma barulhada de gente gritando, rindo e tocando violão, mas tudo o que consigo escutar é o meu coração.

— Você vai ficar me olhando ou vai dormir? — pergunta ele, com os braços cruzados sobre o peito.

— Você gosta dela?

— De quem?

— Daquela garota. Pomba.

Ele deixa escapar um suspiro pesado.

— Eu vou me mudar pro Alasca.

O lembrete faz meu estômago embrulhar.

— Não foi isso o que eu perguntei.

Espero que ele fique frustrado ou irritado, mas em vez disso Rei me pergunta:

— Lá na cachoeira, o que você ia me perguntar?

— Na cachoeira?

— Você me perguntou se eu pensava em... alguma coisa. Mas não concluiu o pensamento.

Não sei como responder ou o que falar, não sei nem como enunciar as palavras.

— Você quer ir embora? — pergunto.

Ele se vira e me olha, o corpo inteiro pendendo na minha direção.

— Você quer que eu vá embora?

— Não.

É honesto e com certeza é algo que não terei coragem de dizer amanhã.

O mapa de nós dois **181**

Seus olhar se demora no meu rosto.

— Por quê?

— Eu não consegui te perguntar o que queria.

— Sobre eu ir embora? — Sua voz soa baixa e profunda.

— Sobre me beijar.

Rei fica imóvel, seus olhos nem mesmo piscam enquanto encaram os meus.

Agora que já contei, pergunto:

— Você pensa em me beijar?

Rei parece prender a respiração. O corpo inteiro está tenso sobre o saco de dormir de Docinho. Ele solta o fôlego e percebo que está muito perto de mim.

— Você quer que eu te beije?

Pode ser só por agora.

— Sim — sussurro.

O olhar de Rei está fixo na minha boca.

— Mapas.

— Vá em frente — desafio. — Me beija.

Mas tudo que ele faz é ficar parado ali, me olhando.

Então eu me inclino para a frente.

Só por agora.

Pressiono meus lábios nos de Rei, do modo suave e gentil. Ele deixa escapar um suspiro leve e percebo que não está me beijando de volta.

Começo a me afastar, sentindo a vergonha corar meu rosto, mas quando faço isso, seus olhos estão me examinando. Uma pergunta é refletida na escuridão de suas íris e tenho vontade de perguntar o que significa. Mas daí a boca de Rei já está na minha. A princípio, é gentil, mas então ele se coloca sobre mim — em cima de mim — e tudo gira.

O corpo dele pressiona o meu e tento puxá-lo para mais perto. O saco de dormir ainda está entre nós, mas não importa. Sua boca é febril e passo as mãos pelo seu corpo sem parar. A cintura, sob a camisa, sobre os ombros. Toco todos os lugares que fiquei o tempo todo me perguntando como seriam desde que o conheci. Minhas mãos vão parar em seus quadris e puxo-os na direção dos meus, até estarem pressionados contra todas as partes de mim que latejam.

É tudo tão intenso que esqueço de todo o resto. Rei beija o meu pescoço, a minha clavícula. Quero seu toque em outros lugares. Na pele mais sensível. Por todo o meu corpo. Eu o quero. Pego a mão dele e a coloco debaixo da minha camisa, deixando explícito o que estou pedindo. Deixo gemidos escaparem contra seus lábios. O corpo dele tensiona por inteiro e então...

Rei volta a se sentar. É tão repentino que me deixa esbaforida.

— Eu... — Ele passa uma das mãos no cabelo. — Você bebeu demais. E eu não posso...

— Rei. — Chamo seu nome e espero que isso seja o suficiente para trazê-lo de volta ao presente.

Mas ele mal me escuta.

— Tem umas coisas que eu... eu preciso...

— *Rei.* — Do que é que ele precisa?

— Não. Só... Vai dormir, Mapas. A gente pode conversar de manhã.

Mas não tenho certeza se vou ser corajosa assim de manhã.

Amanhã teremos deixado o buraco negro e o *só por agora* terá acabado.

O mapa de nós dois **183**

21

Acordo com Docinho roncando ao meu lado e fico por uma quantidade indeterminada de tempo encarando o teto da barraca, torcendo para conseguir voltar a dormir. Mas minha cabeça lateja e sinto a vergonha arder pelo meu corpo quando me lembro de Rei.

Não.

Lampejos da noite passada me ocorrem. Suas mãos me tocando. Seu beijo. Seu corpo pressionando o meu. Isso me faz sentir faminta e humilhada. Porque, quando fecho os olhos, tudo que vejo é a expressão em seu rosto ao ir embora.

Quando engatinho para fora da barraca, ainda está escuro e o acampamento está silencioso. As fogueiras foram apagadas e os equipamentos foram guardados. Um dos trilheiros mais velhos está adormecido em uma cadeira e me pergunto se ele passou a noite toda lá.

A barraca azul está em silêncio e sei que apenas um pedaço de tecido me separa de Rei.

Do nosso beijo.

De quando ele me disse que iríamos conversar de manhã. Passo uma das mãos pelo rosto. Preciso ponderar sobre o que estou fazendo. Organizar os pensamentos até que fiquem organizados. Ao ficar de pé, caminho até o círculo de pedras de fogueira a alguns metros das nossas barracas. Longe o bastante para a barraca azul ser engolida por um mar de pequenos rochedos de náilon.

Tudo em que consigo pensar é Rei. Não só nesta manhã, mas com tanta frequência que nem sei quando começou. Eu não sou esse tipo de pessoa. Não quero ficar pensando sem parar em um garoto. Um garoto que vai para o Alasca. Nossas vidas estão se movendo em direções diferentes.

Isso não é verdade. A vida dele está se movendo enquanto a minha está completamente estagnada. A única coisa em que consigo pensar depois dessa trilha é em ir para casa. A lista do meu pai ainda está no meu bolso traseiro e há algo nessa situação que me incomoda. Como se eu estivesse deixando passar algo óbvio.

Desenrosco a tampa da minha garrafa de água e encho a boca até as bochechas inflarem e eu me convencer a engolir.

— Você tá parecendo enjoada. — Pomba vem andando de dentro do bosque, com a blusa amarrotada e mechas se soltando de seu rabo de cavalo. Ela aponta para si mesma. — Caminhada da vergonha.

Mas ela não parece nem um pouco envergonhada.

Lá atrás, um garoto de cabelo escuro anda na direção dos trilheiros da REI.

Dou a ela um sorriso contido. É bom saber que ela não está com Rei, mesmo que eu não achasse de verdade que eles estivessem juntos.

— E aí? — sussurra ela. — Tá fazendo o que acordada tão cedo? — pergunta Pomba com um ar de conspiração, como se estivéssemos trocando segredos sob as estrelas da manhã.

Eu não vou trocar nada com ela.

— Tô só tentando colocar minha cabeça no lugar — respondo.

Pomba faz uma cara horrorizada ao se sentar.

— *Nossa*, mas pra quê? — Pomba se apoia em uma longa tora de madeira, com as pernas balançando para fora. — Minha

O mapa de nós dois **185**

maior qualidade é que eu sou pura bagunça. Ninguém gosta de gente certinha. É isso o que é incrível neste programa. Todo mundo é uma bagunça, então... seja uma bagunça.

Penso em Rei e na forma sinistra como fala a respeito da família que não o quer. O jeito como Docinho parece estar fugindo. Júnior, que está sempre lutando contra algo, e a forma como Biblioteca se protege.

E eu. Uma bagunça.

Penso em como às vezes nossas cicatrizes não são coisas que podem ser vistas. Como a ausência de uma pessoa.

— O meu pai morreu. — Acabo dizendo porque parece ser o tipo de informação que alguém além de Rei e de Joe deveria saber. E porque Pomba não parece ser alguém de grande importância. A reação dela, ou sua possível pena ou apatia, não são coisas com as quais preciso me importar porque não me importo com ela.

Ela me encara com seus grandes olhos castanhos, cheios de sinceridade, e me preparo para o *Eu sinto muito mesmo* e *Você vai vê-lo outra vez* que sei que estão a caminho.

— Cara, que *merda*.

Demoro tempo demais para realmente entender o que ela acabou de dizer. Segundos nos quais as palavras dela são as únicas coisas que estão tentando encontrar um lugar para se assentar em minha mente, o lugar onde pertencem. Compaixão, pena, encorajamento desajeitado. Elas não se encaixam em nenhuma dessas categorias. As palavras são confusas. Nem consigo acreditar no que ela disse. *Cara, que merda?*

É verdade.

É uma *merda* mesmo.

Uma risada escapa de dentro de mim e é carregada pelas minhas palavras quando digo a Pomba:

— Sim, é mesmo. Pra *caralho*.

O rosto dela se vira para mim enquanto gargalho com mais vontade do que em muito tempo. E o sorriso permanece em seu rosto quando a minha risada se mistura com lágrimas e se transforma em um choro que não consigo controlar.

Pomba não me silencia nem tranquiliza. Ela se senta ao meu lado, me ouvindo rir e chorar ao mesmo tempo.

Seco os olhos.

— Me desculpa. Eu não sei...

Sinceramente, eu não sei de nada. Talvez eu esteja com tanta ressaca que nem consigo entender o que estou fazendo aqui, mas Pomba não parece incomodada, chocada ou confusa. Ela parece entender o meu tipo de confusão mental.

— O luto é esquisito pra caralho, né?

E me dou conta de que é isso o que estou sentindo. Não é apenas a tristeza ou o cansaço, são todos os momentos em que não consigo controlar o modo como sinto falta de alguém.

Pomba dá um suspiro profundo e sorri para mim, como se esta explosão emocional tivesse sido, na verdade, a coisa certa a fazer. Pela primeira vez desde que o meu pai foi diagnosticado, eu fiz a coisa certa.

— É. — Ela dá um tapinha na minha perna. — Você está indo bem. Sabia disso?

Não sei. Eu sinto como se estivesse me afogando e caindo e estou assustada e com raiva e parece que me perdi em alguma parte do caminho. Mas em vez disso, apenas respondo:

— Eu não sei de mais nada.

— Bem, então você está fazendo isso do jeito certo. Se tivesse alguma ideia de que caralhos está fazendo, já estaria no caminho errado.

Pomba é uma terapeuta florestal voltando de uma caminhada da vergonha. Nesses últimos minutos, ela me ajudou mais a me sentir melhor a respeito da zona que é o meu coração do que qualquer outra pessoa em conversas ou sessões de terapia.

— Eu entendo por que Rei gosta de você. — Me surpreendo ao dizer isso.

Ela ri.

O mapa de nós dois **187**

— Eu entendo por que ele gosta de *você*.

— Ah, disso eu já não sei. Acho que ele me vê como encrenca.

— Ah, é? *Sorte a sua.* — Pomba abre um sorriso imenso. — Eu não me preocuparia muito com o Rei. Ele está arrancando os cabelos de preocupação por causa do rolê de Alasca. Acha que vai deixar outras pessoas orgulhosas e ainda não percebeu que fazer *qualquer coisa* por causa de outra pessoa não vale a pena.

Quero perguntar mais a respeito, mas, num piscar de olhos, ela está de pé, caçando *cervejas de desjejum* e o que sobrou dos Oreos.

Bebo a cerveja gelada rápido e isso ajuda com a dor de cabeça.

— Aqui está você. — Júnior aparece, vindo da direção das nossas barracas.

— Aqui estamos — corrige Pomba, os braços abertos. — Cerveja de café da manhã?

Júnior sacode a cabeça.

— Achamos que você tinha sido comida por ursos — diz ele. — Pelo visto, era só um pássaro.

Pomba sorri.

— Sagaz. Você é o espertinho do grupo?

Júnior a ignora.

— Estamos nos aprontando pra partir — anuncia ele.

Eu me viro para Pomba.

— Valeu por... — Há coisas demais pelas quais agradecê-la e todas ficam entaladas no meu peito.

— De nada. — Ela ergue sua cerveja em uma saudação. Como se não fosse nada de mais.

Nossa barraca está guardada e minha mochila já foi fechada quando volto.

— Encontrei ela — anuncia Júnior, e todo mundo olha para mim. Todo mundo.

Rei.

Rei está olhando para mim.

— Ela estava tomando cerveja com aquela monstrenga caótica da Pomba — acrescenta Júnior.

Biblioteca solta um gemido.

— Ninguém tem permissão de ficar a sós com a Pombs.

— Como foi que ela acabou virando líder de trilha? — pergunta Docinho. — No que é que o Joe estava pensando?

— As pessoas adoram ela. — Biblioteca dá de ombros. — Ou seja, eles fazem o que ela manda.

— Ah, isso eu percebi. — Docinho me entrega uma barrinha de café da manhã. — Você perdeu ontem. Ela subiu no topo de uma árvore e desafiou um dos trilheiros riquinhos a segui-la. Ele acabou caindo. Provavelmente quebrou uma costela. Pra onde você foi ontem à noite?

Meu olhar se move na direção de Rei, contra a minha vontade.

— Eu fui pra cama.

— Fracote. — Júnior empurra o meu ombro.

Nós guardamos tudo e partimos sem dizer adeus a ninguém no acampamento. A sensação é de estar deixando a Terra do Nunca. Algum lugar secreto. *Buraco negro.* E digo a mim mesma que o que aconteceu entre mim e Rei, na cachoeira e na barraca, só aconteceu porque nos deixamos levar pela energia. Pelo puxão gravitacional do buraco negro.

Rei para meio afastado e espera que eu passe, caminhando atrás de mim, mas não fala até perdermos o campo-base de vista.

— Mapas. — Ele diz o meu nome com suavidade e isso me faz pensar na noite passada.

Respiro fundo uma vez. Então de novo. Tentando pensar no que dizer, em como conversar com ele.

— Mapas.

Eu sei o que ele vai falar. *Foi um erro. Eu não deveria ter feito isso. Nós não podemos.*

Mas tudo isso só significa uma coisa: *Você não vale a pena.*

— A gente não precisa conversar. — Eu paro e Rei faz o mesmo. — A gente pode só... Tá tudo bem.

O mapa de nós dois **189**

— Você está bem — repete ele.

E então volto a "estar bem". Tento sorrir, mas devo estar só mostrando os dentes e gesticulando de maneira desajeitada.

Rei parece estar com dificuldades de dizer algo, e a última coisa com que consigo lidar agora é a sua gentileza. Com ele me dando um fora com delicadeza. Já me sinto em carne viva por causa dessa manhã.

— Eu ultrapassei um limite, fui insistente e não deveria. Está tudo bem. Isso não significa... nada. — Minha mentira tem gosto de cinzas.

— Certo. Não significa nada. — O grupo continua a andar e Rei parece perceber. Ele sacode a cabeça. — Tudo bem, mas isso não pode acontecer de novo. Você não pode simplesmente...

Ele não quer que eu o beije. Porque eu não valho a pena. Não posso deixar que ele complete a frase e parta meu coração.

— Por causa do Joe — completo.

— Joe?

— Se ele descobrir. Nada de envolvimentos. O estágio. — Listo as coisas para que saiba que eu entendo. Sei por que ele precisa me rejeitar com gentileza. Estou tentando fazer com que Rei não se sinta culpado pela punhalada da rejeição que sinto entre as costelas. Como se fosse me ajudar a manter algum resquício de orgulho.

Os olhos dele vasculham os meus e me lembro de quando estavam escurecidos pela emoção ontem mesmo.

— É injusto. — É tudo o que ele diz.

Com isso, concordamos.

— Eu entendo. Você não precisa, tipo, se preocupar. Nem nada assim. — Digo a mim mesma que não quero que ele discuta comigo ou insista, e em vez disso falo: — Estamos de boa, né?

Preciso que ele diga *sim*.

Mas não consigo deixar de ficar decepcionada quando Rei olha para mim e diz:

— Com certeza, Mapas.

E sei que só estou mentindo para mim mesma outra vez.

22

As manhãs no acampamento sempre começam do mesmo jeito.

Com o som do nascer do sol. Como se a luz tivesse a própria melodia e ela esticasse os dedos por entre as árvores para gentilmente despertar a aurora. Na maior parte das manhãs, fico deitada em meu colchonete e ouço o mundo começar a girar. Pássaros, animais, insetos e rios. Tudo parece possível nesses momentos iniciais. Novos e otimistas.

Depois do campo-base as coisas mudam, mas não do jeito que eu esperava.

Rei e eu não estamos de boa. As coisas pioraram. Somos duas pessoas fingindo estar de boa. Não há mais brigas, nem discussões nem momentos silenciosos sentados a sós na fogueira. Rei me evita com sorrisos contidos e educados, e eu só falo com ele quando necessário. Mas à noite, quando não há ninguém por perto, eu penso no nosso beijo. Eu lembro de todas as vezes que olhei de relance para o seu rosto durante o dia e de todas as vezes em que me lembrei do gosto de seus lábios. Eu finjo que não há nada de errado.

Júnior e Biblioteca são o oposto disso. Eles são duas pessoas que tentam fingir não ser como ímãs, constantemente atraídos um na direção do outro.

E Docinho.

Bem no meio disso tudo, como um elástico sendo esticado.

Mas manhãs esperançosas só duram até eu erguer a cabeça do travesseiro. Ao longo dos últimos dias, a tensão no ar parece inevitável.

Rei e eu. Biblioteca e Júnior. Docinho e eu. Docinho e Júnior. Docinho e Biblioteca. Docinho e Rei.

Docinho. Docinho. Docinho.

Então eu não deveria ficar surpresa quando a primeira coisa que escuto é o som de Biblioteca e Docinho discutindo.

Meus olhos se abrem e eu a escuto dizer algo relacionado a chá, mas eu sei que provavelmente não está falando de chá. Provavelmente é sobre o acampamento.

Eu me forço para fora do saco de dormir e calço as botas, mas no minuto em que abro a porta da barraca...

Percebo que há algo errado.

O ar está pesado e não consigo ouvir pássaros nem insetos.

Sinto o cheiro da fumaça antes de vê-la.

Sempre imaginei que ela seria preta ou cinzenta, mas esta fumaça é branca.

Branca. E ouço os estalos de galhos e folhas.

O fogo se move pela grama com mais velocidade do que eu imaginaria ser possível. Não sei o que acontece em seguida. Talvez eu esteja gritando. A chama se move para a vegetação rasteira, estalando e chiando.

Meu coração fica prestes a sair pela boca quando as chamas aumentam e se espalham. Consigo sentir a minha pulsação, o coração tamborilando no peito em um ritmo acelerado.

Rei está gritando enquanto pisoteia a moita, mas sua voz é um zumbido em meus ouvidos. Agarro meu saco de dormir e o coloco sobre o fogo. Dou pisões nele, então ergo-o e movo-o para outro lugar. Docinho faz o mesmo. Biblioteca bate em um arbusto com lona pesada. Júnior joga água. Rei atira terra nas brasas com uma pá. Estamos todos em pânico, gritando. Sinto o fogo queimando a minha pele, mas não paro. Minha mente dá um branco total.

O mapa de nós dois **193**

Não sei quando acontece, mas em determinado momento nosso pânico diminui e percebemos que o incêndio acabou. O trecho de terra carbonizada onde nos encontramos ainda fumega, mas nenhum de nós se mexe. É como se temêssemos que volte a pegar fogo.

Finalmente, Rei fala, mantendo os olhos na terra preta:

— Como... — Sua voz falha. — Como foi que isso aconteceu?

Ninguém responde. Mas só uma de nós está chorando.

Lágrimas grossas descem pelo rosto de Docinho, que mantém a cabeça baixa. Ela funga e Biblioteca xinga. Minhas mãos tremem e uma pequena queimadura em formato de um círculo começa a inchar no meu pulso.

Biblioteca pesca um frasco verde de dentro da mochila.

— Passem isso e tomem um remédio pra dor. Queimaduras de segundo grau podem doer bastante.

Júnior aceita o frasco. Rei pega o telefone via satélite e fica olhando para ele como se segurasse uma bomba.

— Eu vou... reportar isso.

— Você precisa? — pergunta Júnior, mas ele sabe que a resposta é sim.

— Porra. — Biblioteca olha para o céu. — O Joe vai ficar puto.

É o eufemismo do ano, e o telefone na mão de Rei treme quando ele se afasta do grupo. Essa ligação pode significar o fim de Alasca. Pode significar o fim dessa trilha.

Docinho seca as lágrimas dos olhos e tira o meu saco de dormir do chão. Ela o ergue, e apesar de não ter pegado fogo, ele ainda está chamuscado. Provavelmente fede a fumaça.

— Eu vou ser presa? — pergunta ela, olhando para Biblioteca.

A boca de Biblioteca fica aberta, como se permanecendo escancarada por tempo o bastante, ela pudesse capturar a coisa certa a se dizer. Depois ele diz:

— Eu não sei.

Todos nós absorvemos as palavras.

O lábio inferior dela treme.

— Meu pai vai ficar tão decepcionado — diz Docinho.

Decepcionado. A decepção é sempre o pior sentimento de todos. Lembro de quando eu tinha um pai que podia me fazer sentir assim.

Ficamos nos encarando, nós quatro nos perguntando o que exatamente devemos fazer, quando Docinho começa a limpar a área. Reconheço o gesto: se ocupar para não lidar com as emoções. Vi a minha mãe fazer isso. Eu fiz isso.

Júnior meneia a cabeça para Biblioteca, que apenas franze a testa e faz que não sutilmente. Meninos são uns covardes.

— Docinho? — digo.

— Sim? — A voz dela soa firme e calejada, mas ela está tremendo. O corpo inteiro.

— Ei, para só um segundo.

Ela não olha para mim ao sacudir a cabeça em negativa.

— Eu tô bem, Mapas.

— Docinho.

— A gente precisa limpar a área e então... — Ela olha ao redor, um pouco perdida. — A gente precisa limpar a área.

— Docinho.

— Para de me chamar assim! Só me ajuda. Me ajuda a limpar isso aqui.

— Você está com uma queimadura... — digo baixinho, apontando para o seu pescoço. — Podemos limpar as coisas depois. Vamos cuidar de nós mesmos antes.

Ela ergue a mão para o espaço entre a clavícula e o pescoço e se encolhe.

— Ah.

— Vamos para o rio colocar um pouco de água gelada nisso.

Os olhos dela estão frenéticos.

— Você se queimou? — pergunta para mim.

Além da queimadura no pulso, sinto uma na perna.

— Sim — digo com o máximo possível de gentileza. — Acho que todos nós nos queimamos.

— Ah. — A voz ela é baixa. Tensa.

— Joe está a caminho. — Rei passa uma das mãos pela cabeça enquanto vem na nossa direção. Procuro por sinais do que se passou na ligação, mas o olhar dele permanece fixo no chão.

— Rei, pode pegar o kit de primeiros socorros e o ibuprofeno? — pede Biblioteca.

Ele assente, e os dois líderes de trilha trocam olhares que se comunicam sem palavras. Meu foco é apenas em Docinho.

Júnior vai para o outro lado dela e a escoltamos colina abaixo na direção do rio, com Rei e Biblioteca no encalço. Demoramos um pouco para chegar lá, mas permanecemos em silêncio enquanto nos movemos juntos.

Júnior tira a camisa e noto os vários buraquinhos no tecido. A pele por baixo está vermelha. Nem cheguei a considerar as queimaduras debaixo das nossas roupas.

— Posso tirar a sua blusa? — pergunto ao sentá-la em uma pedra.

Docinho assente apenas uma vez, em um movimento rígido.

Ela fica encurvada usando apenas o top, e faço com que fique ereta. Não há muitas queimaduras em sua pele. Baixo o olhar para as pernas dela, mas Docinho está de calças. Antes que eu possa pedir para tirá-las, ela olha para mim. Lágrimas enchem o canto de seus olhos.

— Eu comecei o incêndio.

Crack. O som do cordão que mantém Docinho inteira se rompe em sua confissão silenciosa, mas ela não é direcionada a nós e, sim, a si mesma. Ela não teve a intenção de começar o incêndio, mas intenção não é ação.

— Ok — sussurro de volta para ela.

— Eu quase queimei toda a... — Ela engole um soluço engasgado. — Se vocês não estivessem lá...

— Mas a gente estava. A gente estava lá. — Minhas palavras são delicadas e torço para toquem seu coração com a mesma brandura.

— Eu não estava pensando direito e podia ter começado um grande incêndio no meio da porra da floresta. — A cabeça dela tomba na palma das mãos e o som que lhe escapa faz com que algo dentro do meu coração se parta.

— Docinho.

— Eu estou agindo que nem uma bebezona. Por que eu sou assim? Eu quase... Caralho.

Ela não fala coisa com coisa. Não tem importância. Envolvo seu pescoço com os braços e deixo que chore em meu ombro. Tudo o que quero fazer agora é confortá-la. Fazê-la ver que eu me importo. Impedir que continue chorando e se lamentando. Sinto a cabeça dela se erguer e ouço-a dizer:

— Eu sinto muito. Eu sinto muito, muito mesmo. Eu não...

— Tá tudo bem — sussurra Biblioteca para Docinho enquanto passa uma mão nas costas dela.

— Eu nunca me meti em problema. Jamais. Eu nem sequer já fui pra detenção. — Ela olha para Júnior. — Eu sou uma boa garota.

Júnior lhe mostra um sorrisinho e afasta o cabelo caindo na testa dela.

— Assim como a galera que se mete em problema.

— Mapas. — Rei está parado atrás de mim. — Vamos tratar as suas queimaduras.

— Eu estou...

Mas a mão dele está sob o meu braço, me movendo para longe de Docinho.

Olho para ela, pronta para protestar, mas Biblioteca e Júnior se agacham no lugar em que eu estava.

Docinho está bem. Ou vai ficar. Ou talvez não fique, mas não posso fazer nada a respeito no momento.

Caminhamos até a margem do rio e Rei tira a blusa, mergulhando-a na água.

O mapa de nós dois **197**

— Onde você se queimou?

— Hum. — Olho para o pulso e para a lateral do dedo. Para minha perna.

— Tira a camisa. Vou conferir as suas costas.

Não é uma pergunta, mas sinto as emoções em carne viva e não tenho energia para fingir estar com raiva de Rei.

Então faço o que ele diz. E falo para mim mesma que o que estou sentindo é devido ao fato de Docinho ter quase ateado fogo na floresta e de ela estar no meio de um colapso nervoso. E que não tem nada a ver com o fato de eu estar muito ciente de que esses podem ser meus últimos momentos com Rei. Podemos todos estar prestes a voltar para casa e...

Rei passa os dedos sobre a pele das minhas costas e fico tensa. Um trecho específico chama a sua atenção e ele diz atrás de mim:

— Isso dói? — Ele faz pressão na minha lombar.

Balanço a cabeça, antes de lembrar que tenho voz.

— Não.

Os dedos dele descem mais pelas minhas costas até a cós da calça. Ele passa um dedo ali e fecho os olhos por um segundo, apenas sentindo o calor de seu toque. Não me inclino para trás, mas quero.

Então as mãos dele deixam o meu quadril e ele passa um dedo nas bordas do meu top.

Rei deixa escapar um suspiro que sinto na pele, então ele se agacha e sinto suas mãos nas minhas pernas.

— Acho que está tudo certo.

— Certo. — Eu pareço um papagaio.

— Vamos dar uma olhada nisso. — Ele pega o meu pulso e passa uma pomada antibiótica nele.

— Não seria melhor usar o negócio que Biblioteca trouxe?

— Esse aqui é melhor — diz ele com confiança. — Eu me queimei bastante quando era criança.

Rei cobre o meu braço com uma atadura, pega a fita adesiva cirúrgica e gentilmente a cola nas bordas. Então suas mãos se movem para as minhas palmas delicadamente, como se estivesse se lembrando dos cortes que estiveram ali. Sinto como se fosse um pedido de desculpas por algo que aconteceu em uma vida passada.

— Já tá quase acabando. — Não sei se ele se refere às queimaduras ou à trilha. Talvez seja um daqueles momentos com dois significados.

— Sua vez — digo a ele, que se levanta.

Sem precisar que eu peça, ele tira a camisa e passo mais tempo do que deveria percorrendo sua pele macia com os dedos. Ele está com duas queimaduras pequenas nas costas e, sem perguntar, imito o que ele fez comigo e cuido das lesões.

— Estão doendo? — pergunto quando ele se encolhe quando trato a que está na lateral do seu corpo.

— Não. É só... Eu não estava preparado.

Digo apenas "hum" em resposta enquanto me concentro na segunda queimadura.

Rei pigarreia e diz:

— Você correu na direção do fogo.

— Humm?

— O fogo. Você viu as chamas e daí você... Eu ouvi o seu grito, mas quando entendi o que estava acontecendo, você já estava indo pra cima com o seu saco de dormir.

Deixo escapar uma risadinha.

— Todas aquelas instruções anti-incêndio de "pare, deite-se e role" que dão na escola tiveram um baita efeito — digo.

— Não — fala ele. — Aquilo que aconteceu...

— Só *aconteceu* e pronto — termino a frase para Rei. — Eu nem estava pensando. — Engulo em seco enquanto corto a fita. — Mas fiquei com medo. O tempo inteiro.

— Todo mundo tem medo. Já alguém que corre na direção do perigo na hora da crise é uma outra história.

— Acho que a minha psicóloga chamaria isso de uma negligência nada saudável em relação à minha segurança.

O mapa de nós dois **199**

— Era isso o que você estava fazendo? Negligenciando a sua segurança? — O tom dele é desafiador, como se eu fosse perceber que estou errada em algum momento.

— Eu... — Penso nas chamas. No rosto de Docinho, parada e horrorizada, enquanto o solo ganhava tons de laranja e vermelho. A verdade toma forma na minha boca. — Eu estava com medo e eu sabia que a única maneira de parar de ter medo era apagar o incêndio. Eu só vi algo que precisava ser feito e fiz.

— Nem todo mundo é capaz de fazer isso.

— Você fez.

— Mapas. Para. — Rei se vira para mim. — Você... Você gritou. Você se mexeu. Você... Júnior tentou parar as chamas com as nossas *garrafas d'água*. — Rei solta uma risada, mas é cheia de pena. — Você fez a coisa certa. Foi corajoso.

— Eu não sou corajosa.

Rei olha para mim, seus olhos encarando os meus.

— Sim, você é.

As palavras dele são firmes. Não são infundidas em prosa lírica e poesia. Apenas atestam um fato.

Isso não é um elogio. É diferente. As palavras de Rei são uma verdade a meu respeito que ele consegue enxergar. Dobro-as como se fossem uma carta de amor e guardo-as no coração.

Ele se vira para mim, e pego a pomada, passando na queimadura em seu queixo. Lembro de tocar a pele ali quando o beijei. Rei apanha o frasco e termina de tratar de queimaduras menores nas pernas e nos braços como se conseguisse ler a minha mente e quisesse colocar uma distância entre nós.

Talvez ele consiga.

Andamos de volta para o acampamento. Os trechos escuros de terra queimada não parecem horríveis. Na minha mente, o fogo era mais intenso. Docinho fica de pé em frente ao ponto chamuscado. As mãos agarram um punhado de tecido da bermuda e o queixo dela fica tenso.

E então Docinho chora. De soluçar.

— Eu odeio esse lugar. Odeio! — grita ela para o universo.

Passo um braço pela sua cintura, mas não falo nada enquanto ela chora. Não sei quando nos tornamos o tipo de amigas que se abraçam, que tentam impedir a dor, mas é o que somos. Não há nada que nenhum de nós possa fazer para melhorar a situação e reconhecer isso dói mais do que qualquer queimadura.

Então ela diz:

— Eu não quero ir pra casa.

— Docinho, você não vai ser presa. A gente não vai deixar — diz Júnior.

— Não. Quando Joe vier... Eu não quero que ele me mande pra casa. Quero ficar aqui.

É tão contraditório. Ela odeia esse lugar, mas não quer ir embora. Tento imaginar que situação seria capaz de manter alguém como Docinho aqui. O que seria capaz de fazer com que uma garota como ela, que nunca sequer foi parar na detenção, não quisesse voltar para casa.

Mas talvez todos nós estejamos familiarizados com coisas piores do que limpar trilhas. Talvez as quatro outras pessoas aqui sejam o que precisamos, mesmo quando odiamos isso.

Eu a abraço enquanto chora. Até os meus braços ficarem rígidos e suas lágrimas empaparem um pedaço da minha camisa. Vale a pena. Não fazemos mais nada pelo resto do dia. Joe estará aqui amanhã e isso faz com que os minutos pareçam queimar à luz do sol.

Todos nos perguntamos qual será o custo deste incêndio. Será que Docinho vai se meter em problemas? Será que Rei vai perder a chance de ir pro Alasca?

Será que vamos ser mandados para casa e perderemos uns aos outros?

À noite, quando nós cinco engatinhamos para as barracas, e Docinho e eu ficamos deitadas sobre os sacos de dormir, envolvo-a com os braços e passo os dedos pelo seu cabelo verde desbotado.

— Me desculpa, Mapas. — A voz dela soa grossa quando se vira para apoiar a cabeça na curva do meu ombro.

O mapa de nós dois **201**

— Tá tudo bem — digo, e nem sei se é uma mentira. — Você pode conversar comigo. Sobre o que quiser. Mesmo que seja sobre coisas de fora da trilha.

Ela puxa o ar numa inspiração trêmula.

— É que eu tô com tanta raiva. Porra. Acho que não consigo parar. É como se os meus sentimentos fossem demais.

Acho que sei como ela se sente. Às vezes minhas emoções são tão grandes que parecem querer irromper do peito.

— Você tem o direito de sentir o que quer que esteja sentindo, com tanta intensidade quanto desejar. — Minhas mãos percorrem o seu cabelo enquanto falo sobre o topo de sua cabeça e escuto um eco das palavras que o meu pai me disse no dia em que quebrei o espelho no meu quarto. Minha mãe ficou furiosa, mas o meu pai só perguntou se isso tinha ajudado. Sim, ajudou. Repito a Docinho o que ele disse: — Você não precisa jamais pedir desculpas por ter sentimentos intensos.

Ela inclina a cabeça para mim.

— Quem te disse isso?

— Uma pessoa.

Ela não me pressiona e eu não digo mais nada. Em determinado momento, acabamos enfiadas em nossos sacos de dormir e percebo que o meu, queimado, não está aqui. Em seu lugar, está o de Rei. Sei disso porque tem o cheiro dele.

Digo a mim mesma para não pressionar o rosto no tecido, mas é o que faço de todo modo, dizendo *obrigada* centenas de vezes em meu coração. Porque Rei é cheio de contradições. Ele me elogia e me toca com delicadeza, mas daí coloca uma distância entre nós. Ele me dá o seu saco de dormir, mas não me oferece nenhuma parte de si.

Portanto, pego no sono dizendo ao meu coração para não fazer caso com o fato de Rei ter me oferecido isso.

E digo a mim mesma para não pedir desculpas por ter sentimentos intensos.

23

— **Eu cometi** um erro.

Joe está de pé à nossa frente, encarando a terra queimada. As mãos agarram as alças da sua mochila e ele franze a testa.

Joe não grita e é a tranquilidade em sua voz que nos assusta.

— Em todos esses anos que venho fazendo isso, ninguém nunca tentou atear fogo na porra das Sierras.

Júnior tenta argumentar com ele:

— Joe, não foi...

— Nem ouse dizer que não foi nada de mais. Não aqui. Não quando você sabe que há uma merda de estação inteira dedicada à contenção de incêndios na Califórnia. — Ele balança a cabeça com tristeza. — Ele se espalha muito rápido. Teríamos ido parar na porra dos noticiários, que informariam que os cinco merdinhas aqui não conseguiram nem descobrir como o incêndio *começou*.

Nenhum de nós olha para Docinho enquanto Joe fala. Concordamos em não contar a ele quem foi a pessoa responsável e aceitar a culpa como um grupo.

— Não podem mandar todos nós pra cadeia. — Biblioteca havia dito.

Docinho tinha parecido culpada, os olhos presos no chão, mas Júnior olhara para Biblioteca como se ele tivesse acabado de salvar a humanidade.

O mapa de nós dois **203**

— Eu só pensei que... — Joe balança a cabeça, confuso. — Eu pensei que vocês fossem mais espertos do que isso. Eu pensei que vocês entendessem como isso aqui é importante.

Ele usa palavras como *bobeirinha* e *inofensivo* quando nos conta sobre os últimos cinco grandes incêndios na Califórnia. Uma lição sobre como é fácil destruir um dos lugares mais lindos do mundo. Tudo servido com uma generosa dose de culpa.

— Vocês não têm ideia do quão sortudos são. *Nenhuma ideia.*

— A gente sabe — digo, mas imediatamente sei que foi a coisa errada quando os olhos de Biblioteca disparam para mim.

Joe dá três passos largos até mim e põe o rosto na altura do meu.

— Vocês não sabem *mesmo*. Se soubessem, estariam chorando de soluçar agora. A porra da floresta inteira, Fora da... — Ele se interrompe e se endireita. — *Essa trilha.* Vocês podiam ter queimado *essa trilha* e ninguém mais seria capaz de percorrê-la por anos.

Ele diz *essa trilha* como se os demais dessem a mesma importância à Trilha de Western Sierra. Como se o legado do pai deles estivesse por um triz. Joe anda até a terra chamuscada e a cutuca com a ponta da bota.

— Portanto, vamos caminhar para fora da trilha. Isso vai acrescentar três dias na...

— Não, Joe... — interrompe Rei. — Eu não tenho três dias.

Joe balança a cabeça.

— Rei, a lista de coisas com as quais eu me importo no momento está curta pra caralho e não tenho nem palavras pra descrever o quão longe do topo o seu estágio se encontra.

Rei cerra os dentes e o meu estômago se revira quando penso em como uma besteira, uma coisa idiota, talvez o afaste do que ele quer.

Não penso no porquê de isso me incomodar tanto.

Docinho está pálida e abre a boca para dizer algo.

Mas já está decidido. Não resta nada a dizer para Joe.

Nós o seguimos, deixando a trilha e nos direcionando para mais longe do rio. Percebo o momento em que paro de ouvi-lo porque a minha mente me diz que há algo faltando. Que há algo errado.

Quando o sol começa a descer pelo céu, finalmente o vemos. O submundo.

Os belos pinheiros e arbustos verdes dão lugar quase que instantaneamente a estacas chamuscadas de madeira e solo nu. As árvores, algumas ainda com agulhas e folhas ressecadas em cor de ferrugem, se erguem como sombras contra a terra e os pedregulhos. O solo queimado lembra uma onda quebrando no litoral.

— Mas que inferno de lugar é esse? — pergunta Júnior. — O Mundo Invertido? Você realmente nos fez andar tanto só pra chegar nesse pesadelo?

— Isso aqui é a floresta depois de um incêndio. — Joe continua andando. Em meio à terra e às rochas, há plantinhas verdes e arbustos lutando pela vida.

Todo mundo que cresceu na Califórnia sabe a aparência da destruição pelo fogo, mas geralmente ela é observada de dentro de um carro ou na segurança de ver pela televisão. É algo que deixa os céus cor de laranja e o ar, cinzento. São cinzas cobrindo tudo do lado de fora, mas nunca... isso.

Há algo de profundamente desgastante no mero ato de ficar de pé na carcaça da mata. É mais quente aqui, debaixo do sol sem nenhuma sombra, e a terra cheira a queimado e poeira.

— Caralho — solta Júnior enquanto olhamos ao redor.

— O Incêndio Campbell queimou esta seção — explica Joe, cutucando uma tora carbonizada que se desfaz sob sua bota. — O terceiro maior incêndio florestal na história da Califórnia. Começou com uma pequena fagulha que não era *nada de mais*.

— O que vamos fazer aqui? — pergunto.

O mapa de nós dois **205**

Joe balança a cabeça.

— A maior preocupação é com a erosão. Os serviços florestais vão aparecer para aplicar a palha, semear e remover essas árvores. Só fiquem atentos às que parecerem prestes a cair.

— Mas está tudo com cara de que vai cair aos pedaços por aqui — diz Biblioteca. — Isso é um cenário apocalíptico.

— A gente faz o que dá pra fazer — diz Joe, pegando uma tora com as mãos nuas e atirando-o para fora do caminho. Suas palmas ficam pretas e ele as limpa na calça. — Algumas coisas só precisam sarar.

— Yoda trilheiro desgraçado — reclamo enquanto escavo um bolsão com as luvas. — Eu nem sei onde largar a mochila.

— Aqui. — Rei estica a mão para pegá-la.

Ele está sendo gentil ou pelo menos é o que parece. Como é que ele consegue ser gentil neste momento? Quando Alasca talvez esteja desaparecendo do seu mapa de escolhas.

— Você está bem? — pergunto ao entregar a mochila.

Os ombros dele se enrijecem.

— Eu não quero conversar. Agora não.

Assinto e digo que tudo bem, porque na verdade também não quero conversar. Não sobre isso. Não sobre mais uma coisa que Rei talvez não consiga porque outra pessoa está sempre no comando das coisas que desejamos.

Estar tão perto de Rei, todos os dias, e perceber que ele é a coisa que *eu* desejo é tortura do pior tipo. O latejar lento que se entoca cada vez mais e mais para dentro de mim, até eu sentir a dor partindo e sacolejando sob a pele.

E tenho medo do que acontece quando eu despenco.

Estou escavando a lateral do caminho quando Docinho me pergunta:

— Qual é o seu filme favorito?

Dou de ombros.

— Não sei.

Mas isso não para Docinho.

— Que foi? Não posso fazer uma pergunta? Isso é exclusividade sua? Você não curte filmes?

— Curto — afirmo.

— Então qual é o seu *favorito*?

Docinho está jogando o meu jogo e percebo que talvez ela também não queira aguardar em silêncio. Talvez a quietude também esteja sussurrando suas dores para ela, como fez comigo. Há uma emoção desgastada em cada palavra dela desde o incêndio, então digo:

— Eu gosto de *Your Name*.

Ela solta um gritinho.

— Adoro esse filme. Mas por que ele não simplesmente escreveu o *nome* dele?

Escavo a terra com a pá.

— Porque o importante não era o nome dele ou lembrar *dele*. O importante era ela lembrar que é amada. Essa é a mensagem do filme.

— Que... Até que isso é bonito. — Docinho parece um pouco impressionada.

— Pois eu tenho bastante convicção de que a mensagem do filme é que o mundo está a segundos da destruição — diz Biblioteca.

Bato a minha pá na dele.

— Você não é especialista em anime só porque viu todos os episódios de *Demon Slayer*.

— Então como é que alguém vira especialista? — pergunta Biblioteca.

— Meu anime favorito é *A viagem de Chihiro*. — Docinho bate no solo com a enxada.

Paro e me viro para ela.

— Aquele filme em que os pais viram porcos?

Docinho ergue o olhar de seu trabalho, surpresa.

— Isso. — Ela seca o suor da testa. — É esquisito que eu tenha achado o dragão muito gato?

O mapa de nós dois **207**

Um instante se passa.

E mais outro antes de eu responder:

— É. É, é bem esquisito.

Ela continua escavando.

— Eu sinceramente não tenho que me explicar pra nenhum de vocês — fala.

Rei pega sua garrafa d'água. Os dedos desenroscam a tampa e a garganta se move enquanto ele engole.

Biblioteca pega terra da vala com a pá e a deposita em cima da minha bota. Fuzilo-o com o olhar e sacudo o pé, mas saquei o que ele quis dizer. Estou encarando.

Ele revira os olhos.

— Vocês não acham meio estranho que o Joe seja basicamente a Yubaba?

— Quê? — pergunto e olho na direção de Joe, que está ocupado marcando uma árvore com spray na colina ao lado.

— Ele pega os nossos nomes — explica Biblioteca. — Que nem a Yubaba, aquela mulher com um cabeção que comanda o balneário.

— Eu sei ela quem é — digo.

— Vocês acham que se a gente esquecesse os nossos nomes ficaríamos presos nesta trilha para sempre? — pergunta Júnior.

— Limpar trilhas e comer feijão pela eternidade — diz Docinho sombriamente.

Todos ficamos em silêncio, pensando em nossos nomes e o que significaria esquecê-los. Se ninguém nunca mais me chamasse de Atlas... Ou de Fora da Lei.

Por um segundo, tento me lembrar como os meus nomes soavam na voz do meu pai. Minha garganta começa a doer com o esforço. Não consigo lembrar.

— Mapas? — chama Docinho.

E me pergunto quando ouvir este nome começou a parecer normal para mim. Tiro uma pá de terra da vala.

— Eu me sinto mais como Mapas do que jamais me senti com o meu nome. — É o que escuto sair da minha boca. Não sei de onde vem isso, mas é verdade. Há algo no calor, nas montanhas, nas cinzas que arranca de mim coisas que não percebo ter cedido.

Fico imaginando se eles finalmente vão perguntar o meu nome. Se estão ao menos curiosos para saber. E depois percebo que não vão.

Pelo mesmo motivo que eu não pergunto o deles.

Não tem importância.

— É. — Biblioteca enfia a pá no solo. — Eu também. Eu gosto de ser Biblioteca.

Continuamos a trabalhar nas seções queimadas. Rei faz anotações em seu diário e Joe demarca árvores com corda ou tinta spray. Nós movemos, removemos e escavamos partes da trilha. Estar aqui, em meio ao nada deixado pelo incêndio, de algum modo torna o nosso silêncio ainda mais vazio.

— E você, Júnior? Qual é o seu filme favorito? — pergunto, deixando a mente se desviar da tarefa.

Ele morde o lábio.

— Eu não sei. São tantos.

Franzo o cenho para ele, pois há algo de estranho na sua resposta.

— Seu top cinco.

Júnior me dá as costas e continua a escavar uma fossa.

— Eu não... Eu não sei. Rei, qual é o seu?

— *O castelo animado.*

Júnior só geme em resposta.

— Sério? — pergunto.

Rei sorri, mas é de um jeito confuso.

— Que foi?

— Você gosta mesmo ou só está dizendo isso porque todo mundo mencionou filmes parecidos? — As palavras saem agressivas, como se eu estivesse acusando-o de alguma coisa.

O mapa de nós dois **209**

— Por que é que eu ia mentir? — pergunta Rei. Ele enfia a pá na terra de novo. — Se fosse pra mentir, eu diria *Os Vingadores* ou coisa assim.

— Eu gosto dos filmes dos Vingadores — acrescenta Biblioteca. — Não tem nada de errado em curtir alguma coisa porque é popular.

— *O castelo animado* é o meu filme favorito — repete Rei. — Eu gosto da porta que muda e como sempre que o Howl passa por ela, ele se torna uma pessoa diferente.

Howl. O menino cujo coração é uma estrela.

Biblioteca diz:

— Eu gosto de como a Sophie se salva sozinha. Ela não precisa do Howl.

— Eu gosto de como ele sempre vê exatamente quem ela é, o tempo todo. — Rei escava o solo com a pá. — Eu gosto de quando ele diz que o cabelo dela parece a luz das estrelas, porque é o que resta da maldição. Isso a transformou, mas o Howl acha legal.

Docinho sorri.

— Ele comeu uma estrela.

Mordo o lábio.

— Vocês acham que o Howl sempre foi capaz de vê-la desse jeito porque ela pediu para que ele a encontrasse?

— Eu acho que, uma vez que você começa a olhar para uma pessoa, é impossível não a ver. — Rei joga uma pequena tora de madeira para fora da trilha.

Finjo que Rei está falando de mim e deixo suas palavras caírem como uma pedra em um rio, mergulhando até o fundo do meu coração.

Júnior se mantém quieto, trabalhando com a pá na terra, como se tentasse ficar invisível.

Pergunto a ele:

— Você não curte *O castelo animado*?

Júnior estica a língua e lambe os lábios. Ele coloca sua garrafa d'água no chão, respirando fundo.

— Vou contar uma coisa, mas vocês têm que me prometer que não vão fazer muito caso.

Sorrio e dou risada enquanto bato em seu ombro.

— Tá bom — digo.

Ele não sorri de volta.

— É sério — diz.

— Beleza — respondo, e olho para os demais.

Júnior engole em seco. Observo seus olhos enquanto calculam um risco em cada um de nós. Mas que risco oferecemos a ele quando a verdade não importa realmente aqui? Nós não temos importância.

— Eu não vejo filmes — diz ele.

Biblioteca inclina a cabeça para o lado.

— Você não gosta de filmes?

Todos estamos com a impressão de estar deixando algo passar.

— Não — diz Júnior, pressionando os lábios antes de prosseguir. — Eu só... Eu realmente nunca vi nenhum.

Sorrio. Não consigo evitar. É um absurdo.

— Mapas — sussurra Docinho. — Para.

Meu sorriso some lentamente porque as palavras dele não podem ser verdade, mas a expressão em seu rosto é. E ele está... magoado.

— Ok, Júnior. *Por que* você nunca viu nenhum filme? — pergunto.

Seu maxilar tensiona.

— Eu não tinha permissão.

— Então, quer dizer que você *nunca* assistiu a nenhum? — pergunta Docinho.

— Mas nem na escola ou na casa de amigos...? — pressiono.

— Eu não frequentei a escola e nunca conversei com ninguém que não fosse da minha igreja.

— Sua igreja? — Docinho se apoia na pá.

Júnior olha para Biblioteca.

— Seitas ou fazendas de maconha, né? É só isso o que tem no norte da Califórnia. Bem, eu não cresci numa fazenda.

As sobrancelhas de Docinho se unem de surpresa.

— Você... Você cresceu numa seita?

— As pessoas não chamam vertentes do cristianismo de seitas, chamam de *denominação*. Os meus pais são o tipo de religiosos cheios de teorias da conspiração. Fim dos tempos e aquelas porras de escolhidos de Deus. — Ele fala o palavrão como se fosse uma bomba que direcionasse para os pais. Como se quisesse machucá-los como fizeram com seu coração.

— Você xinga muito pra uma pessoa religiosa — digo a ele. É a primeira coisa que me vem à mente.

Júnior balança a cabeça, mas é com algum tipo de emoção diferente que não consigo decifrar. Quase parece assustado, mas como poderia se sentir assim? Em relação a nós? Júnior parece buscar pelas palavras certas.

— Não. Isso não... — Então algo nele muda de repente e Júnior olha bem na direção de Biblioteca. Seu rosto é uma máscara de resignação. — Deixa pra lá. Foi brincadeira.

Por hábito, olho para Rei. Não sei por que, e ele apenas balança a cabeça uma vez, como quem diz *não*. Não se envolva. Não fale nada.

Júnior enfia a pá na terra outra vez.

— Meu filme favorito é aquele do *Vingadores*. Eu gosto do Capitão Estados Unidos. Ele é o meu favorito.

Algo está se partindo. Consigo ver as rachaduras em Júnior se alargando e crescendo. Ele também consegue pois o seu pânico é evidente. Ele tenta manter as partes de si mesmo unidas, sentindo que estão prestes a se despedaçar.

Júnior tentou nos mostrar sua ferida e em vez de ajudá-lo a tratá-la, nós a cutucamos para verificar se era de verdade.

Por que as pessoas sempre têm que sangrar antes de a gente perceber que estão machucadas?

— Júnior.

— Ah — ele geme e recua um passo. — Não faça isso. Sabe como é que eu me sinto quando as pessoas olham pra mim tipo...

Pobre Atlas. Perdeu o pai. Potencial desperdiçado. Encrenca. Beijou um menino que não quer saber dela.

— Você tem razão e eu sinto muito por...

— Eles que se fodam. — Rei me interrompe e dá um passo na direção de Júnior.

Ele olha para Rei.

— Eles que se fodam? A minha *família*?

— Isso. A sua família que se foda. As pessoas não têm o direito de te machucar só porque vocês compartilham o mesmo DNA.

As palavras de Rei são como todas as que ele fala. Diretas e honestas. Há beleza na verdade que ele dirige a Júnior e sinto o meu coração envolver um presente que nem é meu. É para Júnior, mas estou grata do mesmo jeito.

Os olhos de Júnior permanecem presos no chão e o ar está pesado e tenso, então digo a ele:

— O Universo Cinematográfico Marvel é *mesmo* um fenômeno cultural. Você é uma *vítima*.

Uma realidade dolorosa embrulhada em senso de humor. Como quando se coloca o remédio de um animal dentro de um petisco.

Júnior sorri para mim e me dá um abraço suado e imundo. Finjo não perceber as lágrimas no canto dos seus olhos. Ele não carrega sua tragédia como uma insígnia no peito, e tampouco eu deveria.

— Bem, eu provavelmente não vou mais pro céu mesmo. Acho que eu deveria ver o filme quando sair daqui. — Júnior ri.

O mapa de nós dois **213**

— Os filmes — diz Biblioteca, passando por nós para atirar uma tora carbonizada para fora da trilha. Isso faz o braço de Júnior me soltar, o que parece intencional. — Há mais de um, e todos valem uma viagem só de ida pro inferno.

Júnior está sorrindo para ele quando Biblioteca prossegue:

— Vamos assistir a todos. Depois disso aqui.

Depois disso aqui. Todos fingimos que as palavras não parecem frágeis. A vida fora dessa montanha. No mundo real. Quando Yubaba tiver devolvido os nossos nomes e os escrito na palma das nossas mãos. Quando ainda pudermos ver a maldição da trilha, pois ela nos transformou.

Como a luz das estrelas.

24

Estamos imundos.

Há fuligem marcando as nossas peles, esmigalhada em cada superfície dos nossos corpos. Docinho está com uma mancha preta no rosto já faz dois dias e simplesmente não encontro a energia para contar a ela. Não importa o que façamos, não conseguimos nos limpar.

Tenho escavado valas de drenagem por dois dias e ouvido Joe nos contar diversas estatísticas relacionadas a incêndios. Meus dedos estão cheios de calos apesar das luvas.

Mal conseguimos avançar pela trilha conforme damos o nosso melhor para colocar um band-aid na ferida aberta que o Incêndio Campbell deixou. A terra está cheia de cicatrizes, mas posso ver sinais da vida perseverando. Plantas começam a retomar terreno, em uma confusão de mato e flores. A árvore que se recusa a morrer apesar do tronco chamuscado; o pássaro ainda a procura, pousado em um galho.

— É tão triste — diz Júnior, com o olhar erguido para o céu quase branco sobre nós. Fuligem mancha sua bochecha e testa. Ele amarrou uma camiseta na cabeça e faz todo um espetáculo para mostrar a Docinho como imitá-lo. Ele se afasta um passo dela e vem na minha direção. — Tá bombando nas redes sociais. Todo mundo tá fazendo isso.

Finjo estar pensativa.

— Não sei se essa moda combina com o meu visual.

O mapa de nós dois **215**

— Nada combina com "trilheira ranzinza" — diz Docinho, pegando as minhas mãos e me colocando de pé.

Solto uma risada e fico parada enquanto Júnior e Docinho trocam farpas sobre a melhor maneira de prender a camisa no meu cabelo assim nem eles fizeram. Suas mãos são gentis quando tiram o cabelo do meu pescoço e torcem cuidadosamente o tecido de uma camiseta.

Quando terminam, os dois ficam de pé na minha frente e sorriem. Conferem seu trabalho com sobrancelhas unidas e dedos ágeis. Mas, a cada batimento do meu coração, só consigo escutar uma coisa.

Quase. Acabando. Quase. Acabando.

O som badala em meus ouvidos e nem sei dizer por que cada batimento parece uma punhalada no peito.

Sorrio para eles enquanto se agitam e discutem a meu respeito.

— Olha. — Júnior pega sua água e a joga sobre a cabeça. A maior parte é absorvida pelo tecido, mas a que não é desce pelo seu rosto e deixa linhas cinzentas que desaparecem no colarinho da sua camisa.

Ele nem pergunta antes de erguer a garrafa sobre Docinho, que deixa escapar um gritinho antes de finalmente sorrir. E então faz o mesmo comigo. De início, não consigo sentir nada, mas logo a água se infiltra na camiseta e escorre pelo meu pescoço. Dá uma sensação refrescante e não consigo deixar de rir.

— Gostei do macete — digo a ele.

— Passei um verão inteiro cuidando de fazenda — diz Júnior como se fosse normal. — A beleza está nos detalhes.

Docinho toca a camisa molhada sobre a cabeça dela e ri.

É idiota. Este momento em que estamos todos de pé sobre os resquícios de um incêndio, sob um calor opressivo e o peso de nossas decisões individuais que tornaram um verão de trabalhos manuais nossa única escolha de verdade. De algum modo, este parece ser o lugar mais importante no mundo inteiro.

Parece o centro do universo.

O semblante de Júnior se fecha quando seus olhos encontram os meus. O olhar de Docinho segue o dele e ambos me lançam uma expressão confusa.

— Qual é o problema? — pergunta Júnior.

— Nada. — Mas minha voz falha.

— Então por que você está chorando? — pergunta Docinho, mas é com gentileza. Outra punhalada.

Toco a minha bochecha e percebo que a mão ficou molhada, e não por causa da água que Júnior jogou em mim.

— Eu não...

Há uma expressão suave no rosto de ambos, ali parados na minha frente. Uma percepção me ilumina, sem pedir para que eu explique ou defina esta emoção.

Sou compreendida.

No final do dia, os olhos de Joe perambulam por todos nós.

— Vocês estão parecendo os limpadores de chaminés da *Mary Poppins*. Acho que um banho vai cair bem a todos nós.

Docinho dá um passo adiante e Joe inconscientemente recua.

— Num chuveiro de verdade? Em um hotel?

— Em um hotel não — explica ele. — Nos chuveiros do acampamento. E se vocês se comportarem, vou deixar que escolham alguma coisa no posto de gasolina.

Depois que Joe fala do banho e do posto de gasolina, nós passamos um dia e meio listando lanches de lojas de conveniência e os ranqueando em ordem do que queremos comer primeiro. Não mencionamos que essa é mais uma amostra de que estamos nos aproximando do fim.

— Quero comer tudo o que vier com chocolate — diz Júnior.

— Eu quero Takis — diz Docinho.

Júnior geme.

— Nossa, eu também — digo a ela. — Eu *preciso* desses salgadinhos a essa altura do campeonato.

— E você, Biblioteca? — pergunta Júnior, batendo no ombro dele com o próprio.

— Mix de granola. — A resposta de Biblioteca é previsivel-
mente sem graça.

Docinho suspira.

— Inaceitável. Pelo menos pega um mix com M&M's
dentro.

Júnior está com um olhar distante quando diz:

— Eu quero um Red Bull e aquelas minirrosquinhas gordurosas que parecem ser feitas de cera e...

— Você não vai ganhar bebida energética nenhuma.

E por aí as coisas vão, com um de nós lembrando de porcarias que jamais comeríamos em dias normais e todo mundo
agindo como se fosse uma refeição de um restaurante cinco
estrelas.

Quando descobrem que eu adoro bala de uva, sou obrigada
a andar na retaguarda.

— Certas escolhas são inaceitáveis, Mapas.

Assim que deixamos a destruição do incêndio, sinto que
consigo respirar de novo. Plantas, árvores e folhas se esticam na
direção do céu e criam sombra sobre nós. Deslizo a mão pelo
tronco saudável de uma árvore ao passarmos por ela e percebo
a sujeira preta debaixo das unhas. Um lembrete do que pode
acontecer. Nunca me senti mais grata pela natureza do que
quando me vi sem ela.

De repente, estamos andando em uma autoestrada. O asfalto, artificialmente reto sob nossos pés, não perdoa enquanto
caminhamos em fila indiana no acostamento.

— Esse é o fim da trilha? — pergunta Docinho a Joe, e fico
me perguntando se estou imaginando a ansiedade em sua voz.

— Não. Isso não é a trilha. Esse é o caminho até os chuveiros.

Viramos em uma esquina na estrada, com veículos passando a toda velocidade por nós. Barulhentos, artificiais e irritantes. O cheiro de carro e asfalto incomoda o meu nariz, por mais
familiar que seja. Há uma placa indicando um acampamento e
seguimos Joe até um posto de gasolina.

Uma mesa de piquenique repousa sob uma árvore. Joe retira a mochila das costas.

— Antes de irmos para o acampamento, vocês podem usar o telefone. Pra ligar pra casa. — Ele olha para mim. — Se quiserem.

Joe oferece um carregador e um celular. Isso deveria ser normal, assim como o posto de gasolina e o asfalto no estacionamento, mas faz com que eu me sinta como uma alienígena chegando a um planeta desconhecido. Faz tanto tempo que não uso um celular nem vejo um carro que isso me provoca uma sensação esquisita.

Um mês. Só faz um mês, lembro a mim mesma.

Biblioteca pega o telefone e o carregador de Joe. Há uma tomada liberada na lateral da loja de conveniências e Biblioteca se senta na calçada enquanto espera o aparelho ser ligado.

Observamos Biblioteca conversar com alguém do outro lado da linha, sorrindo e dando risada de um jeito fácil. Docinho vai em seguida, o rosto virado para a parede enquanto conversa com alguém praticamente aos sussurros. Quando termina, há lágrimas em seus olhos.

Joe não oferece o celular a Rei ou Júnior, e os dois seguem para a loja.

Fico a sós com Joe. Ele estica o telefone para mim e pergunta:

— Pronta?

Não estou. Mas pressiono os dez dígitos que conheço a minha vida inteira. O nome que aparece na tela não é o que eu esperava.

Esposa do Patrick Não Atenda

Minhas mãos pairam sobre o botão de fazer a ligação, mas só consigo encarar o nome do meu pai.

— Ah — diz Joe, levantando-se do banco e vindo na minha direção. — Me desculpa, isso... Isso era uma piada e acabei me esquecendo de trocar. Eu... É lógico que eu sempre atendo o telefone quando a sua mãe liga. Eu só...

O mapa de nós dois **219**

Ele acha que essas são todas as razões para eu ter congelado. E não os milhões de sentimentos que me espancam como punhos sem parar.

Ergo o olhar para Joe.

Abro a boca com a intenção de gritar com ele. De mandá-lo pra puta que pariu e talvez pedir que me deixe ir para casa.

Em vez disso, não consigo impedir as palavras em minha boca:

— Eu não quero ligar pra ela. Não quero pensar em voltar pra casa em poucos dias.

Confusão surge no rosto de Joe, antes de assumir uma expressão compreensiva.

— É — diz ele. — É. Eu entendo.

Fico grata por ele não me pressionar porque, sendo sincera, não sei por que me sinto assim tão de repente. Como se estivesse sendo empurrada para a beirada de um precipício e me agarrasse com unhas e dentes para impedir.

Digo a ele numa voz frágil:

— Não quero ir embora da trilha.

Joe assente com a cabeça, os olhos na mata atrás do posto de gasolina. Por um momento, acho que ele vai simplesmente sumir nela, mas daí ele diz:

— O seu pai chegou a te contar por que eu acampo tanto?

Sem pensar, repito algo que o meu pai certa vez disse brincando para a minha mãe, quando achava que eu não estava ouvindo:

— Porque você é um hippie maníaco por granola que tem tesão pela natureza?

Joe dá risada, um som distante que flutua para longe como a memória do meu pai.

— Não, a razão verdadeira.

Balanço a cabeça.

— Quando eu era jovem, um garoto que eu amava morreu em um acidente de barco. — O tom na voz de Joe é de alguém apontando fatos. Não há emoções ali, mas sua voz ficou mais baixa. — Eu odeio o jeito como as pessoas olham pra gente depois que alguém morre.

Olho para Joe.

— Estar nas montanhas é como ser um animal ferido procurando por algum lugar seguro para se esconder — prossegue ele. — Você acha que está lá para se curar, mas só está tentando esquecer. Isso não dura muito. Chega a hora em que você precisa cuidar dos seus B.O.s. A trilha, *essa trilha*, foi aquela onde o seu pai me encontrou. Nós a percorremos todos os anos até ela fechar. A trilha não é um lugar para se esconder da dor, Atlas. Ela só faz com que seja mais fácil fingir.

Eu me sobressalto ao ouvir meu nome. Algo pelo qual não ouço ninguém me chamar ao que parecem séculos. *Atlas*. É como se fosse uma pessoa da qual não consigo me lembrar direito.

— Você quer ligar pra sua mãe? — pergunta ele.

Balanço a cabeça.

— Não.

Eu não quero ligar para ela. Não quero ir para casa. Não quero ter que parar de fingir.

Ele pega o telefone da minha mão e *Esposa do Patrick* desaparece da tela.

— Vou dizer a ela que você está bem e inventar uma desculpa.

Assinto, incapaz de vocalizar a gratidão que sinto de fato. Joe volta a andar na direção da loja e eu o chamo antes que ele possa virar a esquina:

— Ei, Joe.

Ele se vira e olha para mim.

— Sinto muito pelo seu namorado morto — digo.

Ele me oferece um pequeno sorriso.

— Ei, Mapas. Sinto muito pelo seu pai morto.

Há certa catarse em fazer piada com o luto desse jeito. Retribuo o sorriso.

O mapa de nós dois **221**

— Fica mais fácil?

Ele respira fundo e parece pensativo.

— Não, mas fica mais calmo — responde.

Fico sentada ali por mais tempo do que deveria, esperando que as coisas se acalmem, mas isso não acontece.

— Mapas — Rei me chama, e me sinto uma boba. Ele me observa, a cabeça inclinada para o lado. Sua voz é suave quando diz: — Está todo mundo esperando.

Instantes depois, Biblioteca, Júnior e Docinho aparecem na esquina sem as mochilas.

— Bora comer porcaria! — diz Júnior, saltitando nos calca-nhares e sorrindo.

Eles parecem uma foto. Luz dourada e tons quentes. Acabo lembrando de uma fotografia dos meus pais que ficava sobre a nossa lareira. Os dois de pé em frente a um cume em algum ponto da trilha que venho chamando de lar no último mês. Percebo que eles a mantinham na cornija porque era uma das muitas lembranças que colecionaram e, que no fim das contas, isso é tudo o que o tempo deixa conosco. Lembranças.

Coleciono o momento e fico de pé.

Empurrando as portas de vidro do posto de gasolina, sigo o grupo pela entrada que apita. A civilização tem exatamente a sensação que eu imaginava que teria e ainda assim é comple-tamente diferente. Como se eu fosse uma forasteira aqui. Fico parada em um corredor com pacotes enormes de salgadinhos em cores vibrantes e me pergunto onde eu carregaria algo tão delicado. Imagino que seja esse o ponto de tudo isso. Não preciso guardar nada na mochila. Júnior faz um barulho e ve-jo-o ao lado de um micro-ondas, desembrulhando três burritos congelados.

— Você vai comer isso aí? — pergunto, surpresa. — Você tem dinheiro?

— Não. — Júnior me olha como se eu tivesse dito algo ridículo. — Mas o Rei tem.

Rei. Observo-o enquanto espreme um frasco de ketchup sobre um cachorro-quente. Ele nem ergue o olhar ao dizer:

— Pega o que quiser.

Neste exato instante, Docinho vem na minha direção segurando uma bandeja de papel com o que parecem batatinhas cobertas em gosma dourada.

— Nachos! — Os olhos dela estão arregalados, como se tivesse acabado de descobrir um tesouro. — Tem pimenta *jalapeño*.

Rei faz uma careta, mas não diz nada. Docinho e eu lambuzamos meticulosamente nossas tortilhas com queijo. Poderíamos ser distribuidoras de queijo profissionais.

— O Rei é o melhor Sugar Daddy do mundo! — diz Docinho.

Nós nos sentamos na mesa de piquenique debaixo de uma conífera tristonha. Seiva pingou na madeira desgastada, mas estamos *sentados*. Em uma *mesa*. Só nós cinco. Como jovens deuses.

Ficamos assistindo às pessoas reabastecendo a gasolina enquanto se dirigem à montanha para acampar ou a descem para um fim de semana na cidade, enfiando as mãos em pacotes de biscoitos e comendo punhados de M&M's de amendoim que botamos para dentro com a ajuda de bebidas gaseificadas cheias de xarope. Parece até um banquete. Iguarias nojentas e asquerosas de posto de gasolina.

— Meu estômago nunca vai me perdoar — murmura Rei enquanto enfia um Taki na boca.

— Mas é tão gostoso — digo com a boca cheia de nachos com jalapeños.

— Hoje é sábado? — pergunta Biblioteca.

Júnior faz que sim com a cabeça.

— Era isso o que o calendário lá dentro dizia.

Rei solta um resmungo e se inclina para trás sobre as mãos, olhando para o céu.

O mapa de nós dois **223**

— Isso é tão esquisito.

E é mesmo. O conceito de *dias*. Na trilha, eles não importam de verdade. Todos parecem iguais. No início, o jeito como o tempo passava pareceu desconectado e fez com que eu me sentisse como se flutuasse no espaço. Esperando para ser salva ou para morrer. Era difícil dizer qual dos dois.

— Sábado — repete ele.

É esquisito.

Ficamos sentados por tanto tempo que logo me dá fome de novo.

— A gente devia pegar um sorvete — digo.

Fico de pé e todo mundo me olha meio estranho.

— Eu não consigo comer mais nada. — Biblioteca esfrega a barriga.

Isso não me desencoraja.

— Sempre há espaço pra sobremesa. Eu vou pegar um sorvete.

— Tá bom, mas a gente vai ficar lá no acampamento. — Biblioteca aponta para um pequeno caminho atrás do posto de gasolina.

Eu me levanto e praticamente saltito até a loja. É só quando estou com as mãos dentro do congelador que percebo que não tenho dinheiro. Mas, ao erguer o olhar, Rei já está no balcão, com o cartão em mãos. Ele está com um pacote grande de sementes de girassol e duas garrafas d'água.

Ele me olha de volta.

— Só isso?

Por um instante, permito-me imaginar como seria estar numa *road trip* com Rei. Só nós dois, parando para fazer um lanche antes de dirigirmos pelas montanhas para caminhar até o lago. Será que eu abaixaria o vidro do carro? Ouviria a minha música favorita alto demais? Será que Rei cantaria junto? Esticaria o braço e pegaria a minha mão, só porque quer me tocar?

Será que me beijaria?

Em uma realidade, será que estamos apaixonados? Felizes? Será que nossas dores se tornaram um mero latejar?

Rei me fez uma pergunta. *Certo.* Assinto.

— Só isso — respondo. — Joe não ia ficar nada feliz com essas suas garrafas d'água.

Rei suspira.

— É, fazer o quê — diz.

Ele paga e carrega a água enquanto levo o sorvete. Ouço a porta abrir e, quando ergo o olhar, eu o vejo.

Não Rei, mas uma pessoa que eu não esperava.

Conner Washington está parado na entrada da loja de conveniência com os olhos arregalados e o queixo caído de surpresa.

O mapa de nós dois **225**

25

Conner.

Uma lembrança da última vez que o vi lampeja na minha mente. As mãos dele retirando meu sutiã enquanto o volante do carro dele pressionava minhas costas.

É estranho, mas agora não consigo me lembrar se eu gostava de sentir o toque dele ou não. Conner parece tão surpreso quanto eu e acho que vai ficar ali parado para sempre me encarando quando diz:

— O que está fazendo aqui?

O jeito como a sua voz soa me dá a impressão de que não tenho o direito de estar *aqui*, seja lá o que signifique.

— Trilha — respondo com simplicidade.

Conner parece chocado e irritado, mas não consigo imaginar por que motivo Conner Washington estaria irritado comigo.

— Você se mudou?

— Se me mudei? — Pigarreio. — Tipo, pras montanhas?

Ele assente.

— Isso.

Não respondo, principalmente porque não sei bem o que está acontecendo nesta conversa.

— O que você está fazendo aqui? — digo.

Conner ignora minha pergunta.

— Ouvi dizer que você largou a escola.

— Quê? — Eu dou um passo para perto dele como se pudesse silenciar suas palavras com a proximidade. Rei ainda está parado no caixa e olho de relance para ele. Sua expressão é neutra, como se não tivesse ouvido o que Conner acabou de dizer, mas sei que ouviu.

— É o que geral estava dizendo. Que você largou a escola. Que foi pega com drogas ou algo assim.

Solto uma risada, que espero que saia leve.

— Não.

A porta se abre novamente e Joshua Yoon entra na loja. Quando ele me vê, sorri para mim.

— Fala, Lunatlas.

O apelido arrebenta o meu orgulho e me faz sentir uma bosta. Lunatlas. A lunática. Talvez a garota que eles conheceram fosse, mas eu mesma mal a conhecia.

— Oi.

Fico parada ali com o sorvete derretendo na mão. Nem consigo nem mesmo olhar para Rei mais.

— Faz séculos que não te vejo. — Joshua me envolve em um abraço que não devolvo porque minhas mãos estão cheias de sorvete. — Quer vir pro rio com a gente?

Não quero ir a lugar nenhum com eles.

— Ela já tem planos. — Rei para ao meu lado, mastigando sementes de girassol casualmente, como se não desse a mínima para esses garotos conversando comigo.

Joshua o olha de cima a baixo e deixa escapar um *uau* baixinho. Rei é impressionante. Está imundo como eu, mas também é alto e forte de um modo que estes rapazes só podem sonhar em ser um dia.

— Esse cara aí é o seu namorado novo? — pergunta Conner. Como se sempre houvesse um cara.

Não quero dizer a Conner que está errado, que ele foi o único cara, porque isso talvez o fizesse achar que foi importante

O mapa de nós dois **227**

para mim. E Conner não foi. Ele foi só uma maneira de esquecer. Um jeito de cobrir uma ferida sem sangrar.

Conner olha para Rei.

— Saquei.

Penso que eles vão embora, mas Conner respira fundo e olha para mim de novo.

— Eu fiquei sabendo do seu pai.

Meu estômago embrulha.

— Eu sinto muito. Isso...

— Está tudo bem. — Eu o interrompo e me pergunto quão longe os demais estão. Será que conseguem escutar Conner?

— Foi por isso que você não ligou? — pergunta ele.

Sua voz está cheia de esperança e tenho vontade de gritar. Ele está usando a minha tragédia para afagar o próprio ego. Como se a razão para eu não ter retornado suas ligações fosse porque o meu pai morreu e não porque eu nem sequer consigo lembrar se eu gostava de beijá-lo.

— Escuta, eu tenho que ir. Mas foi legal ver você. — Não foi. Nem sei por que disse isso.

Ouço alguém gritar "Atty!" às minhas costas, mas continuo andando. Jogo o sorvete na lata de lixo lá fora e começo a andar pela estrada.

Pouco metros depois, Rei me alcança. Espero que exija uma explicação ou que me diga para parar ou que pergunte para onde caralhos estou indo.

Mas os segundos se dissolvem em minutos e se transformam nos sons das nossas respirações e dos carros que passam de vez em quando. Até que digo:

— Você não tem que bancar a babá.

Dou seis passos antes de ele perguntar:

— Você está bem?

Mordo o interior da bochecha. Rei se adianta até estar na minha frente e ergue uma mão para que eu pare.

Então pergunta de novo:

— Você está bem?

Estou prestes a dizer que sim. Estou prestes a dizer que está tudo certo. E então vou pegar todos os meus sentimentos e enfiá-los tão fundo que nunca serei capaz de encontrá-los.

Mas daí meus olhos encontram os de Rei.

— Não — digo.

Ele dá um suspiro profundo e pega o meu pulso, me guiando de volta ao posto de gasolina.

Nós ficamos sentados um ao lado do outro no banco, perto o bastante para nossos dedos se tocarem. Só as laterais das nossas mãos. É tão pequeno que podemos fingir que não seja proposital. Que amigos nem percebem coisas do tipo.

— Aquele cara era o seu namorado? — pergunta ele. Sua voz soa neutra, como se não se importasse com a resposta, mas isso parece deliberado.

Faço um barulho que parece uma risada.

— Não. Ele com certeza não era o meu namorado. Ele era um cara com quem eu saía de vez em quando. — Olho para Rei. — Ele era uma má escolha, e não um namorado.

Agora sou eu quem respira fundo.

Ele assente com a cabeça, mas não diz mais nada.

Rei abaixa o olhar para a sacola com duas garrafas d'água aos seus pés.

— E a faculdade? Você não vai fazer?

Mordo o lábio.

— Não. — É mais um sopro silencioso do que uma palavra. — É preciso ter um diploma do ensino médio pra entrar.

— E você não tem?

— Eu larguei a escola quando o meu pai morreu. Simplesmente não voltei. Parecia tão idiota. Um pedaço de papel me dizendo que eu fiquei sentada numa cadeira e memorizei alguns fatos. Pra quê?

— Então, aquela história toda sobre a faculdade e o baile de boas-vindas era só... — Consigo vê-lo se esforçar para entender

O mapa de nós dois **229**

o motivo da minha mentira. — Não foi só a parte a respeito do seu pai?

Quanto mais ele me conhece, mais mentiras ele percebe que eu contei.

— O pessoal tirou as próprias conclusões e eu só... eu não queria estar triste. Eu queria ser normal.

Rei olha para mim.

— Normal é a última coisa que você é.

Sei que diz isso como um elogio, mas suas palavras doem em meu peito e me ferem. Quero ser exatamente igual a todo mundo. Quero ser invisível.

Rei inspira, como se estivesse se decidindo.

— Ser normal não significa ser normal da cabeça. Ser meio fodida é, inclusive, a coisa mais normal a seu respeito.

— *Todo mundo é uma bagunça* — repito as palavras nas quais não consigo parar de pensar.

Rei me lança um olhar curioso.

— Foi uma coisa que a Pomba disse. Todo mundo é uma bagunça, então seja uma bagunça.

Ele ri e diz:

— Não aceite conselhos dela.

O silêncio aumenta enquanto nos encaramos, mas talvez aumente por tempo demais, porque o rosto de Rei parece nervoso. Talvez ele perceba que a gratidão que sinto me dá vontade de beijá-lo. Que me dá vontade de pressionar o rosto em seu pescoço apesar das cinzas escuras que cobrem sua pele. Talvez ele perceba que não consigo parar de ansiar pela sua gentileza, assim como pelo seu toque.

Ele franze a testa e os olhos se movem para os meus lábios.

— Eu sei. — Removo as emoções da minha voz. — Eu sei o que é isso...

Estou prestes a dizer a ele que não deveria tê-lo beijado, que ele vai viajar para o estágio e que *não podemos* de qualquer forma, mas meu orgulho fala mais alto do que eu.

— O que é isso? — pergunta Rei. — Me diga.

— Não é nada — sussurro para ele. Tento soar como uma garota que não tem problemas com "nadas".

Quero que ele repita a palavra, que deixe-a partir meu coração.

Ele precisa fazer isso, porque lá fora está a dor que sei que virá ao fim disso e é melhor parar agora. Enterro os dentes no lábio enquanto encaro as mãos de Rei. Mãos que me tocaram. Apertando a minha pele...

— Nada.

26

Este acampamento não tem nada a ver com o campo-base. Lembra mais uma parada de descanso do que qualquer outra coisa. Na beira de uma estrada madeireira com carros passando a distância de vez em quando, é o mais distante de uma trilha que já fizemos. A floresta aqui é densa e espessa, e não consigo ver o céu. Quando estávamos na terra queimada, pelo menos podíamos ver o céu.

Joe nos deixou de novo, depois de dar instruções de como voltar à trilha para Biblioteca e Rei. A nossa trilha.

E sei que Rei quer conversar.

Portanto, como a procrastinadora que sou, faço tudo ao meu alcance para não ficar a sós com ele. Porque se não conversarmos, ele não me pode me dizer que sabe que estou ficando muito apegada a ele. Ele não pode me dizer que sabe que penso em beijá-lo com mais frequência do que deveria.

Estou montando a barraca vermelha quando ouço aplausos.

São Júnior e Docinho, com uma expressão de orgulho zombeteiro nos rostos.

— Você conseguiu — diz Júnior. — Você finalmente conseguiu.

Docinho seca uma lágrima de mentira.

— Eu sempre soube que você era capaz.

Júnior passa um braço pelo dela.

— Estamos tão orgulhosos de você, meu bem.

— De que raios vocês estão falando? — pergunto.

— Da. Barraca. — Docinho faz um gesto amplo na direção dela, como se fosse a apresentadora de um programa de auditório. — Você conseguiu, porra.

— Já faz semanas que eu venho montando as barracas.

— Que exagero — corrige Júnior. — Você passa horas montando estruturas semelhantes a barracas. Isso aqui... — Ele copia o gesto de Docinho. — Isso aqui é uma barraca com formato de barraca, armada em um tempo até que bem razoável.

— Você nem xingou. — Os olhos de Docinho estão arregalados. — Tipo, nem *uma vezinha*.

Reviro os olhos e cruzo os braços.

— Eu tenho montado... Eu montei... — Montei? — *Nenhum* palavrão?

— É um grande dia para a equipe Azul. — Ela assente com a cabeça. — Devíamos comemorar. Um jantar em família. Podemos comer... feijão com arroz!

— Ai, não, feijão com arroz? — Júnior põe a mão sobre a boca e finge arquejar. — Eu sempre quis experimentar isso!

Júnior e Docinho estão um incentivando as palhaçadas do outro, cada frase mais ridícula que a anterior.

— Eu amo vocês — digo baixinho, mas os dois escutam e a ceninha é interrompida quando voltam a atenção para mim.

Observo enquanto eles absorvem as palavras que eu disse e quando as entendem.

Júnior se move primeiro, mas ambos me envolvem em seus braços ao mesmo tempo e nós três nos abraçamos.

— Caramba, vai ser horrível quando a gente tiver que ir embora — diz Júnior no meu cabelo.

— Eu quase não quero ir pra faculdade — brinca Docinho, e meu estômago se revira.

— A gente pode mandar mensagens e se falar pelo FaceTime e nos encontrarmos depois de poucas horas de viagem de carro. Não tem ninguém morrendo. — Júnior chega a rir.

O mapa de nós dois · **233**

E eu sinto. A coisa que me separa deles. Mentiras e omissão.

Então, tomo banho. Água cinzenta rodopia aos meus pés, mas é o banho que eu tanto esperava. Água morna e sabão e roupas limpas. Eu lavo as minhas luvas, mas as cinzas parecem ter se infiltrado nas rachaduras do couro. Permanentemente manchado.

Assim como eu.

Depois do jantar, fico deitada em cima do meu saco de dormir, ouvindo os sons lá fora. Mal posso esperar para estar longe do zumbido de eletricidade e do murmúrio de carros passando. Mal posso esperar para voltar à trilha e passar o tempinho que me resta... fingindo.

Ouço alguém dar risadinhas. Acho que é Júnior. Um segundo mais tarde, a porta da minha barraca é aberta e sou inundada por luz. Por instinto, cubro os olhos, esperando que se ajustem à claridade.

— Mapas. — É a voz de Biblioteca. — Pega as suas tralhas. Vamos.

Ele está usando uma lanterna de cabeça que é uma monstruosidade com luz LED azulada.

— Pra *onde*? — pergunto.

— Dar uma subidinha. — Seus lábios se repuxam em um sorriso.

A cabeça de Júnior surge na entrada da barraca quando ele coloca ambas as mãos no ombro de Biblioteca.

— Trilha noturna! — grita e sussurra ao mesmo tempo.

— A gente faz trilha o dia inteiro — reclamo, mas já estou me sentando. — Não quero fazer trilha no *escuro*.

— Quer, sim — diz Biblioteca, me entregando uma lanterna de cabeça. — Vamos.

Ele se levanta e sai da barraca, esticando as mãos para me ajudar. Está todo mundo esperando por mim, ao que parece.

Rei estende as minhas botas para mim e eu as calço enquanto Docinho mexe na faixa de sua lanterna de cabeça. Os dedos de Júnior se agitam no elástico enquanto se esforça para amarrá-lo bem na cabeça dela. Quando Biblioteca se amontoa para ajudar, ele fica parado bem na frente de Docinho. Os três estão tão próximos que parecem até grudados.

— Meu Deus do céu — exclama Docinho e se afasta dos dois. — Eu me viro!

Penso em nosso primeiro dia como uma equipe, quando Docinho queria ajuda com a mochila. Agora ela está se esquivando dela.

Rei aponta para cima. Todos ligamos as lanternas de cabeça e Biblioteca nos lidera por uma subida íngreme. Júnior está na minha frente e Rei, atrás. Em alguns trechos, escalamos rochas grandes e Júnior estica o braço para me erguer. As mãos de Rei encontram o meu quadril enquanto ajuda a me firmar. Seu toque faz com que seja difícil lembrar de respirar. Enquanto andamos, ele permanece às minhas costas e posso sentir o calor que emana dele, sua presença pesada no ar.

Chegamos ao topo de um afloramento. Mantenho-me longe da borda do precipício, incerta do tamanho da queda. Nós nos sentamos em uma fileira, algo que nos acostumamos a fazer. Cada um em seu respectivo lugar. Biblioteca nos diz para desligar as lanternas. Faço isso, erguendo o olhar para as estrelas e galáxias. Acho que nunca vou me acostumar ao céu quando está tudo escuro de verdade.

Mas é só quando Rei faz um gesto para eu olhar para a frente que entendo por que estamos aqui. Na nossa frente estende-se um panorama de belas luzes. Tons de amarelo e branco e vermelho e verde.

— Minha avó chamava isso de caixa de joias — conta Biblioteca. — Ela morava no alto de uma colina e eu ficava sentado lá com ela à noite enquanto tricotava e me contava histórias de todos os amantes de deram joias a ela.

— É mesmo? — pergunta Docinho com um sorriso suave. — Que tipo de histórias?

O mapa de nós dois **235**

Os cantos dos lábios dele se repuxam para cima em um sorriso.

— Minha avó me contou de um namorado que pediu ela em casamento com um rubi gigantesco e sempre que ela olha para as luzes, ela se lembra do garoto com o rubi.

— O que aconteceu com ele? — pergunta Júnior.

Biblioteca dá de ombros.

— A vida.

Fico pensando se vou virar uma história para essas quatro pessoas algum dia. Uma memória em meio às luzes.

Docinho é a primeira a falar:

— Eu me casaria com um garoto que me desse um rubi gigante. Ou uma garota.

— Idem — diz Júnior. — Com o garoto. Não com a garota.

Ele faz uma careta e nós rimos.

— Então não tem nenhum garoto ou garota esperando por você em casa, Docinho? — pergunta Júnior, dando uma pancadinha no ombro dela.

— Até parece que eu vou te contar. — Ela pega uma pedra no chão e a lança no escuro.

Júnior sorri.

— E você, Rei? — pergunta Docinho.

— Eu vou pro Alasca.

Não é uma resposta de fato, mas ninguém menciona isso e odeio quão curiosa eu fico.

— Você tem namorado? — Docinho me pergunta.

Eu não tenho nem amigos.

— Ela poderia ter uma namorada — diz Júnior, batendo no quadril de Docinho.

Ela balança a cabeça, pensativa.

— A Mapas não gosta de meninas.

— E como é que você sabe? — pergunto.

Docinho sorri.

— Só sei que não sou eu quem você fica secando. — E me dá uma piscadela.

— Tá tudo bem não gostar de meninas — diz Júnior para mim. Ele coloca uma mão no peito e, no escuro, vejo seu rosto ficar sério quando se inclina por cima de Docinho. — Eu pessoalmente acho elas nojentas.

— Nós não somos nojentas! — Ela joga uma pedrinha nele.

Ao meu lado, Rei ri. Olho para ele, cujos olhos me encontram.

— Eu não... — começo a falar.

— Você não tem que se explicar para ninguém. — Rei se inclina para me dizer.

— E *você*, Rei, gosta de alguma garota que você conhece? — pergunta Júnior com um sorriso.

Rei respira fundo e odeio como observo seu peito se expandir e fico esperando que em algum lugar lá dentro esteja o meu nome.

— Eu conheço um garoto que eu *não* gosto.

Júnior se inclina na nossa direção, os olhos escurecidos.

— Eu sou muito atraente.

— Você é mesmo — concorda Rei. — Até abrir a boca. — Ele fica de pé. — Para de ficar perguntando às pessoas pra definirem coisas que alguns nunca entendem.

— É assim que a gente descobre as coisas! Temos que normalizar conversas sobre sexualidade! — grita Júnior para Rei.

Docinho agarra o piercing no septo nasal dele, que grunhe.

— Para!

Biblioteca diz:

— O Rei não é do tipo que namora. Está muito concentrado em ir para o Alasca.

— Você é do tipo que namora? — pergunto a ele.

— Eu tenho vinte anos — responde. — Eu não sou de tipo nenhum.

Eu também não quero ser de um tipo específico.

— Seja uma bagunça.

— Bagunça? — pergunta Docinho.

— Foi a Pomba que disse.

O mapa de nós dois **237**

Biblioteca geme.

— Caramba, parece mesmo o tipo de bosta que a Pombs diria pra justificar a total falta de noção dela.

— É muito bonito aqui em cima — digo a ele, só para preencher o silêncio.

— Eu ainda não acredito que esteja quase acabando — diz Júnior. — Como pode já ser quase o fim?

É difícil ficar aqui sentada no calor do verão e imaginar o clima de outono — escola e feriados e um mundo inteiro fora deste lugar. Rei volta e se senta na ponta da fileira e eu respiro fundo. Sempre sei onde ele está.

— As coisas vão ficar frenéticas quando eu voltar pra casa — diz Docinho. — Comprar coisas pro dormitório, escolher as matérias, escolher as matérias de novo porque a minha mãe não vai gostar das que eu escolhi, conhecer novos colegas de classe. Tudo fora do meu controle.

— Parece ser assim agora — diz Biblioteca para ela. — Quando você está fazendo... — Ele respira fundo. — É difícil de explicar, mas não vai ser assim tão ruim.

— Pelo menos você vai pra algum lugar. — Júnior atira uma pedra no mesmo lugar que Docinho, e esperamos pelo som de quando atinge o solo. — Nem todo mundo aqui tá comprometido com a faculdade como vocês três.

— Eu não vou pra faculdade — deixo escapar antes que eu possa me convencer do contrário.

Todos parecem confusos, mas ninguém fala. Todos esperam que eu prossiga, mas não o faço, então Docinho pergunta:

— No sentido de que você vai adiar a matrícula?

— No sentido de que nunca cheguei a entrar. — Engulo em seco. — Porque não me formei no colégio.

— Você não...

— Eu larguei a escola. — Passo as mãos nas coxas e então agarro os joelhos. — Porque... o meu pai morreu. E... eu não queria ir.

Ninguém fala nada. Sequer consigo olhar para eles enquanto espero em silêncio pela resposta. O veredito a que chegarão sobre o que acabei de admitir. Neste intervalo, imagino centenas de cenários, e apenas dois terminam com eles me empurrando para penhasco abaixo.

— O seu pai morreu? — pergunta Docinho.

Assinto.

— Em março.

Júnior deixa escapar um suspiro pesado.

— Caralho, Mapas.

— Me desculpem — apresso-me a explicar. — Sei que eu não devia ter mentido.

Eles me olham como se esperassem que eu dissesse mais, mas não tenho mais nada a dizer. Nada além do que já falei. Nada que vá justificar o *porquê*.

— Me desculpem — sussurro de novo.

Os olhos de Rei encontram os meus e ele acena uma vez com a cabeça.

Docinho fica encarando as luzes e Biblioteca olha para as mãos em seu colo.

Mas Júnior me observa.

— Caramba, o seu pai morreu. Porra, deve ter sido horrível.

Minha risada parece embolar em minha garganta.

— É — corrijo. — É horrível.

— Por que é que você não contou pra gente e pronto? — pergunta Docinho. Há mágoa na sua voz.

— Eu não sei. O que é uma bosta de resposta. Acho que foi porque era mais fácil fazer isso do que ter que explicar para pessoas que eu não conhecia direito que...

— É — diz Docinho. — E você não conhecia a gente direito.

— Eu *realmente* sinto muito.

— Meh. Você nunca mentiu sobre as coisas que importavam — sussurra Júnior, me envolvendo em um abraço.

O mapa de nós dois **239**

É tão gentil, muito mais cortesia do que mereço. Não sei se eu me sentiria do mesmo jeito se estivesse na situação deles.

Biblioteca passa as mãos pela parte de cima das calças.

— Todos guardamos certas coisas... Às vezes, a verdade é uma coisa difícil de...

— Você tem algo a contar pra nós? — pergunta Júnior a Biblioteca.

A boca dele se abre e ele me olha.

— Eu só... — Mas algo muda em seu rosto. — Eu acho que você é muito corajosa, Mapas. É difícil manter certas coisas para si e fico feliz que você sentiu que pode confiar na gente agora.

O braço de Docinho aparece do outro lado e ela me puxa para perto dela, balançando a cabeça.

— Não estou feliz que você tenha mentido, mas acho que entendo. Mais ou menos. Não vou desperdiçar os poucos dias que ainda temos ficando brava com você.

Biblioteca se inclina no ombro dela e coloca a mão em cima da minha cabeça, onde pousa ao lado da de Docinho. Júnior ainda está apoiado em mim e Rei estica o braço para segurar a minha mão.

Os poucos dias que ainda temos. As palavras soam piores a cada vez que as escuto, porque amo este lugar. Com seu calor, comida ruim e mãos calejadas.

Em algum momento, uma lágrima cai na mão que agarra a de Rei. Ele a seca com o polegar. Talvez haja algo nestas colinas que faça com que minhas lágrimas sejam mais aceitáveis para todos, o que só me faz chorar ainda mais.

Meus amigos me seguram em seus braços e luzes pequeninas piscam sob nós na escuridão.

Odeio que o meu pai não esteja aqui. Odeio que a minha mãe nunca tenha descoberto que isso aqui teria me consertado. Odeio que eu passei esse tempo todo com medo dos meus sentimentos.

No momento, essas quatro pessoas me conhecem melhor do que qualquer um, e imaginei que fosse odiar isso, mas, pelo contrário, eu amo.

Que esses quatro seres humanos saibam que tudo que eu preciso é chorar.

27

Voltamos para a Trilha de Western Sierra, mas o mundo real já se infiltrou em nossas vidas por aqui. Como um câncer se espalhando pelos nossos ossos.

Nosso diagnóstico? Terminal.

Começa durante o café da manhã, com Docinho conversando sobre a faculdade. Não do jeito como fazia antes, de forma abstrata. Agora ela fala das listas de material para as aulas e se pergunta se sua colega de quarto já foi definida entre mordidas de gororoba e goles de água que se tornaram reconfortantes para mim.

— A pessoa deve achar que eu sou uma daquelas esquisitonas que não tem redes sociais.

E logo é Biblioteca, dizendo que a mãe dele não vai deixá-lo morar numa república.

— Ela ia amar se eu morasse em casa até eu me casar. Na verdade, ela ia amar se eu continuasse a morar lá até depois disso.

Júnior parece tenso quando conversamos sobre o futuro.

— E você, J? — pergunta Rei.

Ele fica em silêncio até finalmente responder:

— Então, olhem que engraçado. Eu não vou embora daqui.

Fico confusa.

— Não vai embora? Da trilha?

— Vou ficar por aqui depois que o verão acabar, trabalhando em Bear Creek.

Ele dá uma garfada na comida.

— Quando foi que isso aconteceu? — pergunta Docinho.

Júnior pigarreia.

— Joe ofereceu antes mesmo de eu começar no programa.

Ninguém pede por esclarecimentos, porque a ficha de todos nós cai quando pensamos no que Joe fez. Somos os jovens que precisam de uma ajuda extra. De um pouco mais de atenção. E ele não apenas está nos ajudando como fez com que nos encontrássemos. Os pobres coitados de Joe. Mas não é assim que me sinto, e sim como se ele tivesse nos escolhido.

Docinho sacode a cabeça.

— Aquele corno. — Mas ela sorri ao pensar em Joe.

— Ele quer que eu tente me matricular em faculdades e que vá na primavera. — Júnior se inclina para trás. — Eu não faço ideia de como fazer isso. Tipo, que caralhos é um FAFSA?

Rei dá tapinhas na perna de Júnior.

— O Joe vai te ajudar.

— Pois é, mas... ele não deveria precisar fazer isso. Sabe? — Júnior abaixa o olhar para a comida em sua tigela. — Os pais é que deveriam ajudar os filhos com essas merdas.

Só falamos da vida real. De crescer. Do estresse, das responsabilidades e das decisões que as pessoas dizem que vão definir todo o seu futuro.

Nada disso é permanente, sussurro para mim mesma e encontro o olhar de Rei. Ele tem a faca em mãos e está talhando algo no couro de seu caderno, em movimentos curtos. A lâmina reflete a luz da fogueira e pergunto o que vale a pena ser permanentemente gravado na capa de seu livro.

Pode ser só por agora.

Um por um, vão todos dormir, com exceção de Rei e eu. Ficamos próximos ao fogo. A luz das chamas dança no rosto dele, lançando sombras em seus ângulos. Ele se inclina sobre os cotovelos e percebo que a sua camisa se ergueu da cintura, revelando uma pequena faixa de pele.

Mesmo subconscientemente, lembro-me da sensação da sua pele na minha. Rei faz um gesto para que eu me recoste ali com ele. Observamos as cinzas flutuarem para além da copa das árvores, em direção às estrelas. Ele se vira e me olha. Seu olhar é muito intenso. Fico me perguntando se estou com uma aparência sebosa e suja. Fico preocupada que o meu cabelo esteja bagunçado. Fico preocupada porque vejo seus olhos se moverem pelo meu rosto, avaliando o que vê.

Em poucos dias, Rei e eu não estaremos mais protegidos pela segurança da cordilheira de Sierra Nevada. Não quero perguntar pelo que vai acontecer em seguida.

Porque já sei a resposta. Rei desaparece.

Talvez.

— O Joe falou alguma coisa sobre o seu estágio?

Rei respira fundo e desvia o olhar de mim.

— Sim. Ele disse que ainda vai me recomendar, mas que eu não posso... não posso mais foder as coisas ou nada de Alasca.

— Ah — digo baixinho. — Que bom.

Tenho quase certeza de que essa é só mais uma das mentiras que já contei. A cabeça dele vira e logo estamos nos olhando de novo. Em momentos silenciosos como esse, consigo sentir o magnetismo de Rei. O jeito como ele olha para mim... tão intenso que sinto até a medula dos ossos. Faz com que eu me sinta exposta, mas ainda segura.

— No que está pensando? — sussurra ele.

— Que eu queria viajar no tempo.

Vejo sua garganta se mexer quando engole em seco.

— No que você está pensando? — pergunto.

— Você não quer saber.

Quero sim. Quero tanto que tenho a impressão de que a minha pele vai incendiar a floresta ao nosso redor.

— Fecha os olhos — pede ele.

— Por quê?

Rei respira fundo.

— Apenas feche. E eu também vou fechar.

Os olhos de Rei se fecham e entendo o que ele está fazendo. Ele quer que eu o imite para que possamos dizer a verdade.

A noite está quente, mas a fogueira é ainda mais, e sentar ao lado de Rei me faz sentir como se tivesse sido atingida por um raio. Ouço-o inspirar.

— Eu quis te beijar, desde o primeiro momento que te vi.

As palavras provocam uma sensação diferente quando não há nada além delas, quando não dá para ver a aparência da outra pessoa ou se ela está sorrindo. Tudo o que você escuta é como a voz da pessoa se encaracola ao redor das sílabas, e você reza para o que envolve essas palavras ser esperança.

— Você me beijou — diz ele. — Mas eu queria te beijar antes disso.

Sinto suas palavras me percorrem, para dentro do peito, sobre a pele, todo o meu ser.

— Eu quero beijar você — digo.

Espero que ele mencione o fato de eu não ter usado o tempo pretérito como ele, mas Rei fica em silêncio.

— Mapas.

— Eu sei. Não podemos. Se o Joe descobrir. — Engulo em seco.

Escuto o fôlego sair resfolegante de seus pulmões.

— Tem uma coisa que eu preciso contar a você sobr...

— Não precisamos pensar nisso — interrompo-o. — A gente pode só... Temos só alguns dias restantes. Eu não quero... — Eu não quero pensar no que vem em seguida. Estou de saco cheio de pensar no futuro. — Eu não vou contar. Eu só quero estar aqui. Agora.

— Agora — repete ele, e fico me perguntando se ele ainda está com os olhos fechados, mas sou covarde demais para abrir os meus. — Ok — sussurra, tão próximo que sinto em meus lábios. — Eu quero te beijar... agora.

O mapa de nós dois **245**

E então ele me beija. Eu endireito o corpo e me aproximo dele sem interromper o beijo enquanto me sento no seu colo.

A boca de Rei está na minha quando ele diz:

— Eu sempre quero te beijar.

Envolvo a sua nuca com as mãos e as fecho em punho em seu cabelo. Rei solta um grunhido profundo quando me puxa até eu ficar colada nele. Um segundo depois, a mão de Rei desliza do meu rosto e eu abro os olhos quando ele se deita para trás. Seu peito sobe e desce, como se estivesse tentando recuperar o fôlego.

Engulo em seco com força e Rei olha para mim. Há algo de sombrio em seu olhar e não é desejo. Parece... arrependimento, quem sabe? Porque está acabando? Porque ele vai embora? Porque quando isso acabar, voltaremos a ser as pessoas que éramos?

Minhas mãos ainda estão no cabelo dele quando digo:

— Não faça isso. Não olhe para mim como... Está quase acabando. Apenas finja comigo.

Os olhos dele buscam os meus e eu queria... Queria poder ler a sua mente. Queria poder simplesmente dizer a ele que o que quer que esteja pensando não importa porque em poucos dias nada disso vai ter importância e poderemos todos fingir que o mês passado não aconteceu.

— Eu não estou fingindo — diz ele.

— Ah, é? — Percorro sua mandíbula com a mão até alcançar a sua orelha e sussurrar: — Então por que você está me dizendo que quer me beijar, mas faz cara de quem não quer?

Pressiono os meus quadris nele, deixando que saiba que consigo sentir o que o seu corpo deseja. Ele grunhe baixinho, a cabeça tombando para trás.

— Não é fingimento — sussurra Rei. — Eu posso querer você *e* achar que isso não é uma boa ideia.

Não me mexo, sentindo os seus olhos percorrerem a minha pele. Eles escurecem até quase ficarem pretos quando olha para os meus lábios. Seu peito sobe e desce; o semblante em seu rosto, dolorido.

Pego a sua mão com a minha e a coloco sobre o meu seio, fazendo com que me aperte.

— Para de pensar.

Os lábios dele são macios contra os meus, doces. Rei se inclina para a frente, mas mesmo esse gesto parece gentil. Como se eu fosse frágil.

— Eu queria conseguir parar de pensar em você.

Passo uma perna pela sua cintura e apoio meu peso em seu colo. Isso muda algo dentro dele, e suas mãos descem pela lateral do meu corpo, pelo meu pescoço e rosto. Os beijos de Rei voltam a ser como antes, nossos lábios se encontrando com intensidade.

— Meu Deus, Mapas — diz ele junto a mim. Amo como consigo senti-lo perdendo as estribeiras.

Empurro para longe qualquer dúvida quando o beijo com mais força, de modo cada vez mais febril. Pego cada pedacinho do desejo que venho sentindo ao longo do último mês e coloco-os neste beijo.

Levanto a sua camisa e toco os músculos rijos de seu abdome, passando as pontas dos dedos pelas costas firmes e pelo peito. Balanço os quadris na rigidez entre nós e consigo senti-lo subir. Quando a minha mão desce para o elástico do cós da sua calça, ele para.

— Não. — A voz sai áspera, como se estivesse sendo arrancada de sua garganta.

Machuca, mas assinto.

— Ok.

Ele pressiona a testa na minha e respira fundo algumas vezes. O mundo se transforma do rugido da minha pulsação para um silêncio completo que tilinta em meus ouvidos. Rei se recosta e puxa a camisa para baixo. Não é para ser uma rejeição, mas sinto como se fosse.

Eu me afasto dele, tentando me dar um espaço para respirar e retomar a capacidade de raciocínio.

Rei olha para mim com olhos escuros que faíscam e engole em seco com dificuldade.

— Eu quero fazer isso. — Ele limpa a garganta. — Eu só não estou pronto pra...

— Beleza — digo. Meu rosto queima quando me levanto.

Rei assente.

— Você tá... bem?

Seus olhos estão arregalados, preocupados enquanto observam o meu rosto. Parece... gentil.

Odeio ser capaz de sentir a sua preocupação pressionando partes delicadas do meu coração. Tenho medo de que sangre, se ele continuar a apertar. *Não.* Quero perguntar a ele o que é isso. O que estamos fazendo? Ele sente as mesmas coisas que eu?

— Tô. — Respiro fundo.

Ele assente, acreditando na minha mentira. Mas Rei também não parece bem. Seus lábios estão inchados e vermelhos, e o cabelo está bagunçado por minha causa. Ele parece abalado. As mãos estremecem ao lado do corpo e ele as flexiona.

O cheiro do suor dele está em minha pele e tudo isso me desperta ainda mais desejo.

— Eu devia... — Ele pigarreia. — Eu preciso dar um jeito na fogueira.

No rio, jogo água no rosto e fico me perguntando o que acontece em seguida. Rei vai se transformar em outra coisa e eu vou ter que esperar para ver que versão dele vou encontrar.

28

Quando o meu pai morreu, aconteceu devagar.

E, ao mesmo, de uma só vez.

Como se certo dia ele tivesse simplesmente decidido desistir.

O câncer é assim. São longos dias de tortura que, de repente, acabam. E você é deixado para trás, se perguntando se é uma pessoa ruim por estar aliviado que tenha finalmente acabado; se perguntando se você desperdiçou momentos que poderia ter passado com aquela pessoa; se perguntando como é que o mundo continua a girar sem ela.

Tudo isso enquanto as pessoas ao seu redor esperam pelo momento que você desmorona.

Aconteceu numa quarta-feira. Bem no meio da semana. Ele tinha parado de falar no dia anterior. Parado de abrir os olhos. Parado de fazer tudo, menos respirar.

Eu não sabia se ele podia me ouvir, mas não tinha certeza do que ele estava esperando. Com a minha mãe no outro cômodo, peguei a mão do meu pai. A pele fina feito papel e flácida, com feridas que nunca sararam devido aos catéteres intravenosos. Eu ainda podia sentir os calos nas suas palmas. E, por algum motivo, aqueles calombos me deixavam inacreditavelmente triste. Este homem que havia vivido tempo o bastante para calejar suas mãos iria morrer. Seu trabalho duro, uma nota de rodapé na sua pele. Todas as cicatrizes e histórias e risadas iriam desaparecer.

O mapa de nós dois **249**

Eu me inclinei por cima dele e sussurrei:

— Tá tudo bem, papai. Eu vou ficar bem.

Eu não sabia se tinha falado para ele ou para mim.

Mas depois disso ele parou de respirar.

A minha mãe passou dias fazendo faxina depois que o corpo do meu pai foi levado de casa no leito hospitalar onde morreu. Ela recolheu todas as roupas, pertences e fotos dele, como se o meu pai devesse ter carregado todas as coisas dele consigo quando partiu.

E, ao lado da cabeceira da cama, estava uma lista.

Seu garrancho, trêmulo por causa dos remédios e da quimioterapia, descrevia tudo o que ele queria fazer antes de morrer. Havia coisas grandes, como *ver o Grand Canyon* e *levar as minhas garotas para Nova York*. Havia coisas pequenas, como *conversar com Henry. Contar a verdade a Joe. Reler* O chamado selvagem.

Mas foram os dois últimos itens que partiram o meu coração.

Observar da praia os pássaros voarem para o sul.

Abrir a trilha de WESTERN *e percorrê-la com Atlas.*

Passei um dedo pelos dois últimos itens. Quando o meu pai falava sobre lugares que o definiam, eram sempre essa praia e essa trilha.

Meu pai pediu a minha mãe em casamento nessa praia, depois que os pássaros voaram e estavam apenas os dois lá, no silêncio, e o seu amor. Ele havia dito: "Se lugares têm memórias, aquele é recheado de inícios."

E ele sempre dizia que a trilha era um lugar para encontrar respostas. Eu me pergunto se é por isso que ele queria percorrê-la outra vez antes de morrer.

Eu enfiei o papel no bolso, temendo que a minha mãe fosse jogá-lo fora. Eu queria ficar com aquilo. Queria manter algo que me lembrasse de todas as coisas que não pudemos fazer. Que, às vezes, não dá para voltar atrás.

O funeral foi na quarta-feira seguinte.

Fiquei agachada do lado da casa, próxima a lixeiras à prova de ursos e uma bicicleta enferrujada. Lágrimas desciam pelo meu rosto e meu vestido preto estava ficando amarrotado porque, de vez em quando, você faz café e tudo fica bem. Mas de vez em quando você faz café e precisa de todas as suas forças para não jogar o bule para longe num acesso de fúria porque o seu pai morreu e agora você precisa fazer a porra do seu café.

Eu gostava da minha raiva. Eu a entendia. Parecia algo que eu era capaz de manter. Dava para sentir as minhas emoções sendo espremidas com força.

Diferente da tristeza do luto, essa dor era como água escorrendo pelas mãos. O lento arrastar de ser puxada para baixo. Os pulmões enchendo com as próprias lágrimas. Afogamento.

Não. Eu queria a briga. Eu não ia me render.

— Você tá bem?

Limpei a garganta e sequei as lágrimas.

Joe estava de pé na entrada da garagem, olhando para mim com curiosidade.

Não, eu não estava bem, mas ele também não parecia estar.

— O que faz aqui fora? — perguntei.

Joe mordeu o lábio por um instante antes de acender um cigarro.

— A sua mãe está tentando matar todo mundo com aquelas bancadas de sanduíche self-service.

Bandejas com frios e queijos estavam espalhadas por cada superfície da casa. Uma peça de queijo bola e biscoitos estavam arranjados sobre a mesa de centro onde o meu pai costumava apoiar os pés quando assistia a jogos de hockey. Caçarolas preenchiam a mesa na sala de jantar onde jogamos dominós a minha vida inteira. A cozinha estava cheia de escudelas com frios, e eu não conseguia parar de lembrar do meu pai cozinhando suas famosas batatas e fazendo uma lambança no processo.

— Além disso, os amigos de colégio do seu pai são um tédio só.

O mapa de nós dois **251**

Eu ri.

Joe apoiou o peso na parede da casa ao meu lado. Nossos ombros pressionavam o tapume de madeira.

— Porra. Odeio que eu esteja aqui e ele não.

— É — falei, não porque eu teria trocado o Joe pelo meu pai, mas porque eu queria que ele estivesse aqui também.

— Vem. Se a gente voltar juntos lá pra dentro, talvez ninguém converse com a gente.

— Duvido.

Joe alonga os ombros.

— Eu tenho que usar essa porra de terno e... esse é o pior evento a que já compareci na vida.

— Isso é...

— Uma bosta do caralho — completou por mim.

Dei risada porque ele tinha razão.

— Me promete que você não vai deixar ninguém fazer uma merda dessas pra mim — pediu Joe. — Pacto de sangue.

— Quem foi que disse que você vai ter funeral? A gente provavelmente só vai desovar o seu cadáver num rio.

Ele suspirou.

— Até que isso não parece tão ruim. Melhor do que obrigar as pessoas a comerem uma bola de queijo.

— Escuta, o meu pai chegou a falar com você? — perguntei. — Ele te contou... a verdade?

Joe ficou me analisando.

— A verdade? Isso pode ser mil coisas diferentes.

— Mas ele te contou... algo importante? — Não sei por que pressionei por uma resposta, talvez porque simplesmente quisesse saber se o meu pai tinha conseguido fazer *alguma coisa* da lista.

Joe balançou a cabeça e olhou para a rua lotada de carros estacionados.

— Seu pai disse tudo o que precisava dizer, Fora da Lei.

— Seus dentes morderam o lábio inferior. — Ele não teria desistido se não tivesse.

Nos meus últimos dias na Trilha de Western Sierra, me pergunto se eu desisti. Da minha raiva. Do meu orgulho. De parte do meu luto.

Estamos quase no fim da trilha, mas não há comemorações nem suspiros de alívio ou empolgação. Estamos todos em silêncio, percebendo o que isso significa de fato. Que esses momentos são nossos últimos momentos juntos desse jeito.

Depois do nosso beijo, Rei fica cauteloso, mas não deixo que se afaste. Saímos para encher nossas garrafas de água e eu o beijo. Contra uma árvore. Deixo que minhas mãos encontrem lugares nele que o fazem grunhir e arquejar colado em mim. E digo a mim mesma que não tem problema saber que isso é algo que não levarei comigo, mesmo que machuque.

Paramos de contar os dias antes do fim da trilha, porque...

O fim chega devagar. E, ao mesmo tempo, de uma só vez.

29

Sem mais nem menos, acabou. Sem pompas nem parabéns. Só um hotel barato e uma fileira triste de lojinhas ao lado de uma lavanderia.

O fim da Trilha de Western Sierra não passa de uma placa com os dizeres TRILHA FECHADA. PROIBIDA A ENTRADA. Não sei dizer como me sinto por saber que em breve a placa vai ser removida e a trilha será aberta de novo.

Outras pessoas vão percorrer a *nossa* trilha.

Docinho e eu ficamos com o quarto oito.

Dentro dele há duas camas, duas mesas de cabeceira e um banheiro. Todas as pinturas são de animais vestindo roupas humanas em um fundo de paredes verde-escuras.

Não há telefone nem frigobar nem toalhas fofinhas. As roupas de cama parecem todas puídas, mas limpas. Eu deveria estar extasiada por poder dormir numa cama de verdade, mas...

Somos as coisas mais sujas no cômodo. Noto meu reflexo em um espelho e quase levo um susto. Mal consigo me reconhecer. Mesmo tomando banho de rio de vez em quando e com a ducha de poucos dias atrás, meu cabelo está reto. Não está oleoso com achei que estaria. Meu rosto parece mais bronzeado do que quando parti e não estou usando nenhuma maquiagem.

Mas também pareço diferente. Mais forte. Meu rosto não está inchado ou amassado. Parece severo e meus olhos estão límpidos. Estico o braço e toco o rosto da estranha no espelho.

— Quer tomar banho primeiro? — pergunto a Docinho.

Ela aparece ao meu lado e fica encarando o próprio reflexo. Aquele que ela não reconhece. Sei o que ela está fazendo pois também estou fazendo a mesma coisa.

— Uau — diz Docinho. — A minha cara esteve assim esse tempo todo?

Em algum momento, ela parou de usar maquiagem e começou a vestir o sol. Sorrio para ela.

— Aham.

Espero que consiga enxergar a confiança e força que eu enxergo.

O peito de Docinho sobe e desce, e então ela se tranca no banheiro. Procuro algum lugar para me sentar e opto pelo chão, onde fico encarando o teto de gotelé.

Quando eu era pequena, meu pai me levou para a casa da minha avó, onde me lembro de cair no sono inventando formas nos padrões projetados pela luz no teto. Mas em vez de me lembrar do meu pai, eu apenas fico ali pensando em como o teto não é o céu.

Essas protuberâncias não são estrelas.

Quando Docinho sai do banheiro já vestida, ela olha para mim e faz uma careta.

— Ninguém nunca te disse que não se deve deitar no chão de um hotel barato?

— Acho que gente como eu deitada no chão é o motivo pra dizerem isso.

A expressão dela muda, como se eu tivesse dito algo que faz sentido.

— Esse foi o pior banho que já tomei. A pressão da água é uma porcaria e o xampu e o condicionador ali são uma merda, mas a água estava quentinha no meu corpo todo e o sabão e as toalhas de banho são de verdade. Foram os melhores dez minutos da porra da minha vida.

O mapa de nós dois **255**

Espero alguns minutos, observando Docinho escovar o longo cabelo e os dentes na pia. Parece tudo tão... normal, o que dá uma sensação incrivelmente anormal.

Quando me levanto, pego as roupas menos sujas que tenho e vou para o chuveiro.

Docinho tem razão.

Esquento a água ao máximo que consigo e deixo que avermelhe a minha pele com o calor. O piso fica marrom-acinzentado sob os meus pés e, por um segundo, deixo meu corpo participar do ato muito normal de ficar parado sob um chuveiro.

Observo a sujeira rodopiar ao redor dos meus pés e desaparecer pelo ralo e me sinto vazia. Estou lavando os resquícios da montanha em meu corpo, assim como as emoções que lustravam a minha pele como a sujeira e o suor da trilha.

É o fim.

Enfim saio do banho, e Docinho me diz que deveríamos lavar nossas roupas.

A lavanderia é igual a todo o resto. Painéis de madeira escura que vão do chão ao teto, só que em vez de ilustrações estranhas de animais com roupas, há fotos de montanhistas. Antigas e recentes, algumas emolduradas na parede e outras, coladas com fita. Recobrem quase todo o espaço em uma colagem. Nas paredes estão pré-históricas máquinas de lavar e de secar cor de creme. Há sabão em pó sobre uma barra comprida com os dizeres: LAVANDERIA.

Docinho enfia todas as suas roupas em uma das máquinas.

— Você não vai separar as peças? — pergunto.

Ela olha pacientemente para mim.

— Por acaso eu deveria me preocupar de elas mancharem?

Entendo o que diz. Essas roupas já estão detonadas mesmo.

Acho que não consigo tomar fôlego por completo. Estar debaixo de um teto com paredes e janelas faz com que o ar pareça estagnado e pesado em meus pulmões. Empurro as portas de vidro pesadas. A moeda de um dólar no meu bolso era para ser usada na secadora de roupas, mas vejo uma maquininha automática com refrigerantes e outra com lanches.

— Que se foda. — Compro um chocolate Snickers e vejo-o cair pela máquina até a cesta.

— Doce?

Quando me viro, com o chocolate na mão, vejo Rei ali de pé com os braços cruzados. Seu cabelo está um pouco úmido e o corpo parece ter sido bem esfregado. Até as roupas dele parecem limpas, e não sei explicar exatamente o motivo, mas isso me deixa um pouco triste.

— Você gastou o seu dinheiro da lavanderia num doce? — pergunta ele.

— Eu encontrei isso. — Agarro a barra junto ao peito. — E a lavanderia é grátis.

Os lábios dele esboçam um sorriso, parecendo se divertir um pouco, o que deixa todo o seu rosto bonito. Ele se barbeou, e fico me perguntando se, caso eu me aproximasse o bastante, sentiria nele o mesmo cheiro de sabonete que há em mim. Sinto minhas bochechas corando com a ideia de termos o mesmo cheiro.

Ele abre a mão e dobra os dedos rapidamente em um gesto de "me dá". Suspiro e coloco o chocolate na sua mão. Rei abre a embalagem e dá uma mordida antes de me devolver.

— Isso é meu!

Minha indignação apenas o faz sorrir.

Biblioteca pede o jantar do restaurante, mas o comemos na grama com as pernas cruzadas. Estamos todos limpos; a trilha foi removida de nossa pele. Os barulhos da floresta foram substituídos pelos sons de carros e pelo zumbido de eletricidade e gente. E não estamos comendo feijão com arroz.

Volto para pegar minhas roupas e encontro Rei parado com o quadril apoiado em uma secadora industrial grande. Ignoro-o e vou até a máquina que usei, mas quando a abro, está vazia. Rei já está me olhando quando fecho a tampa.

— Já botei a sua roupa na secadora.

O mapa de nós dois **257**

—Ah, é?

Ele assente, e penso em Rei pegando todas as minhas roupas, incluindo as íntimas. A secadora atrás dele é de porta transparente e observo a roupas dando cambalhotas.

Fico tensa.

— Não acredito que já está quase acabando.

— Pois é.

Pigarreio.

— Eu... queria...

— Eu sei.

— Eu queria que a gente pudesse só...

Seus braços estão cruzados enquanto me observa.

— Eu sei, Mapas. — Ele praticamente sussurra.

Eu subo na mesa no centro da sala e fico sentada lá. Com as pernas balançando, penso em algo para dizer. A razão para não ir embora. O som das máquinas é um ruído estático que posso sentir dentro do peito. O ar aqui está úmido e quente, mesmo com o ar-condicionado no máximo. Passo o polegar por um relevo na mesa de madeira. Tudo parece pesado. O barulho, o ar, nós.

Amanhã de manhã, estaremos com as nossas famílias. E Rei e Mapas vão deixar de existir.

Olho para fora.

— O tempo tá esquisito.

Ele solta um resmungo.

— Parece até que vai chover — responde.

Aquilo me faz rir, porque chuva no verão da Califórnia seria um ato divino. Desço da mesa e começo a olhar para os trilheiros na parede. Rostos em tons de sépia desbotados e lustrosos e sob flashes brilhantes. Fico me perguntando onde estão todas essas pessoas. Se sentem falta da trilha. Se fazem listas e elencam percorrer esta trilha como último tópico.

Fico me perguntando se o meu pai está nesta parede.

Fico me perguntando se tenho um lugar nela agora.

258 KRISTIN DWYER

— Será que devíamos tirar uma foto? — pergunto a Rei.

— Não estou com o celular — diz ele.

E é aí que percebo que Rei e eu não vamos levar nada desta trilha que seja *nós*. Nenhuma foto que sequer prove a nós mesmos que estivemos juntos. Que chegamos a ser um "nós".

— Você não precisa ficar aqui esperando — fala Rei. — Eu levo as suas roupas pra você.

Escuto algo em sua voz, algo que não sei bem o que é. Sinto que estamos caminhando na corda-bamba em tudo o que diz respeito a Rei agora. Que basta um movimento para qualquer direção para que despenquemos.

— Tem certeza? — pergunto.

Ele olha longamente para mim antes de responder:

— Sim. Tenho certeza.

Então eu simplesmente assinto com a cabeça e volto para o quarto oito.

Docinho não está aqui, então fico deitada na cama, observando o céu escurecer. O trovão ressoa do lado de fora, então quase não escuto a batida à porta.

Quando a abro, Rei está de pé ali.

Com olhos tempestuosos como as nuvens no céu.

O mapa de nós dois **259**

30

Minhas roupas estão cuidadosamente dobradas em suas mãos e o olhar no rosto dele faz com que eu perca o fôlego.

— O tempo tá esquisito. — Rei repete minhas palavras de mais cedo.

Agora estamos falando do clima.

— O ar?

— Está estranho, não?

Eu não sei, então simplesmente pego as minhas roupas das mãos dele. Rei entra no quarto como se eu o tivesse convidado. Parece haver eletricidade sob a minha pele neste momento.

Ou talvez seja a tempestade.

Coloco a roupa em cima da minha mochila e espero Rei me dizer o que quer, mas tudo que recebo é mais silêncio. Caramba, como eu odeio essa quietude.

— O que está rolando agora? — pergunto.

— Eu trouxe a sua roupa. — Rei fica em silêncio por tanto tempo que acho que vai perguntar o que eu quis dizer, mas então fala: — Eu entendi que não é isso o que você está perguntando, mas não sei o que responder.

Eu me viro para ele.

— O que... isso significa?

O olhar dele se volta para o meu rosto.

— O que você quer que signifique?

Quando volto a falar, é sem qualquer consideração pelo meu orgulho.

— Eu acho que você sabe o que quero que signifique. — Já cansei desses joguinhos. — Se você não quer...

— Quem disse isso?

— Rei.

— Tem coisas que eu... eu preciso...

— Por favor, para. — Eu o interrompo. Não consigo ficar aqui ouvindo ele listar todos os motivos para isso ser uma má ideia. Não quero mais ser associada a algo ruim. — Por favor. Será que a gente pode só não fazer isso e...

Escuto trovões de novo. O estrondo parece sacudir o chão e, um instante depois, ouço o barulho de chuva caindo lá fora. Meus olhos disparam para os dele, também arregalados.

O céu se ilumina por um segundo — um lampejo — e então escurece novamente.

Rei conta baixinho:

— Um. Dois. Três.

Mais um estrondo de trovão.

— O que está fazendo? — pergunto.

— Vendo quão longe o raio está. — Ele passa uma das mãos pelo rosto.

— Tá chovendo — digo. Como é que pode estar chovendo?

O canto da boca de Rei se ergue e seu olhar desce até o lugar onde a minha camiseta deixa minha pele a mostra.

— Sim, eu notei.

Mergulhamos no silêncio, escutando a chuva cair com força sobre o concreto. Dessa vez quando o céu se ilumina, o trovão vem logo em seguida.

Parece um sinal do impossível se tornando possível. Se chuva pode cair na Califórnia durante o verão, então quem sabe há esperança para Rei e eu.

— Eu não gosto muito de raios — digo.

Rei assente ao sentar-se na outra cama.

O mapa de nós dois **261**

— A Docinho não deve demorar a voltar, então você não precisa esperar aqui comigo — digo.

— Não, ela vai ficar com Júnior e Biblioteca essa noite. Eles decidiram... tomar chá de sumiço.

Rei balança as mãos e o céu se ilumina outra vez. Ele conta. Seus olhos se fecham e a boca enumera os segundos em silêncio antes de ele dizer:

— Você é como um raio.

As palavras saem calorosas e suaves, e não bregas como deveriam. Inclino a cabeça para a dele e olho em seus olhos, antes de ele prosseguir:

— Parece que eu estou sempre contando para saber o quão longe você está.

Talvez seja o clima fazendo tudo parecer eletrizante e quente, mas, ao olhar para Rei, só consigo pensar em como eu estou sempre *longe demais* dele.

Eu me levanto e vou até a cama onde ele está sentado, e o seu peito infla. Conheço o corpo de Rei. O jeito como os ombros largos emolduram a sua silhueta. Como o seu abdome se contrai quando ele ri, mostrando os músculos ali. A forma como cerra os dentes, como franze a testa. Gentilmente, estico a mão e traço o seu rosto com os dedos. Quando movo para a sua boca, Rei abre os lábios para mim. Contorno a pele ali com um dedo e lembro da sensação de ter meus lábios ali.

— Eu quero te beijar de novo — sussurro. — Tudo bem?

— Sim — sussurra Rei com as sobrancelhas unidas.

— Eu talvez também queira fazer algo mais. Se você quiser.

Rei lambe os lábios.

— Eu quero você, Mapas. Mas eu só quero o que você estiver disposta a oferecer.

— Você vai me afastar? Vai fugir?

A boca de Rei se abre e vejo a verdade aguardando para ser dita, então, em vez de deixá-lo falar, beijo-o com suavidade ao som da chuva batendo na janela. Faz parecer que estamos em nosso mundinho. Escondidos.

— Eu quero você. Eu quero isso — diz ele.

Em todos os beijos antes deste, Rei tem feito uma pergunta, mas quando nossos lábios se encontram agora, só há respostas. No jeito como a sua língua adentra a minha boca. No som um pouco dolorido que ele faz quando mordo gentilmente seu lábio inferior. Seus dentes mordiscam o meu pescoço e ele só se afasta para puxar a minha camisa por cima da cabeça. Caio de novo na cama e a boca de Rei toca o espaço macio entre meus seios.

Há uma fome em seus olhos quando me observa. Pego a mão dele de novo e a coloco no cós da minha bermuda.

— Eu quero isso.

Ele grunhe e se inclina para me beijar. Posso senti-lo pressionando as partes mais macias do meu corpo. Exatamente onde o quero. Nossos corpos friccionam um contra o outro, cada centímetro do meu se preparando para um relâmpago iminente.

Rei tira a minha bermuda e me vejo ali, nua. Imperfeita. Nem sei como minha aparência deve estar agora, mas Rei respira fundo e vejo a silhueta escura de seu peito se mexer.

— Mapas, você é...

As palavras se perdem quando os seus lábios encontram o ponto logo abaixo do meu umbigo. As mãos de Rei se movem para os meus seios e arqueio as costas para encontrá-las. Isso faz o latejar na base da minha coluna se intensificar e, quando não suporto mais que ele não esteja me tocando em outros lugares, pego a mão de Rei e a coloco no espaço entre minhas pernas. Seus dedos pressionam a pele sensível ali, mas Rei jamais tira a boca do meu corpo.

Ao fazer o caminho pela minha pele com a língua, ele beija a minha boca. O latejar cresce, mais intenso. Estou deixando escapar sons e dando instruções que provavelmente nem fazem sentido. Não consigo evitar e então... meu grito se perde no som da chuva quando alcanço o clímax no topo do mundo.

O mapa de nós dois **263**

Jogo uma das mãos por cima dos olhos e tento recuperar o fôlego. Rei faz menção de se sentar, mas eu o puxo para a frente.

— A gente não... — Ele pigarreia. — Não estou tirando conclusões. Só preciso dizer que a gente não tem nada.

Uma camisinha.

Sorrio. Levo suas mãos aos meus seios outra vez enquanto a minha vai até a sua bermuda. Poderia provocá-lo. Tocar seu membro sobre as roupas, apenas para escutar os sons que ele deixaria escapar, mas sei que está quase lá. Rei cola a testa na minha quando tomo-o em minha mão. Nossas respirações ofegantes preenchem o silêncio enquanto Rei parece dividido entre a agonia e o prazer, mas não demora muito para que ele me alcance no ápice do mundo. Encontro sua camisa e limpo a minha mão nela enquanto ele larga o corpo na cama, tentando recobrar os sentidos.

— Você usou a minha camiseta? — pergunta Rei, ainda sem fôlego.

— Sim — digo a ele, confiante. — Pelo menos tem uma lavanderia aqui perto.

Rei ri, me puxando para ele.

— Você é fogo.

Com ele.

Com Rei, eu posso ser fogo.

31

Uma batida alta ressoa do lado de fora do quarto.

Rei e eu nos sentamos ao mesmo tempo, desorientados e nus.

— Porra — exclama ele, procurando por algo para vestir no chão.

— O carro tá aqui! — É Biblioteca gritando do outro lado da porta enquanto Rei coloca a cueca.

Ele abre a porta. Biblioteca balança a cabeça com um gemido frustrado.

— Vocês tão de sacanagem, porra? O Joe tá no carro. *Agora.* — Ele entrega a Rei sua mochila.

Rei bate a porta e nós dois nos vestimos o mais rápido que conseguimos.

— Porra. Porra. Porra. — Eu coloco minhas roupas e calço os sapatos com pressa e enfio meus pertences na mochila.

Os dedos de Rei envolvem a maçaneta, mas ele se vira para mim.

E, de repente, o tempo para.

Sua mão toca o meu rosto e ele abre a boca. Há algo em seus olhos. Sombrio e ferido. Espero pelo que parecem centenas de anos antes de perceber que o que vai dizer não é algo que eu queira ouvir.

A verdade é algo estranho de se dizer.

O mapa de nós dois **265**

Geralmente, nós não a oferecemos. E mesmo quando alguém diz que quer ouvi-la, isso é mentira.

A verdade deixa você vulnerável.

Rei parece vulnerável.

Ele deixa as mãos caírem, abrindo e fechando os dedos, tentando sacudi-las.

— Rei? — chamo-o como se fizesse uma pergunta.

— Eu preciso... — Ele pigarreia. — Sei que isso provavelmente não é nada de mais, ou talvez até seja, ou... porra.

— Você está me deixando nervosa — digo a ele.

— Eu queria te explicar ontem à noite, mas aí você me beijou e...

Dou uma risada, como um band-aid colado sobre meu medo.

— Você não é casado, é?

Os olhos dele encontram os meus e ele fica imóvel.

— Quero te mostrar uma coisa.

Rei estica a mão até a mochila e pega o seu diário. O mesmo em que ele tem escrito durante a trilha toda. Suas mãos tremem um pouco quando ele o entrega para mim.

— Ok — deixo a palavra escapar com o fôlego que estava segurando enquanto abro o caderno.

Ao folheá-lo, vejo datas e mapas detalhados de diferentes seções da trilha, misturados a desenhos de árvores e descrições de tarefas que ainda precisam ser realizadas. Mas também vejo outras coisas. Meu nome, escrito e tracejado. Descrições de algo que eu fiz. A data em que nos beijamos circulada logo abaixo. Um desenho meu.

— Rei...

Rei volta à primeira página.

— Era isso o que eu queria que você visse.

Rei,

o arrependimento deixa a gente sem tempo para melhorar.

Melhore,

Patrick.

Eu conheço essa letra. Tenho uma lista com esse mesmo garrancho trêmulo. Vi essa assinatura a minha vida inteira.

— Ah, caralho — sussurro, mas é como se cada palavra tivesse sido arrancada de dentro de mim.

— Eu... Eu conheci o seu pai.

Meu estômago embrulha. Franzo a testa.

— Eu não entendo.

Ele respira fundo, mas em vez de expirar, fala:

— Eu sei que o seu nome é Atlas e eu sabia que o seu pai tinha morrido há pouco tempo porque... eu o conheci. Patrick.

Sinto a pulsação nos ouvidos e, de repente, não há mais silêncio. O nome do meu pai acabou de sair da boca de Rei. Ele está escrito no diário em que Rei vem escrevendo.

— Como?

— No ano passado, o Joe fez a gente reabilitar uma parte do rio que dá para o lago.

Sei exatamente qual é o trecho a que ele se refere. Nem preciso que explique isso porque passei milhares de manhãs lá com o meu pai. Antes.

— O amigo do Joe aparecia lá de vez em quando, e ficava sentado numa cadeira e às vezes conversava com a gente.

— Rei. — Quero que pare, mas ele continua falando.

— Ele trazia nossos almoços, café e garrafas de água das quais o Joe reclamava por serem lixo plástico. Teve uma vez em que um cara esqueceu de levar o chapéu, e no dia seguinte o Patrick apareceu com um para repor.

Sinto-me enjoada e coloco uma mão sobre o estômago. Eu me lembro disso. As longas manhãs em que o meu pai sumia para passar um tempo com Joe enquanto eu dormia a maior parte do dia. Eu não tinha me dado conta de que estava desperdiçando horas com o meu pai. Horas que ele passou com *Rei*.

O mapa de nós dois **267**

— Ele era só um amigo doente do Joe. Mas ele era engraçado e, sempre que estava por perto, o Joe era mais tranquilo de lidar. E ele às vezes falava de você. Da filha dele, Atlas.

Engulo um nó na garganta, escutando esses pedacinhos preciosos do meu pai sendo repetidos por um estranho. Seria Rei um estranho? Passo os braços, bem apertados, ao redor do meu corpo, sentindo o mundo oscilar sob meus pés. Sempre me lamentei por essas manhãs, mas imaginava que o meu pai passava aquele tempo com Joe. E não conversando com garotos aleatórios à beira do rio. Raiva inunda as minhas veias. Não, raiva não. Ciúmes.

— Ele era bom com a gente e me fazia sentir como se... — Rei sacode a cabeça. — Quando o seu pai morreu, fiquei sabendo do funeral. Eu vi você lá com o Joe.

Ai, mentira. Meu estômago embrulha de constrangimento. Quando colocaram a música favorita dele para tocar, eu chorei tanto que precisei ser tirada da residência. Nunca estive tão no fundo do poço quanto naquele momento, e Rei o testemunhou. Sinto como se ele sempre tivesse conhecido um segredo meu.

— Que porra de música idiota — digo.

Rei troca o peso nos pés.

— Eu sei quem você é desde que nos conhecemos. Você... — Ele morde o lábio como se tentasse conter as emoções. — Você estava com os meus cigarros.

O segredo do meu pai.

Os cigarros.

Não eram dele. Eram de *Rei*.

— Porra.

— Seu pai tomou o maço de mim no rio certo dia e brigou comigo, falando de câncer e de como eu estava sendo um idiota e desrespeitando todo mundo com quem eu trabalhava. Eu me senti um merda. — Lágrimas enchem os seus olhos. — Lá estava eu, fumando enquanto literalmente observava essa cara bacana morrer de câncer. No dia seguinte, eu pedi desculpas e foi aí que ele me disse para não me arrepender e, sim, melhorar.

Isso não pode estar acontecendo.

— E daí você apareceu, com os meus cigarros na mão. Como a porra de um sinal.

Minha mente rodopia com tudo o que Rei me diz. E tudo o que ele não diz.

— Eu queria te contar, mas... cacete. — Ele passa uma mão pelo rosto.

Nem sei o que dizer. Eu me sinto humilhada, enganada e violada, e ele me vem falar de sinais? Encontro a minha voz.

— O Biblioteca sabe? — pergunto.

Rei abaixa a cabeça e assente uma vez.

É tão injusto. Rei sempre enxergou a garota que venho tentando esconder. Ele pode ver o meu coração. Essa coisa despedaçada sangrando no chão. Rei vem o observando tentar bater em desespero.

Mas Rei?

— Eu não sei nada sobre você — digo a ele. — E agora você vem me dizer que estava presente em um dos piores dias da minha vida?

— Eu nunca, jamais menti para você. — Cada palavra é pontuada por sua sinceridade.

— Você mentiu quando fingiu não saber quem eu era.

— Todo o resto foi verdade, Atlas.

Recuo como se ele tivesse me dado um tapa.

— *Não* me chama assim. Não ouse, porra!

— Mapas — corrige-se ele.

— Você não me conhece só porque passou um tempo com o meu pai ou sei lá o quê. Vai se foder. — Arrasto cada consoante e as vogais saem exageradas. — Sério, vai se foder por dizer o meu nome desse jeito. Como se você conhecesse a *Atlas*. Você não sabe nada sobre ela.

É tudo verdade. A garota no funeral do pai dela e aquela sobre a qual ele falava... não consigo encontrá-la desde então.

— Me desculpa. Eu só... — As mãos dele vão parar no cabelo.

Rei parece... assustado? Magoado? Preocupado? Como poderia sentir quaisquer dessas coisas? Como, quando foi ele quem mentiu para *mim*?

Respiro fundo.

— Eu sabia que isso jamais poderia ir mais além. Não faço ideia do motivo pra você ter decidido limpar a sua consciência agora. Você vai pro Alasca e deixou bem explícito que nós não seremos mais do que isso.

Estou perdida em meio a todos os meus sentimentos, então paro de falar. Só consigo imaginar Rei no funeral do meu pai. Por mais que eu vasculhe as memórias, mal consigo me lembrar de qualquer coisa daquele dia. Tanta gente me abraçou, me oferecendo histórias do meu pai que mal consegui escutar. Teria Rei sido uma dessas pessoas?

Saio do quarto e dou de cara com Biblioteca, Docinho e Júnior parados do lado de fora da porta. Com Joe. É óbvio que eles escutaram cada palavra. Todos encaram o chão. Todo mundo, menos Joe.

— Mapas — diz ele.

— Não. Vai se foder. — Tenho a intenção de soar raivosa, mas as palavras saem feridas e cheias de mágoa. — Vão se foder, todos vocês.

E eu vou embora da Trilha de Western Sierra.

Porque todos os meus finais estão destinados a serem brutais e trágicos.

32

Vejo a minha mãe antes de ela me ver.

Mexendo no celular, sentada no carro. E consigo enxergar o fantasma sentado ao seu lado, o espaço no qual meu pai devia estar. Estou furiosa por ele não estar aqui para me buscar. Mordo o interior da bochecha com toda a minha força e tento me concentrar nessa dor em vez de no buraco imenso em meu coração.

Mas não consigo segurar as lágrimas. Meus pés tocam o asfalto e, como se pisasse em outro mundo, logo estou de volta ao lugar que deixei.

Como se nada tivesse mudado.

Minha mãe sai do carro antes que eu a alcance. Ela me envolve em seus braços.

Eu choro. Por tanto tempo que eu deveria ficar envergonhada. Ela sussurra para mim, coisas suaves, gentis e tranquilizantes. Exatamente como uma mãe deve fazer. É só que eu sinto uma saudade imensa do meu pai. Não consigo evitar. Eu só queria que ele estivesse aqui, mesmo que esse momento nem sequer tenha importância. Eu apenas sinto saudades. Sinto saudades dele. Eu sinto falta dele.

— Oi, meu amor — diz ela no meu cabelo. — Quanto tempo.

Enterro os dedos no suéter dela e conto até dez antes de soltá-la. Seu cheiro é o mesmo e o abraço dela é exatamente igual aos que conheço a vida inteira. Igual ao que me ofereceu quando parti.

Entramos no carro e fechamos as portas.

E vamos embora de Bear Creek.

Não consigo parar de sentir como se tivesse deixado algo passar.

Certa vez, quando eu tinha cinco anos, meu pai e eu passeávamos de carro por uma estradinha secundária. Ele gostava de compartilhar pequenas curiosidades comigo enquanto passávamos por diferentes lugares. Ele diria que os campos ao lado eram cheios de morangos ou que o prédio grande na beira da estrada era um criadouro de peixes e então explicaria como é que o salmão nada contra a corrente do rio ou que espécies de árvores se alinhavam em um riacho. Nesse dia, ele me explicou que a flor do nosso estado era a papoula-da-califórnia e que era proibido pegá-las pois eram protegidas por lei.

Especiais.

Mas então ele parou o carro e saiu.

— Só umazinha pra sua mãe — disse, com uma piscadela. — Porque ela é especial.

Chorei quando ele a arrancou do solo e voltou à caminhonete. Meu pai tinha feito uma coisa ilegal e agora teria que pagar por ter infringido a lei.

— O que foi? — perguntou ele, surpreso.

— Eu não quero que você seja preso — chorei, agarrada à sua camisa, pressionando meu nariz molhado nela.

— Ah — sussurrou ele, me puxando em um abraço mais apertado. Ele cheirava a couro e ao tabaco dos seus charutos. — Eu não vou a lugar algum, meu amor. Prometo.

Prometo.

Eu não acredito em promessas.

São duas horas de viagem de volta para casa. Minha mãe nem pergunta antes de estacionar em uma lanchonete. Como o meu hambúrguer duplo tão rápido que acho que nem sinto o gosto. Ela pede um milkshake napolitano para mim e faz uma careta quando misturo todos os sabores na boca.

— O seu pai estragou você.

Ela fala isso de brincadeira, mas me pego repetindo suas palavras em minha mente sem parar, até ficarem gravadas lá.

Meu pai me estragou mesmo. O câncer e a morte dele me *estragaram*.

Fico olhando pela janela para o sol no céu, me perguntando se consegue me alcançar por trás de tanto vidro e metal percorrendo a via expressa.

E logo estamos em casa. Há crianças andando de bicicleta. Na rua, o cheio do asfalto e da grama e de alguém fazendo churrasco.

Finalmente retorno para onde eu queria. Tudo parece familiar e... acho que não consigo me obrigar a atravessar a porta. Minha mãe me observa da soleira, parada ali com a minha mala prateada.

— É só uma casa — diz ela. — Dói. E às vezes não dói.

Às vezes.

Entro e prendo o fôlego. Dentro da casa, nada está como eu me lembro. Ela parece menor. O leito hospitalar do meu pai se foi. Assim como os comprimidos no balcão, o seu suéter no gancho de casacos. Mas as chaves dele ainda estão no aparador ao lado da porta. Seus calçados se foram, mas não as marcas desgastadas na parede onde ele pressionava os sapatos para removê-los.

A poltrona dele ainda está ao lado da janela, mas ele não.

Meu coração dói, mas o tempo passou.

Os braços da minha mãe me envolvem, sem dizer uma única palavra, e percebo que ambas fomos deixadas com uma poltrona vazia. Finalmente paro de comparar a minha dor com a dela. Elas se misturam como tinta na água e se transformam na mesma mágoa. Compartilhada.

Finalmente, vou para o meu quarto e a minha mãe decide que devíamos pedir comida fora. Ela pede o prato favorito do

O mapa de nós dois **273**

meu pai e me pergunto se é por força do hábito ou se é porque quer se lembrar dele nos detalhes.

No fundo do meu armário, estão as cinzas do meu pai. É estranho pensar no fenômeno colossal que ele era numa caixinha tão pequena. Mas, na verdade, isso é apenas um pedacinho dele. Minha mãe enterrou a maior parte das cinzas no centro de um mausoléu gigantesco com cheiro de poeira, morte e decomposição. E mesmo que sua lápide esteja no roseiral, não existe nenhum universo em que o meu pai teria gostado de descansar lá.

A quietude também difere muito das demais memórias que tenho dele. É um lugar silencioso e cheio de reverência, com uma imensa tristeza flutuando no ar e caindo como uma névoa.

Mas a minha mãe disse que era legal ter um lugar para visitar.

Há algo nessa situação que nunca me deu a impressão de ser o adeus que eu queria dar para o meu pai. Então agora ele está enfiado em papelão e fita adesiva atrás dos casacos de inverno que eu nunca uso.

Tiro a roupa e paro em frente ao chuveiro, finalmente a sós. O banheiro começa a se encher de vapor. E sei que é idiota, mas... Esse banho me dá a sensação de estar perdendo o que me resta de Rei.

Será que ainda vou conseguir sentir o cheiro dele na minha pele?

Entro no banho.

Mas não tenho coragem de lavar a sujeira de debaixo das unhas. Sujeira que atesta que eu estive lá. Na trilha. Eu consegui.

Seco o cabelo e pego a lista do meu pai no bolso traseiro. Está dobrada e macia de suor, tempo e de mim.

Posso riscar a trilha agora. Mesmo que ele não estivesse comigo, a memória ainda está viva por lá. No item acima, passo um dedo sobre *Observar da praia os pássaros voarem para o sul*.

E sei o que quero fazer.

No dia seguinte, minha mãe me deixa no aeroporto, me desejando uma viagem tranquila. Esqueço os fones de ouvido e sou deixada a sós com os meus pensamentos enquanto encaro as nuvens da minha janela.

Fico me perguntando se Rei estará em um avião para o Alasca. Finjo que não tenho um milhão de coisas para contar para a minha mãe e decepcioná-la.

Quando aterrisso na Flórida, olho para o céu azul sem nuvens e sei que hoje é um dia perfeito para dizer adeus.

A caixa com as cinzas do meu pai fica ao meu lado no banco do Uber. *Patrick James* está escrito em cima, em uma fita crepe bege que está soltando nas beiradas. Passo os dedos pela tinta preta do marcador permanente que soletra o seu nome.

Quero oferecer ao meu pai algo que ele iria apreciar.

Um homem bochechudo com uma barriga avantajada que escapa pela bermuda me diz que não tenho permissão de alugar um jet-ski nem de ir para a ilha porque a terra lá é protegida por lei.

— O que você quer fazer lá?

— Eu quero ver os pássaros.

— Pássaros? — Ele parece confuso.

— Meus pais ficaram noivos lá ao pôr do sol, e os pássaros...

O homem ri.

— Que povo estranho. Ninguém vai lá, além de adolescentes querendo ficar chapados ou biólogos.

Mas ele sussurra para mim que posso alugar um barco a remo.

Ofereço-lhe o meu cartão de crédito e começo a remar. É bem mais difícil do que parece. Exige um ritmo, que eu simplesmente não tenho. Quando enfim consigo fazer com que a canoa vá para a direção que quero, já é fim de tarde. Saio da água e puxo o meu barquinho para terra firme. A ilha é coberta de plantas e árvores grossas de aparência sinistra, mas há uma pedra com o nome de pessoas e datas gravadas. Leio enquanto espero o sol se pôr. Me sento na praia e deixo meus pensamentos fluírem.

Penso na lista do meu pai de coisas a fazer antes de morrer. Penso em como ele falava dessa praia. Afasto um inseto que sobe pela minha perna e solto um gemido. Imaginei esse momento acontecendo de um jeito diferente. Imaginei o céu azul se dissipando em uma luz suave e talvez com uma melodia de piano ao fundo. E não esse calor e essa areia que me dá coceira e esses barulhos esquisitos que vêm de algum lugar além das árvores.

— Cheguei, pai — digo para o céu. — Cheguei e... espero que não seja tarde demais para a migração dos pássaros que você viu.

Encontro um espaço entre duas pedras que parece um bom lugar e cavo um buraco. Não tem ninguém aqui para me escutar conversar com o meu pai, então conto a ele tudo sobre a trilha. As partes boas, as ruins, mas não as partes sobre Rei. Essas, eu guardo para mim.

Quando posiciono as cinzas do meu pai no buraco, fico olhando para elas. Será que eu deveria espalhá-las? Não consigo nem honrar a memória do meu pai direito.

— Merda.

Seco a testa com as costas da mão e então a vejo.

No meio de diversas flores silvestres está uma papoula. Laranja brilhante e aberta.

Eu não vou a lugar algum. Prometo.

Meus dedos envolvem o caule da papoula e eu a arranco do solo. Porque ele estava errado. Ele se foi.

— Você mentiu — digo para a caixa. — Você é um *mentiroso*.

Que nem eu. Que nem Rei. Que nem todo mundo, acho.

Jogo terra por cima das cinzas até não poder mais ver a caixa e então atiro a papoula no topo.

— Pronto.

Deito de costas no chão, cercada pela minha carnificina. Lágrimas escorrem pelo meu rosto, escorrendo no meu cabelo e nas orelhas de um jeito desconfortável. Grama, areia e galhos cutucam as minhas pernas e costas. Estou com tanta raiva. Tanta mágoa.

E tanto medo.

Tenho medo de que, se eu mostrar a alguém o quão machucada estou, isso nunca mais pare de doer. Um buraco da minha dor vai se abrir e me engolir. Eu temo o que está do outro lado desta mágoa.

Medo do vazio que significa que ele realmente se foi.

Mas não são momentos como este, os dias ou feriados programados com poltronas vazias, que machucam mais. São os momentos inesperados. Aqueles que pegam a gente desprevenido, que parecem surgir do nada. Os dias em que você não está preparado. Quando você pega o telefone para ligar para a pessoa porque quer contar algo a ela, mas então lembra que ela não vai atender. Quando você tem um lampejo dela no canto do olho.

Esses são os momentos que nos atingem como facas, dentes e veneno.

O céu é de um azul brilhante salpicado de nuvens brancas. Posso ver a lua, pequena e branca em um mar cerúleo. Hoje é um dia perfeito para dizer adeus. Qualquer pessoa enxergaria isso. Vou deixar o meu pai aqui e vai ser perfeito. Meu pai entre as papoulas. Algo só para nós dois.

Algo que — se alguém perguntasse — soaria como uma história tocante. A pessoa talvez até me oferecesse aquele olhar que eu odeio. Mesmo se os pássaros não aparecerem.

— Eu odeio essa ilha — digo para a terra cobrindo a caixa do meu pai enquanto continuo a chorar. — Eu odeio as papoulas. Odeio céus azuis e o oceano e, principalmente, a porcaria da lua. Eu odeio que você morreu. E, mais do que tudo, eu odeio que você não esteja aqui para me ajudar a lidar com isso.

O mapa de nós dois **277**

Eu deveria me despedir do meu pai e deixá-lo aqui. É um dia perfeito.

Mas não tem nada que eu odeie mais do que me despedir.

A cor do céu muda para um amarelo suave e sei que o sol está finalmente se pondo. Um som rodopiante, que lembra o de um enxame, preenche o ar. Escuto um chilreio e de repente o céu é pintado de preto.

Os pássaros. Eles revoam em fluxos grossos e uniformes. Fazem círculos acima de mim e dão rasantes e o meu pai estava certo. Isso é lindo. Criaturas escuras deslumbrantes se destacando contra um céu cor-de-rosa como confetes espalhados no ar. Queria que ele e a minha mãe pudessem estar de pé aqui e erguer os olhos para os pássaros enquanto refazem seus votos um com o outro, sentindo que o seu amor é incontável e livre como os pássaros.

No entanto... não são pássaros. São morcegos. Milhões de... morcegos.

Porra de morcegos. Será que ele sabia? Será que a minha mãe sabia? Os pássaros que eles achavam ter tido a sorte de observar migrando eram, na verdade, pequeninos mamíferos alados.

Caralho, que ótimo.

Uma risada borbulha de dentro de mim, suave a princípio, antes de se transformar numa gargalhada de doer a barriga. Eram morcegos. Meus pais noivaram debaixo de um milhão de morcegos. Considero a ideia de desenterrar o meu pai, mas de algum modo os morcegos parecem combinar mais do que tudo.

— Bem-feito, ninguém mandou ter morrido — digo para o montinho de terra com a papoula em cima. E sei que isso está certo. Que sempre foi para isso acontecer.

Porque, sendo sincera, eu odeio dias perfeitos.

33

O mundo não para. Ele segue em marcha por horas e dias.

O luto não está nem aí para o tempo.

Da poltrona do meu pai, vejo o sol nascer e se pôr e nascer e se pôr e nascer e se pôr outra vez. Dias passam por mim em riscas de luz e sombras que se esticam e repuxam no carpete desbotado. Reality shows toscos me fazem companhia. Algo em que não preciso me concentrar, mas que sussurram bem baixinho para mim que não estou sozinha.

Mentalmente, consigo escutar o meu pai reclamando do conteúdo das coisas que assisto. E faço algo que não cheguei de fato a fazer desde que ele morreu: eu me permito ficar triste. Durante programas de auditório com duplas de pai e filha. Durante comerciais de cereal. Quando a minha mãe me pergunta se quero tomar sorvete da sorveteria favorita dele.

Leio *O chamado selvagem*. Tento curtir a leitura, mas não consigo. Não tem nem um beijinho sequer nesse livro e digo à memória do meu pai que o livro favorito dele é uma chatice.

Paro de pedir ao meu luto que faça sentido.

Digo à minha mãe que quero obter uma certificação GED, que equivale à formação no ensino médio.

Ela não insiste nem comenta nada. Apenas me deixa respirar e ser.

E penso em Rei.

O mapa de nós dois **279**

Quando fecho os olhos, vejo a forma como os feixes de luz brincavam em sua pele quando nos sentávamos às margens do rio sob a luz da lua. Vejo-o na luz suave na manhã que bate no verde brilhante das árvores. Vejo o espaço côncavo entre sua mandíbula e o ombro, perfeito para apoiar a minha cabeça.

Nossa última conversa se repete sem parar na minha mente.

Fico me perguntando se ele foi para o Alasca. Fico me perguntando se eu ficaria feliz ou triste se ele não tivesse ido.

Participo de um grupo de apoio ao luto, onde me sento em cadeiras de plástico, bebo copos de limonada e como biscoitos amanteigados de supermercado. Não com a minha mãe, mas com outras pessoas que perderam uma figura parental. Algumas são velhas, outras são mais jovens, mas todas me deixam falar, ou não falar, o que eu quiser.

Certo dia no grupo, eu explodo. O assunto é louça. Como o meu pai jamais teria brigado comigo por colocar a louça do lado errado da pia e então isso acaba bifurcando em todas as maneiras como a minha mãe tem falhado. Pressiono a dor como uma ferida. Digo ao grupo que ela acha que está mais machucada do que eu e que eu a odeio por isso. Eu a odeio até mesmo quando ela é gentil. Eles me deixam reclamar e chorar e tagarelar e dizer coisas que não acredito de fato, mas que acredito sim.

E quando termino, uma mulher de cabelo escuro trançado me entrega mais um lencinho e diz com gentileza:

— Eu sinto muito, Atlas. Eu só consigo imaginar a dor de vocês duas. Especialmente a da sua mãe. Imagino que seja difícil para ela ser constantemente comparada com o fantasma perfeito do seu pai.

Ela não fala isso em um tom de reprovação, apenas como uma possível razão para a minha mãe agir do jeito como age.

Mas não consigo tirar isso da cabeça. O fantasma perfeito do meu pai, congelado no tempo e infalível. Minha dor é justa, mas a da minha mãe também é.

Há honestidade nisso tudo. E, pela primeira vez, o meu luto é honesto.

As coisas mudam lentamente entre nós, mas de maneiras certas.

Minha mãe sacode a cabeça e diz que o meu pai ficaria *decepcionado* comigo. Quando respondo: "Pois é, mas ele morreu", é mais com raiva do que pesar, e ela quase parece aliviada.

Planejamos uma viagem só nossa para Nova York e risco este item na lista do meu pai.

Consigo um emprego numa cafeteria. Não é a vocação da minha vida, mas me ajuda a guardar dinheiro e exige que eu saia de casa. Minha mãe finge não ficar extasiada por eu estar socializando e eu a deixo achar que não percebi.

Eu sorrio para as pessoas, eu rio e faço amizade com colegas de trabalho que não sabem nada a meu respeito. Conto a eles a verdade. Sobre o meu pai, sobre Rei e Bear Creek e a escola. É... legal. Às vezes eles me dão olhares de pena, às vezes, não. Fico esperando pelo desconforto da vergonha, mas ele nunca vem.

Estou crescendo, mesmo que algo esteja faltando.

Mesmo que eu ainda durma vestindo a camisa de Rei, que sem querer acabou parando nas minhas coisas.

Joe aparece certa tarde.

Não consigo deixar de ter a impressão de que é como uma verificação de serviço social. Ele tentando garantir que eu e a minha mãe não nos tornamos reclusas.

Ele para na varanda, de banho tomado e barba raspada. Quase parecendo uma pessoa completamente diferente, a não ser pela carranca.

— Fora da Lei.

Meu olhar vai dele até o seu jipe. Vazio. Não consigo evitar que o meu estômago se revire de decepção. Eu estava torcendo para ver Rei, algo que surpreende até a mim mesma.

O mapa de nós dois **281**

— Bem — diz Joe, balançando a cabeça. — Esse olhar diz tudo o que eu preciso saber.

— O que você quer? — pergunto a ele, me apoiando no portal.

— Precisamos conversar.

Abro espaço para ele entrar, mas Joe sacode a cabeça.

— Eu não quero... Vamos dar uma caminhada.

— Joe — reclamo. — Eu parei com essa história de caminhar. Talvez pra sempre. Foi só o que eu fiz naquela trilha.

Aponto para as duas cadeiras de balanço na varanda que a minha mãe precisava comprar, mas que ninguém nunca usa.

Joe parece querer discutir, mas muda de ideia e se senta na cadeira. Seus olhos ficam voltados para a entrada da garagem.

— Tem vezes que eu juro que vou vê-lo. Especialmente naquelas montanhas.

Mordo o interior da bochecha.

— Com aquele chapéu de pescador idiota que ele sempre usava e uma vara de pescar na mão. — Joe funga.

Ficamos em silêncio lembrando de partes diferentes do meu pai antes de eu finalmente dizer:

— Você me enganou.

Ele respira com pesar ao meu lado e une as mãos. Um polegar esfrega o outro.

— Nem tudo é sobre você.

— O quê?

Joe se inclina para trás e encara a rua como se tivesse as respostas.

— Eu não quero soar babaca, mas Rei e Biblioteca terem conhecido o seu pai não tem nada a ver com você.

— Ele era o meu *pai*.

— E ele era Patrick para eles. Só porque ele era algo para você isso não o torna menor na memória de outras pessoas. Mas, de qualquer forma, você não está com raiva disso, Fora da Lei. Você está com vergonha.

Ele fala isso como um fato, como se dissesse que o oceano é profundo.

— Aquela história de apelidos não era pra que ninguém conhecesse ninguém? — pergunto.

Joe ri e balança a cabeça.

— Sabia que os apelidos foram ideia do seu pai? Ele leu isso num livro ou uma merda assim.

Dou risada, porque é óbvio que isso foi coisa dele. Meu pai amava apelidos. Bastava falar com ele duas vezes na vida para ele te arranjar um. Ele dizia: "Os apelidos não são para as pessoas, são para mim. As pessoas se lembram de quem as chama por um nome especial e eu quero ser lembrado."

Mas não foi até muito mais tarde que eu percebi que ele estava completamente enganado. Os apelidos não tinham só a ver com conhecer alguém bem o bastante para chamá-lo de algo que só faria sentido entre vocês nem eram apenas sobre lembrar do homem com chapéu de pescador que sorria para todo mundo, apesar de ter perdido todo o cabelo.

Tem a ver com algo maior.

Nossos nomes são como amarras permanentes ao que somos e às coisas que nos foram ditas que nos definem. Mas, sem esses nomes, você pode ser Sardas, a garota que faz a melhor xícara de café do mundo. E não a garota com um namorado escroto. E você pode ser Band-Aid, uma enfermeira que ri das piadas do meu pai todos os dias.

E não a enfermeira que observa alguém morrer lentamente.

Apelidos são importantes.

Penso nos meus amigos, Docinho, Biblioteca e Júnior.

E penso em Rei.

Sinto a minha coragem subir como a maré. Devagar, mas certeira.

— Posso... Posso te perguntar uma coisa?

Joe nem mesmo olha para mim ao assentir.

— Aham, o Rei foi pro Alasca.

—Ah.

Tento organizar as emoções que disparam por mim como balas, me ferindo. Concentro-me na maior ferida.

Saudades. É como o desejo de tocar uma estrela no céu. Consigo ver sua lembrança, mas não consigo agarrá-la. É uma dor conhecida.

— Se você estava preocupada por causa do que aconteceu com vocês na trilha...

— Não estava.

Joe olha para mim agora.

— Sei. — Ele estica a mão até o seu bolso traseiro e puxa uma garrafa praticamente vazia com um líquido dourado dentro. Joe sorri ao erguê-la para mim. — Seu pai e eu tínhamos uma tradição de mandar um ao outro a pior garrafa de bebida que conseguíssemos encontrar. Em novembro, eu estava no México e... eu sabia que o seu pai estava mal, mas... — Ele sacode a cabeça. — Comprei essa garrafa de tequila duvidosa, do tipo que vendem pra garotada nas férias de verão ou pra turistas. Com larva dentro. Eu pensei: "Bem, se eu comprar isso, ele não pode morrer."

Joe pigarreia.

— Bebi a maior parte dessa garrafa ontem à noite. Foda-se o seu pai por ter morrido.

Pego-a da sua mão; a larva petrificada no fundo parece ter começado a se desintegrar. Sem pensar, desenrosco a tampa e dou um gole.

— Ei — reclama Joe, mas sem muita energia. — Você não pode pegar a minha bebida. Caramba, Fora da Lei.

Ele toma a garrafa das minhas mãos e a fecha antes de enfiá-la de volta no bolso.

— Às vezes você tem que deixar as coisas onde estão. Às vezes, é mais inteligente saber quando beber a garrafa inteira e ir embora.

— Eu não vou ligar para ele — digo, porque sei que está falando de Rei. — Eu nem tenho o número dele.

Minha voz sai suave e abaixo os olhos para as palmas das mãos quando digo isso, como se fosse encontrar algum segredo escrito ali. Meu nome? Mas só o que me restam são as cicatrizes desvanecidas nas mãos.

— Eu não estou falando dele, Fora da Lei. Estou falando da sua raiva.

34

Biblioteca me encontra pouco antes do Halloween. Não temos outono de verdade na Califórnia, só um dia em que todas as folhas decidem cair de seus galhos. As estações não são muito marcantes por aqui.

Estou vestindo suéter em protesto, como se eu pudesse exigir outonos de verdade com meu protesto.

Será que está frio no Alasca? Será que Rei está vestindo camadas e mais camadas de roupa?

Estou servindo as doses quando vejo o nome na lateral do copo. *Biblioteca*. Passo o polegar pelas letras como se as estivesse imaginando, mas quando ergo o olhar, ele está de pé em frente ao balcão. Nenhum oi nem sorriso; Biblioteca simplesmente aponta para um lugar ao lado da janela.

Ele fica lá durante meu turno inteiro, bebendo o mesmo copo de café.

Quando termino o meu expediente, faço um para mim, daqueles com um coração de espuma em cima. Tenho tentado decidir se sou o tipo de pessoa que gosta de café doce.

Cada passo na direção de Biblioteca parece importante. Parecem escolhas. Ele sabe disso também, porque me observa até eu me sentar na cadeira à sua frente.

— Belo suéter. — É o que ele diz em vez de "olá" ou "Onde caralhos você estava". Isso é tão a cara dele que nem consigo ficar irritada.

Pego o copo com as duas mãos e ergo-o até a boca.

— Estou fingindo que está chovendo. Se você desejar algo com muita força, ela acontece. — Beberico o meu café.

Parece até que alguém derreteu um bolo no meu copo.

Biblioteca me dá um sorriso, como se o estivesse contendo esse tempo todo.

— Você não curtiu muito esse café.

Respiro fundo e olho de verdade para Biblioteca. O bronzeado diminuiu em seu rosto e ele veste uma camiseta Henley castanha-avermelhada que parece desgastada e aconchegante, mas falsamente quentinha. Estamos na Califórnia, afinal. Ele está diferente aqui. Não é o garoto com camisa de anime ou de banda, mas alguém mais velho e mais suave. Alguém que não precisa se cobrir com tanto arame farpado como antes.

— Estou tentando descobrir o que é que eu curto — digo.

Ele dá um gole e faço a mesma coisa, erguendo meu copo como se o espelhasse inconscientemente.

— Joe te disse que eu estava aqui? — pergunto.

— Não. — Ele abaixa a caneca dele e lambe os lábios. — Eu não tenho falado com o Joe.

— Você mora por aqui?

Biblioteca nega com a cabeça.

— Estava procurando por você — diz.

Há algo na forma como fala isso que me faz entender que ele não está me provocando. Ele realmente esteve procurando por mim. Não consigo lembrar da última vez que esperei que alguém me procurasse.

— Por quê? — pergunto.

Biblioteca respira fundo e faz uma careta como se as palavras seguintes doessem fisicamente:

— Porque eu senti *saudades* de você.

Fico tão surpresa que nem consigo falar nada. Biblioteca é a última pessoa que eu esperaria que sentisse saudades de mim.

Ele franze a testa.

O mapa de nós dois **287**

— Ninguém nunca sentiu sua falta antes?

— Isso não...

— Eu sei — interrompe Biblioteca. Ele suspira. — Eu, Docinho e Júnior... Todos sentimos saudades.

Ele não menciona Rei, mas não precisa.

Passo a língua nos dentes.

— Eu estava precisando resolver umas coisas.

— E quem não precisa? — Essa verdade é acompanhada de uma risadinha.

E de repente eu acho que sei por que Biblioteca está aqui. Meu pai. Algum tipo de lealdade equivocada.

— Se está aqui porque você...

— Caramba, Mapas. Você é uma idiota mesmo.

Se é assim que Biblioteca vai agir, cheio de perguntas e acusações, não quero ficar por aqui. Minha boca se abre para dizer que foi legal falar com ele e inventar uma desculpa para ir embora quando ele diz:

— Quer assistir a um filme? — Ele aponta com o polegar por cima do ombro para um prédio do outro lado do pátio onde se localiza a cafeteria.

— Um filme? — repito. — Tipo, num cinema?

— Sim, é que nem o seu celular, só que *grande*. — Ele abre bem os braços, como se demonstrasse a escala gigantesca de um telão.

Não. Não quero ir a um cinema.

— Só você e eu — diz ele. — Prometo.

Parece ridículo. Eu nem curto muito filmes. Mas... Posso ficar com Biblioteca sem precisar conversar e, como tudo relacionado a ele, acho que percebe que isso é o máximo com que consigo lidar agora.

— Por quê?

— Porque a solidão é um saco. — Ele não aponta a palavra para mim. Em vez disso, direciona-a ao céu, como se eu e ele estivéssemos do mesmo lado.

— Quando?

Ele tira o celular do bolso e confere alguma coisa.

— Vai passar um daqui a vinte minutos.

Não pergunto que filme é. Não importa de verdade. Biblioteca e eu pegamos refrigerantes imensos, pacotinhos de doces e uma pipoca grande para dividir.

Quando o filme termina, ele me pergunta se eu quero ver outro. Assistimos a três filmes e somos os últimos a ir embora. Jovens com vassouras e uma lixeira gigantesca ficam parados do lado de fora do cinema, e o céu está preto quando saímos. Imagino que Biblioteca vá sugerir que façamos planos com Docinho ou que liguemos para Júnior. Em vez disso, ele só diz:

— Semana que vem? No mesmo lugar?

Concordo e, até quando estou indo embora, não tenho muita certeza do que acabei de aceitar.

Mas isso vira um lance nosso. Sentar num cinema sem conversar, comendo um monte de doces e às vezes cachorros-quentes.

— Tem uma piada com salsichas em algum lugar por aqui, só esperando para ser dita — comenta ele.

— Júnior saberia onde encontrar.

Biblioteca me olha como se eu tivesse realmente feito uma piada. E talvez eu tenha mesmo. É a primeira vez que um de nós menciona Júnior.

— Você e ele...? — pergunto.

Biblioteca olha para a porta.

— Sim.

Quero saber se eles conversam com Docinho. Se saem juntos, se moram próximos, se veem filmes. Quero saber se sabem como Rei está. Mas acho que todas as minhas perguntas ficam presas em algum lugar nas Sierras.

— Estamos vendo os filmes da Marvel.

Sorrio.

— Ele está gostando?

O mapa de nós dois **289**

Biblioteca me lança um olhar sério.

— Ele não para de fazer perguntas.

É claro que não.

— Ele ainda está com o Joe?

Biblioteca assente.

— Ele está tentando encontrar um apartamento perto da faculdade.

Um sorriso afetuoso toma conta do meu rosto.

— Ele conseguiu. Pelo visto descobriu o que era um FAFSA.

Estar com Biblioteca não é menos solitário, mas dá a impressão de que compartilhamos alguma coisa. Passamos fins de semana assim, nunca durante a semana. É estranho ver Biblioteca em roupas limpas, de calças e agasalhos da moda e Vans. As pessoas viram a cabeça na nossa direção quando passamos por elas, mas ele não parece perceber. Aqui fora, ele é bonito de um jeito meio taciturno. Me pergunto se sou diferente aqui também.

E certo dia, em novembro, Biblioteca me pergunta o que vou fazer no Dia de Ação de Graças. Minha mãe e eu temos planos de ir para a casa de uma amiga dela do grupo de apoio ao luto. É importante não passar sozinho o seu primeiro feriado sem um ente querido, mesmo que passemos a maior parte da noite falando sobre as pessoas que não estarão lá.

Não quero ir.

Minha terapeuta diz que não tem problema expressar que eu prefiro fazer algo diferente. Ela chama isso de *estabelecer limites*. O que é basicamente apenas *não* fazer algo que você não quer.

— Nada — digo a Biblioteca, e a sensação é boa.

Ele pega o meu celular e o ergue em frente ao meu rosto para desbloqueá-lo.

— O jantar é às três porque aparentemente é obrigatório comer o dia inteiro nos feriados. — Ele digita seu número de telefone e o endereço. — Espero que você dê as caras, mas se não der, a gente devia ir ao cinema na Black Friday. — Ele dá um tapinha na minha bochecha. — Me manda uma mensagem.

E é o que faço.

No Dia de Ação de Graças, me vejo de pé do lado de fora da casa de Biblioteca. Há um balão gigantesco de peru no quintal e não consigo entender como cheguei aqui. Não na casa de Biblioteca, mas nessa amizade estranhamente confortável que cultivamos. Do tipo que consiste em silêncios e na ausência de expectativas. Biblioteca é como um cobertor que coloco sobre os ombros quando simplesmente quero me sentir confortável.

Rio e penso que seu apelido deveria ser Cobertor.

Biblioteca se transformou em *um dos meus*.

Os barulhos saindo pela porta vermelha aberta são altos e caóticos. O exato oposto do tempo que passo com Biblioteca, mas acho... Acho que é disso que eu preciso.

Na porta, um rosto que parece ser o de uma Biblioteca fêmea mais velha me cumprimenta.

— Mapas! — Ela bate palmas ao me ver. — Estou tão feliz que esteja aqui!

Não tenho tempo de ficar surpresa por ela ter me chamado de Mapas em vez de Atlas. Também não faço a menor ideia de como chamá-la.

— Eu sou a mãezinha do Joey, Millie.

Joey? É esse o nome de Biblioteca? É tão... normal.

— É um prazer te conhecer, Millie.

Quando entro na casa, logo escuto os sons do jogo de futebol americano e vejo diversos homens de peito largo sentados nas pontas de seus assentos. Eles enfiam as mãos em uma travessa de comida diante deles. Todos vestem camisas esportivas preto com prata, com exceção de um deles, que veste vermelho com dourado.

— Vamos lá, seu filho da pu...

— Ei! — grita Millie. — Olha a boca!

Um dos homens joga uma salsichinha no sujeito de vermelho.

— Sua camisa dá azar. Vai lá pra fora até o fim do jogo.

O mapa de nós dois **291**

— Fala sério, cara. Eles nem jogam na Cal...

Mas antes que eu possa ouvir a conclusão da conversa, sou puxada para a cozinha. Biblioteca está lá com outras duas mulheres e ele enfia o que parece ser uma bolinha de salsicha na boca. Quando me vê, ele arregala os olhos de surpresa.

— Mapas! Você veio.

Ele joga um braço ao redor do meu ombro e então me vira com ele.

— Pessoal, essa é a Mapas.

— Que nome esquisito — diz uma menininha que está sentada num banco e joga um videogame portátil. Ela está comendo de uma travessa imensa de biscoitos toffee.

— O seu nome é Diamond — diz uma mulher vestindo um suéter com estampa de peru a ela. — Então quem sabe seja uma boa ideia evitar julgar muito. — Ela se vira para mim. — Eu sou a Elise, a tia favorita do Joey.

Um segundo mais tarde, outra mulher me pega pela mão.

— Vem comer.

Ela empurra um prato com algum tipo de pão recheado de carne e queijo para mim.

— Isso aqui vai mudar a sua vida — diz ela, sorrindo com orgulho. — Porque foi feito com amor.

Millie revira os olhos.

— Ela não preparou isso, ela comprou na padaria.

A outra mulher franze a testa.

— Mas alguém fez com amor. A amiga do Joey vai achar delicioso mesmo assim.

E acho mesmo.

Eu adoro tudo nesse dia, mesmo que essa não seja a minha família. Eu adoro o barulho, as provocações e a comida. Eu adoro como a bisavó de Biblioteca não para de dar tapinhas nos netos porque não consegue escutá-los, mas oferece os doces que guarda no bolso. Eu adoro como os tios roubam comida dos pratos de todo mundo, até do meu, e chamam isso de "pedágio do tio".

É tão movimentado que imagino que não teria tempo de pensar no meu pai, mas penso. Quase o tempo todo. Não de um jeito que me entristece, mas daquela forma suave que existe dentro das memórias e da nostalgia.

É uma sensação viva.

Quase feliz.

E eu penso em Rei.

Biblioteca está sentado à mesa quando seu telefone apita. Olho por cima do ombro dele e vejo o nome REI, com um emoji de coroa ao lado.

Rei:
Ela apareceu?

Biblioteca respira fundo e os polegares flutuam acima do teclado antes de digitar uma única palavra.

Biblioteca:
Não.

Não sei dizer se me sinto feliz ou triste por ele ter negado. Nem sei dizer como me sinto agora que sei que ele tem conversado com Rei a meu respeito. Ou talvez ele esteja falando de outra pessoa. Talvez Rei nem se lembre de mim. Biblioteca desliza o celular para debaixo da coxa quando me sento ao seu lado.

— E aí — diz num respiro e dá um sorriso, que não alcança os olhos.

Ele com certeza não é nenhum mestre do crime.

— E aí.

— Desculpa pela minha família ser...

— Ótima — completo por ele. — Sua família é ótima.

— É.

Mais tarde, vamos até o quarto dele e há uma parede inteira de estantes de livros preenchidas com uma biblioteca de

O mapa de nós dois **293**

mangás e romances. Passo os dedos pelas lombadas e sorrio ao dizer o seu nome.

— Biblioteca.

Ele respira fundo.

— Eu queria te perguntar uma coisa. — Parece nervoso, o que é incomum para ele. — Meu namorado quer ir ao cinema com a gente essa semana.

Tenho esperado por esse momento. Sorrio para ele.

— Esse seu *namorado* é alguém que eu conheço?

Biblioteca franze a testa.

— Escuta, o Júnior achou que eu estava traindo ele, então precisei explicar. Sobre você. Sobre a cafeteria. Os filmes.

— Quando você contou pra ele?

Biblioteca parece culpado, mas não arrependido.

— Ele me obrigou a levá-lo onde você trabalha, mas prometeu não entrar.

— Eu não estou me escondendo — digo.

— Não? Foi por isso que eu precisei te caçar por aí?

— Estive ocupada.

— Você é um fantasma, Mapas. Sem redes sociais, sem contato. Sei que está brava...

Eu bufo.

— Você está. Mas Júnior e Docinho não sabiam.

Certo. Só Biblioteca e Rei sabiam. Tenho agido feito criança, sendo escrota e punindo todo mundo por estar magoada.

— Não consigo entender por que você veio atrás de mim. — Não tenho a intenção de jogar um verde ao dizer isso, mas espero que ele me responda.

— Eu fui atrás de vocês porque todo mundo estava muito magoado, daí eu pensei que se nós estávamos magoados, então você provavelmente também estava.

Não sei bem que intenção ele teve ao dizer isso, mas as palavras soam um pouco como uma esmola.

— A gente não precisa continuar indo ao cinema. Sério.

Biblioteca ergue as sobrancelhas.

— Eu quero. Eu *gosto*.

— Você não precisa sair comigo porque está preocupado.

Ele olha para mim por um longo tempo, depois diz:

— *Eu* estava magoado também. Eu senti sua falta.

Suas palavras são honestas e vulneráveis, mas, principalmente, são diretas. Biblioteca não tem tempo para intenções mal interpretadas.

Mais tarde naquela semana, digo a ele para que convide o seu namorado.

E Docinho.

Estou nervosa quando chego ao cinema, mas não deveria. Docinho e Júnior estão parados com Biblioteca no balcão de lanches. O cabelo verde desbotado de Docinho agora é de um tom púrpura brilhante e ela parece a personificação de um tutorial de maquiagem, completo com cílios postiços e pedrinhas de strass ao redor dos olhos. O cabelo de Júnior cresceu e está no começo de um corte twist, que ele cutuca.

Nada mudou.

E tudo mudou.

— E aí — digo, e espero.

No segundo que demora para eles processarem que estou parada ali, considero o pior cenário possível. Eles me odeiam. Biblioteca não avisou que eu ia aparecer. Estão aqui para brigar comigo.

Mas o segundo passa e os dois correm até mim. Eles me abraçam e falam um por cima do outro, me fazendo perguntas sem me dar tempo de responder. Sorrio e, pela primeira vez desde as Sierras, sou consumida por inteiro pelas emoções. Uma risada me escapa. Biblioteca franze a testa e revira os olhos.

— Eu que faço o trabalho todo, mas você fica contente mesmo é em ver eles.

Docinho não para de me tocar. Para ajeitar o meu cabelo ou ajustar a minha camisa.

— Você está linda, mas tá com cheiro de café.

Júnior comenta minha falta de bronzeado, me dizendo que não tinha reparado que eu era tão pálida. Todos agem como se o tempo não tivesse passado. Como se eu não tivesse passado meses evitando todo mundo.

Quando pedimos nossos lanches no balcão, Biblioteca e eu fazemos isso juntos. Júnior franze a testa. Ele se inclina para Docinho.

— Isso foi esquisito, não foi?

— Muito esquisito. Eu nem sabia que eles conversavam.

Biblioteca e eu não dizemos nada enquanto vamos até o cinema e nos sentamos lado a lado, com um saco de pipocas no meio. Biblioteca coloca M&M's dentro e eu entrego a ele meio pacote de tubos de alcaçuz. Ele coloca dois canudos no copo de refrigerante que pedimos.

Uma tradição.

Como o meu pai e Joe com as garrafas de bebida.

Júnior ergue as sobrancelhas para mim e então olha para o nosso refrigerante.

Ele sussurra algo para Biblioteca, que revira os olhos e oferece um doce para ele.

O filme é uma boa pausa; ele me dá tempo para organizar os pensamentos. Júnior e Biblioteca ficam de mãos dadas e Docinho com frequência tenta me oferecer alguma coisa: o refrigerante dela, mais doces, um lencinho quando eu choro.

Saímos para tomar café depois disso.

— Você tem visto o Joe? — pergunta Docinho.

Assinto.

— Ele aparece de vez em quando pra ver como eu e a minha mãe estamos.

— Que sorte a sua — brinca ela, mas é verdade. Tenho sorte de ter Joe.

Ficamos o tempo inteiro rindo de besteiras e bobagens. Conto a eles sobre os morcegos e a papoula. Menciono o grupo de apoio ao luto. Quando vamos embora, Docinho me abraça por um longo tempo e sussurra no meu ouvido que sentiu saudades. Júnior aperta a minha mão e me diz para não demorar a ligar para eles de novo.

Não demoro. Fazemos planos de nos encontrar em dezembro. Caminhamos em meio a pisca-piscas com chocolate quente nas mãos e nenhum de nós menciona o que está faltando. A pessoa no Alasca.

Rei.

Mas penso nele constantemente.

Dois dias antes do Natal, vamos todos para as montanhas. Não tão longe quanto a nossa trilha, mas para um mirante onde Biblioteca consegue estacionar o carro e podemos fingir que voltamos para lá. Ficamos passando uma caneca de quentão entre nós. Biblioteca não aceita, por estar dirigindo.

Júnior trouxe uma variedade de porcarias para comer e isso me lembra da nossa viagem ao posto de gasolina. Ele oferece um saco de batatinhas para nós e quando chega a minha vez de comer rosquinhas gordurosas, ele a toma das minhas mãos.

— Ah, pera aí. — Sua boca está cheia, e ele enfia a mão no fundo, tirando uma bala com sabor de uva. — Pra minha monstrenga fã de uva.

Ele dá uma piscadela e fico com os olhos cheios d'água.

São os detalhes.

É nos detalhes que contamos a verdade o dia inteiro sem nem perceber. As centenas de pequenas maneiras como dizemos às pessoas quem nós somos sem nem precisar falar. Você só precisa enxergar.

Essas pessoas me *enxergam*.

Elas fazem me amar parecer fácil. Isso me dá vontade de permitir que amem.

Meu coração se estilhaça sob a pressão porque nem todas as suas peças estão completas. Tem algo faltando.

Eles perguntam se estou chorando por causa do meu pai, mas balanço a cabeça e digo a eles que sinto saudades de Rei.

Uma verdade estranha.

Não pergunto como estão as coisas no Alasca, mas vejo que todos esperam que eu o faça.

Docinho dá tapinhas na minha cabeça e me deixa dizer que Rei foi horrível por ter mentido. Por ter ido embora. Por nunca ter ligado.

Eles fingem concordar, até mesmo Biblioteca, mas sei que escutam a verdade por trás de minhas palavras. Meu coração está partido.

— Você deveria contar pra ele — diz Júnior.

Ele faz isso soar tão simples. É tão fácil simplesmente dizer essas coisas.

Mas amar Rei nunca foi simples.

35

É véspera de Ano-Novo.

O fim do ano.

É o final mais clichê de todos, mas em vez de ficar animada para o ano que vem, acabo tentando me agarrar a este. Não por mim, mas porque o meu pai morreu em uma noite fria de março *deste* ano.

O fio dessa memória já foi esticado pelo calendário e, ao soar do relógio, vai arrebentar. Minha realidade vai se transformar em uma linha do tempo na qual o meu pai não existe.

— Você vai?

Minha mãe está parada de pé na porta do meu quarto quando me viro da frente do espelho.

Júnior e o seu mais novo colega de quarto estão dando uma festa, que ele jura que vai mudar as nossas vidas. Docinho disse que isso estava cheirando a uma versão cospobre de festa de fraternidade, e Júnior ficou sem falar com ela por dois dias.

— Acho que sim.

Minha mãe assente, pensativa.

— Você está bonita.

Estou? Viro-me para o espelho e as lantejoulas na minha jaqueta refletem a luz. É só uma festa. Uma festa que Júnior deixou claro ser importante para ele, o que significa que o nosso comparecimento é obrigatório. Mesmo que tenha sido difícil falar com ele a semana inteira. Com todos os nossos amigos, na verdade: demorando horas para responder, ocupados com a família ou fazendo coisas de casal.

— Mesmo se você for fazer essa cara triste a noite inteira, é bom você aparecer — falou Júnior para mim.

— Tem certeza de que você não quer que eu fique em casa? — pergunto à minha mãe pela milionésima vez.

— Eu posso ficar triste por conta própria, Atlas — diz ela. — Você não tem que ficar aqui pra me ajudar com isso. Se cuida e divirta-se.

Não tenho mais desculpas. E é assim que acabo na casa de Júnior.

Música alta ecoa pelo ar gelado de inverno e aperto o meu suéter pesado mais colado junto ao corpo. Com certeza já começou a nevar nas montanhas, mas aqui no vale as temperaturas congelantes de inverno ficam em torno dos dez graus. Pesquisei no Google como está o clima no Alasca, porque pelo visto não tenho qualquer noção de autopreservação. Está frio demais para sequer considerar o que Rei está vestindo hoje.

Entro na festa. Sorrio para estranhos. Deixo que me perguntem sobre o nome pelo qual Júnior me chama e por que eu chamo o amigo deles por um apelido esquisito.

Docinho me envia uma série de emojis e uma foto dela do lado de uma piscina. Acho extremamente irresponsável deixarem um bando de homens jovens alugarem uma casa com piscina. Mas quando mencionei isso a Júnior, tudo que ele respondeu foi:

— Valeu, mamãe.

Sorrio e digito de volta.

Mapas:
Fiquem longe da piscina. Já vou pra aí.

Ela me responde na hora.

Docinho:
O que não falta aqui é bebida.

Vou lá para fora e encontro Biblioteca e Docinho sentados em espreguiçadeiras de piscina. Docinho faz um gesto para que eu me sente com ela e volta sua atenção para Biblioteca, que está de bobeira com os joelhos cruzados um sobre o outro, um copo vermelho numa das mãos e um baseado na outra.

— O que está fazendo aqui fora, Biblioteca? Você não deveria estar com o seu homem enquanto o Júnior está na importantíssima missão de cumprimentar cada ser humano nesta festa? — pergunto.

— E eu lá tenho cara de quem quer fazer isso? — responde ele, dando uma tragada no baseado.

Respiro fundo, observando a fumaça subir até o céu preto e afasto lembranças de pele, luz das estrelas e Rei.

— Você não deveria fumar.

— Diz a garota que andava por aí com cigarros.

Não respondo. Ele chegou perto demais de mencionar Rei casualmente e não sei se estou pronta para isso.

Nós três ficamos sentados perto da piscina em nosso conforto compartilhado. Todo mundo na festa se conhece ou está a fim de conhecer alguém. Ninguém está nem aí para as três pessoas que não se encaixam.

Fico pensando se as pessoas aqui ouviram falar que somos a galera encrenqueira. O pessoal que Júnior conheceu enquanto trabalhava nas trilhas nas Sierras, com uma relação complicada com regras e autoridade.

— O que vocês desejam pro ano que vem? — pergunto.

— Ah, legal. Mais perguntas — diz Biblioteca com os olhos fechados. — Eu desejo parar de responder perguntas no ano que vem.

— Eu quero me mudar. Pra longe da minha família. — Docinho diz que quer liberdade, mas não é verdade. Deixamos que acredite que concordamos com ela.

O mapa de nós dois **301**

— Eu quero me mudar também. — Biblioteca dá um gole na cerveja. — Caralho de família.

— Você vai vir morar com o Júnior? — pergunta Docinho, e nós duas sorrimos.

Biblioteca faz uma careta, mas não olha em nossos olhos quando responde:

— É cedo demais pra isso.

— E você, Mapas? — pergunta Docinho.

— Eu só quero deixar esse ano pra trás — digo e percebo que falo sério. Não o meu pai, mas o pesar que sinto, e Rei...

— Você está sendo trágica — diz ela.

Atrás de mim, escuto Júnior falar:

— É o jeitinho dela.

— E é assim que vocês me animam? — Pego o baseado com Biblioteca. Quando dou um trago, meus pulmões doem e me deixam tonta. Não sei por que eu fiz isso.

— Você não devia fumar, Mapas. Que nojo — diz Biblioteca quando eu devolvo o baseado *dele*.

Júnior o pega da mão do namorado e a ponta fica vermelha no escuro, o papel estalando quando ele dá uma tragada.

— Não, não era minha intenção animar ninguém — diz, prendendo a fumaça. Em seguida, ele exala. — E sim dar um passe-livre. Será que não somos todos um pouco trágicos?

Deixo um gemido escapar. Docinho oferece a sua bebida e dou um gole para me livrar do gosto que ficou na boca. Nós quatro ficamos sentados nas cadeiras, encarando o céu, e me lembro de uma ocasião diferente em que todos nos sentamos enfileirados, observando o céu. Os sons que vem lá de dentro flutuam até nós, mesclados com música.

— Estou contente por você estar aqui — diz Docinho, e sorrio para ela pois estou contente também.

Deixo a minha mente vagar até Rei por mais tempo do que deveria. Repasso todos os momentos que não deveria. Me pergunto o que ele estará fazendo no Alasca. Até digo a mim mesma que vou perguntar isso a Biblioteca.

Mas não pergunto.

O celular de Júnior apita e ele encara a tela.

— Porra — diz, e Biblioteca olha o seu telefone, lendo algo na tela.

Docinho e eu nos encaramos, confusas, até alguém gritar de dentro da casa.

— *Júnior!* — A palavra é dita como uma piada boba. — O seu amigo está aqui!

Júnior? Chamaram ele pelo nome que é nosso. *Júnior.*

— Não — diz Biblioteca para o telefone, e então olha para Júnior.

— Que inferno. — Eles se levantam tão rápido que chego a me assustar. Logo suas costas desaparecem na multidão. Pego o copo que Biblioteca estava segurando para que não derrame e...

... fico curiosa, por isso os sigo.

Mal escuto Docinho gritar o meu nome quando vem atrás de mim pela casa, em meio ao mar de gente e ao barulho e à música. Estou curiosa, mas não deveria, porque lá no fundo eu sei o que vou encontrar. No fundo do meu coração. E mesmo quando Biblioteca e Júnior param em frente à porta, já sei quem vou ver de pé ali.

Bochechas coradas de frio. Olhos que parecem mais escuros do que antes. Ainda com o meu coração na palma das mãos.

Rei.

O mapa de nós dois **303**

36
O fim... de novo.

Biblioteca se move na direção dele, rápido, puxando-o pelo braço.

— O que você está fazendo aqui?

— Quê? — Rei sorri, mas parece confuso. — Você me pediu pra vir.

— Mas...

O rosto de Rei franze em confusão quando Biblioteca se atrapalha com as palavras.

— Você nunca confirmou. Você disse que estava ocupado. Você...

— Biblioteca. — Rei franze a testa para ele, como se estivesse preocupado com o amigo. — Tá tudo bem?

— Mas que droga — pragueja Biblioteca e, naquele instante, vejo a expressão no rosto de Rei se transformar. Compreensão súbita.

— Mapas. — Rei diz o meu nome, mas soa distante.

Tudo está muito distante, então, de repente, não está mais. Sons me inundam como se alguém tivesse aumentado o volume do mundo. Rei olha para Biblioteca e sabe.

Os olhos dele encontram os meus, como ímãs se atraindo. A boca de Rei se abre de surpresa. E, por algum estranho motivo, isso machuca mais do que vê-lo ali. O fato de que isso não foi um plano elaborado para me ver de novo depois de tanto tempo. Ele também não estava esperando por isso.

É claro que não.

— Mapas.

— Eu... — Pouso a bebida na mesa mais próxima e não me dou ao trabalho de verificar se fica de pé ou se se esparramou pelo piso assim como o meu coração. — Eu vou...

Tenho que fugir. Voltar para a casa, para longe dele, me misturar à multidão, e sei que Júnior está me chamando, mas tenho que ir embora. Não posso continuar aqui por mais nem um segundo sequer. Eu posso... Vou voltar a pé para casa se precisar.

E como o pânico me diz que algo está me perseguindo, olho para trás. Não sei o que esperava ver. Minha vida virou uma série de escolhas do tipo *"seja lá o que doer menos"*.

Rei se aproxima acotovelando a multidão, com a testa franzida em uma carranca.

— Porra.

Meus passos são rápidos, mas sei que Rei é mais. *Por favor. Não. Por favor. Por favor.*

Digo essas coisas apenas para mim mesma porque não sei se consigo fazer isso. Não sei se vou sobreviver ao garoto responsável pelo coração que sangra dentro do meu peito. Saio da casa e vou para o quintal, fugindo daquilo que mais desejo porque o orgulho não me deixa parar diante dele ferida e constrangida.

— Para — ouço-o atrás de mim. Um som frustrado, não uma ordem, e sim algo como... um desejo.

Meus pés tocam a calçada, mas daí Rei está parado na minha frente.

Os braços estendidos, como se para me interromper, e o peito subindo e descendo. Os olhos nunca deixam os meus. Estão arregalados e sua garganta se move para engolir em seco.

Finalmente, ele sussurra:

— Para.

Rei me observa, como se pudesse encontrar alguma pista do que precisamos conversar em mim.

— *Mapas.*

Dói ver os seus lábios formarem esta palavra. Quero que a diga novamente. Mas ele não diz.

Ele está parado na rua. Sua pele já perdeu os tons deixados pelo sol e o cabelo está mais longo do que antes. Cai em cachos sobre a gola da camisa de flanela escura que veste. Sou capaz de enumerar todas as maneiras como ele parece diferente sob a luz do poste em vez do luar de verão.

Mas o seu olhar... Isso não mudou.

Dói encontrar os seus olhos, a sensação é de cacos irregulares de vidro pressionados contra o meu coração, então me concentro em suas mãos. Ele segura o diário. Couro gasto coberto de manchas de água, páginas amolecidas pelo toque. Quero esticar a mão e abri-lo porque sei que nessas páginas há palavras que desejo ler outra vez.

E outras que não gostaria nem um pouco.

— Você ainda tem seu diário. — Eu torcia para que a minha voz soasse surpresa, mas tudo o que escuto nela é tristeza.

— Tenho. — Fala de maneira direta porque é óbvio que ele ainda o tem. E posso sentir meu coração apertando-se movendo e partindo ao som dessa única palavra. Como se fosse a lombada de um livro novo.

— Por quê? — pergunto, mas na verdade *desejo.*

Mas não tenho certeza exatamente do quê.

Dedos percorrem delicadamente a palavra gravada na capa; a mesma que o observei gravar com uma faca em talhos secos e curtos enquanto estávamos sentados sob as estrelas.

— Eu não queria...

Mas ele perde o fio da meada, me deixando sem respostas. Ele não queria o quê? Que alguém soubesse o que aconteceu?

Que ficassem sabendo como ele partiu meu coração em pedacinhos que sangraram para essas páginas sem a minha permissão?

Não queria que sua mentira fosse revelada?

Avançando um passo, ele praticamente sussurra:

— *Mapas.*

— É Atlas.

Bang. As duas palavras são como um tiro disparado na escuridão, estalando na quietude. São palavras que sei que vão machucá-lo. Assim como ele me machucou.

— As pessoas aqui me chamam de Atlas — repito; justificando.

Há algo diferente nos olhos dele agora.

— Eu não te chamo assim.

Não.

Não, ele me chamava por outro nome. Um que possuía um significado diferente. Em um lugar onde nada parecia importar — o que fazia tudo ter um significado.

— Por favor. — Desespero transparece em seu pedido. — Não fuja. De novo não.

Respiro fundo, o que embaça o ar entre mim e ele. Observo a névoa desaparecer pela noite.

Um latejar se instala no meu coração enquanto observo o quanto ele mudou. Minha lembrança dele desbotou.

O peito de Rei sobe e desce quando inspira e expira com força, puxando o ar ao nosso redor. Me puxando. Mas ele não me toca, apenas me encara com olhos que mudam e escurecem e refletem a luz dos postes sob os quais estamos parados.

Vá embora. Vá embora. Vá embora.

Digo isso num mantra em minha mente, mas não sei se é para mim ou para ele. Talvez seja para quem quer que seja forte o bastante.

— Mapas, podemos... podemos conversar?

Conversar. Não quero conversar. Não quero ficar aqui. Não estou pronta. Meu coração ainda não calejou. Ele ainda está sangrando, partido e... ferido.

— Sobre o que você quer conversar? — pergunto, como se não fizesse ideia do que ele quis dizer.

O mapa de nós dois **307**

Rei parece decepcionado.

— Dá um tempo — diz ele. — Não faz isso.

E, por alguma razão, essa versão de Rei é a que machuca mais. A que se recusa a deixar uma mentira substituir a memória da última vez que nos vimos.

— Eu não sabia que você estaria aqui — diz ele. — Por que não me ligou?

Há uma mágoa em sua voz e odeio ouvi-la. Sou *eu* quem está machucada. Eu é quem tenho o direito de sentir dor.

— Eu também não sabia que você estaria aqui.

Uma expressão confusa perpassa seu rosto antes de Rei entender. Os olhos se fecham e ele deixa escapar um gemido suave.

— *Você não sabia.* — Ele sacode a cabeça e dá um passo para trás, para longe de mim. — Eu sinto muito. De verdade. Eu não percebi que você... Eu não teria te perseguido desse jeito se soubesse. Eu não devia... Isso aqui não foi uma emboscada. Eu... Eu vou me mandar. — Ele respira fundo, como se "se mandar" fosse a última coisa que quisesse fazer. — Feliz Ano-Novo.

Porra, Feliz Ano-Novo? É isso o que ele me diz. Como se pudéssemos simplesmente ir embora. Abandonar isso. Me abandonar de novo. Meu estômago se revira e percebo que a última coisa que *eu* quero é que Rei *se mande*. Marcho até ele, pego o seu pulso e o puxo para mim. Rei se vira, a surpresa colorindo os seus olhos com um tom mais brilhante.

— Era para você estar no *Alasca*.

Ele passa as mãos pelo cabelo.

— Alasca?

— Por que está aqui? Você voltou? — Afasto os dedos que tocaram nele, flexionando-os.

Rei franze a testa.

— É isso o que você queria? Que eu ficasse pra sempre no Alasca?

Não. O que eu não queria era ser deixada com aquele buraco no coração.

— O Joe disse...

— O Joe diz uma porção de coisas — rebate ele.

Cerro os dentes.

— Por que você não está no Alasca, Rei?

— Porque eu voltei para as festas de fim de ano. — Ele joga as palavras na minha cara. — Eu queria ver os meus amigos. Só vou ficar aqui por alguns dias.

Agora é ele quem observa o meu rosto enquanto compreendo o que me diz.

— Eu não voltei por causa de você. — Ele deixa que eu absorva suas palavras. — Percebo que você acha isso. Mas não é por isso que estou aqui. Eu só queria estar com os meus amigos na véspera do Ano-Novo.

De repente, as evasivas de Docinho e Júnior fazem sentido. Por que demorava um pouco mais para Biblioteca responder as minhas mensagens a semana inteira. Que idiota.

— Você está aqui *faz um tempo*.

Rei assente.

— Ninguém... — Engulo em seco. — Ninguém me contou.

— Mapas. — Ele dá um passo adiante; seu hálito nubla o meu nome. — Eu tentei te encontrar. Depois. Eu falei com o Joe. Eu... Eu queria...

Espero pela raiva, mas só o que sinto é o vazio entre as costelas onde ela costumava ficar. Como se vê-lo tivesse substituído isso.

— Eu precisava de espaço.

Ele assente.

— É. Eu sei.

— Quando eu saí de Bear Creek, a minha cabeça estava tão ferrada... Com tanta raiva. Você não me *contou*. Eu estava perambulando por lá com um buraco enorme no peito e você fingiu que nem enxergava.

O mapa de nós dois **309**

Ele fica parado ali, não nega nem se defende. Ele apenas aceita.

— E eu nem estou com raiva. É muito pior que isso. E agora você está aqui e não no Alasca. — Lágrimas abrem caminho pelo meu rosto. — Você me *machucou*.

Rei deixa escapar o ar e enfia as mãos nos bolsos.

— Eu... Eu nunca soube como te contar sobre o seu pai. Metade do tempo você fingia que ele não tinha morrido e na outra metade você não queria falar dele. Isso não torna o que eu fiz certo, mas... eu ainda não tenho certeza do que eu deveria ter feito. — Rei encara o asfalto como se fosse capaz de ver o que está enterrado por baixo se olhasse com intensidade o bastante. — Quando você foi embora, *eu* fiquei chateado. Não parava de pensar no que eu te diria se te visse de novo. Eu estava com tanta raiva de você. Ficava brigando com a sua lembrança. — Observo-o esticar o pescoço enquanto engole todos os seus sentimentos. — Então, certo dia, eu percebi que estava bravo porque era só isso o que me restava de você: a minha raiva. E eu estava com medo de perder até isso.

Fico em silêncio por um longo tempo.

— O meu nome é Henry. Eu sou o terceiro na minha família e Joe fez uma piada sobre eu ser um rei. E é por isso que... — Ele faz um gesto com a mão apontando para os arredores. — Eu sou daqui. Eu não falo com a minha família. Eu me viro sozinho desde os dezessete anos. Eu conheci o Joe. Ele me deu um nome diferente e eu... gostei de ser outra pessoa. De não ser Henry.

Arquejo porque sei do que ele está falando. Eu gosto de ser Mapas. Gosto de ser outra pessoa, uma que não carrega os erros da Atlas.

— Eu realmente gostei de poder te conhecer, Mapas. Não por causa do seu pai, mas porque você é engraçada, curiosa e inteligente. Você faz perguntas e parece querer saber as respostas. Você odeia silêncio, feijão e a ideia de que precisa de gente. Você passa uma quantidade de tempo absurda olhando para o céu. Quando penso em você, é sempre assim. Com o rosto erguido.

— Rei.

— Gosto de você desde que te vi chorando no funeral do seu pai. Nunca conheci uma pessoa assim antes. Tão certa de que tem razão, mas que não se importa se estiver errada.

Enxergo o constrangimento em seu rosto, posso ver como essas palavras lhe custam algo. Como os dentes mordem o lábio e as mãos se apertam e os nós dos dedos ficam brancos.

— Você ainda está com raiva de mim? — pergunto.

Ele balança a cabeça e o seu peito infla. Lembro da sensação de pressionar o meu rosto ali.

— Não. — A voz é suave. — Estou com medo.

— Medo?

— De você ir embora e eu não te ver de novo.

Meus olhos se fecham e falo uma verdade:

— Eu não sei o que dizer.

— Você não tem que dizer nada. — Rei parece meio vazio, como se estivesse prendendo suas palavras dentro do peito e, agora que as deixou sair, ele não soubesse o que fazer. — Para mim, bastaria que você me deixasse mandar mensagens para você. E você pode mandar mensagens para mim, se quiser. Se não quiser... — Ele dá de ombros, com um sorriso autodepreciativo. — Não tem como doer mais do que já dói.

Quero dar a ele o meu número de telefone.

Quero conversar com Rei.

Quero Rei.

Mas a minha mágoa é irracional.

— Ok — respondo.

Desbloqueio o meu celular e Rei digita seu número e observo as suas mãos tremerem e tropeçarem nas teclas. Quando me devolve o aparelho, ele diz:

— Eu... Eu torço mesmo pra você me chamar.

O mapa de nós dois 311

E ele realmente parece ter esperanças. Com olhos que lembram o rio.

Seguro o telefone e Rei começa a caminhar de volta para dentro.

Aperto duas letras e clico em enviar.

Mapas:
Oi.

Observo enquanto Rei lê a mensagem. Seus ombros estão curvados e ele mantém as costas voltadas para mim.

Rei:
Oi.

Sua resposta ilumina a minha tela, e eu sorrio.

Rei:
Quer dar uma volta?

37

A princípio, Rei e eu começamos devagar.

Nós dois não voltamos para a festa, em vez disso vamos de carro até um mirante. Começa a chover e a cidade fica para trás no tamborilar sobre para-brisas. Estamos em nosso mundinho. Conversamos sobre nada, mas parece ser tudo. Por trás das palavras dele há olhares que carregam intenções e suspiros que lembram pressão sendo liberada. E quando ele me deixa em casa, eu lhe dou um beijo, uma coisinha suave e precavida, antes de correr para dentro.

Espero que ele me mande mensagem, mas três dias se passam em silêncio. Encaro o telefone e me pergunto o que deveria dizer.

No meu quarto, sentada na cama, aperto o celular junto ao peito.

Mapas:
E aí
É a Mapas

Observo o telefone mostrar que a mensagem foi enviada. Vejo balõezinhos aparecerem. E desaparecerem. E aparecerem. E desaparecerem outra vez. Fico me perguntando se vou ter uma resposta.

Rei:
Eu sei.

Sorrio para o telefone e sinto o aperto no peito diminuir. Rei me respondeu.

Mapas:
Estive esperando que você me mandasse uma mensagem.

Largo o telefone no colo assim que envio e pressiono as mãos nos olhos.

Rei:
Eu digitei pelo menos umas dez mensagens pra você toda noite.

Mapas:
Ah, é? E o que elas diziam?

Rei:
Alguma versão de "opa, como vai".
A maioria era apenas constrangedora.

Mapas:
Estava torcendo por algo mais caliente.

Rei:
Eu nem sei... Que resposta você quer que eu dê pra esse comentário?

Mapas:
Nudes?

Rei:
MDDC Mapas

Encaro o celular por uma eternidade. *Mapas.* Consigo ouvir a voz dele dizendo isso. Arrastando a pronúncia.

Mapas:
Estou com saudades.

Ele me conta sobre o seu voo de volta para o Alasca, sobre o seu trabalho. Seu colega de quarto. Conto a ele sobre as aulas da minha certificação GED e tentativas reais de entrar numa faculdade. No dia seguinte, ele me manda a foto de uma caixa térmica em uma loja de conveniências.

Rei:
É esquisito que eu esteja morrendo de vontade de comer aqueles picolés nojentos de Bear Creek?

E por aí vai. Compartilhando os detalhes do que uma pessoa faz ao longo do dia. Os pensamentos silenciosos.

Rei:
Eu sinto falta de lanchonetes.
Que tal essa camisa?
Essa música me lembrou você.

Então, certa noite, quando estamos trocando mensagens:

Rei:
Posso te ligar?

Não quero que ele me ligue. Não quero ouvir sua voz; quase não lembro o quanto eu a amava. Mas respondo.

Mapas:
Sim.

— Oi. — Atendo no terceiro toque.

— Oi. — A voz de Rei soa cansada, dando a impressão de que ele está deitado. Mas é exatamente como eu me lembro dela: viciante. — Meus polegares já estavam doendo.

—Ah, é? — digo com uma risada.

— Não. — Ele respira, e sua voz perde o tom provocante. — Eu só queria ouvir a sua voz.

Não falo nada porque ouvir Rei dizer isso faz com que tudo o que tenho feito em uma telinha minúscula pareça real.

— Sinto muito se isso for demais...

Aperto os lábios para segurar tudo o que eu quero dizer enquanto me deito na cama e encaro o teto.

— Ou melhor, acho que não sinto muito pra valer.

Fecho os olhos e fico escutando Rei falar do outro lado da linha, antes de eu perguntar:

— Por que não me mandou mensagem?

— Hoje?

— Depois do Ano-Novo. Fiquei esperando, mas você não falou nada.

Há um som de movimento do outro lado da linha enquanto nossos silêncios se esticam.

— Quando você me beijou no Ano-Novo, eu não sabia se era pra ser coisa de uma ocasião só ou se... passei um tempão pensando nisso e me perguntando se você queria mesmo que eu falasse com você.

— Eu queria. — E é verdade. Eu sempre quis uma mensagem de Rei, mesmo quando não devia.

— O que a gente tá fazendo, Mapas? Só me diz logo para que dessa vez eu saiba.

— A gente tá conversando.

Rei deixa escapar um suspiro profundo.

— É.

— Você vai parar de me mandar mensagens se eu disser que não é nada?

A risada que escuto é ofegante e ele demora séculos para me responder:

— Não.

Sinto a sua resposta dentro do meu peito.

Saber que Rei não consegue parar...

— Eu também não ia parar — confesso.

Conversamos pelo telefone. Às vezes, caímos no sono. Às vezes, fazemos mais do que conversar e fingimos poder tocar um ao outro apesar da distância. Mas isso vira um hábito sem o qual não consigo mais viver. Ainda tenho muito medo de perguntar quando ele vai voltar. *Se* ele vai voltar. Não quero fazer perguntas sobre um possível futuro.

Longas conversas à deriva na escuridão, onde nos ocupamos de tentar descobrir como é que Mapas e Rei se encaixam com Atlas e Henry.

No aniversário da morte do meu pai, não planejo nada. O grupo de apoio ao luto diz para fazer algo em honra à memória dele. Minha mãe faz reservas no restaurante favorito do meu pai e ficamos empurrando nossos bifes com brócolis pelo prato, tentando contar histórias que achamos que vai fazer a outra sorrir. Em vez disso, só o que percebemos é a cadeira vazia à mesa.

Penso em Pomba dizendo *que merda* e isso me faz sentir melhor. Ela acharia esse jantar uma merda.

Mando mensagem para Rei.

Mapas:
Hoje é o pior dia do mundo. Queria poder te abraçar.

Rei:
Quer conversar?

O mapa de nós dois **317**

Mapas:
Não. Mas quero que você me ligue mesmo assim.

Ele não menciona nada sobre o dia de hoje e não consigo evitar de me sentir um pouco desapontada por isso. É idiota, mas nem sequer contei a ele sobre que dia é hoje, como se ele simplesmente devesse saber. Estou punindo Rei por algo que ele nem faz ideia.

Mapas:
Hoje é o dia em que o meu pai morreu.

Nem sei o que eu esperava que ele respondesse, mas Rei apenas diz:

Rei:
Quer que eu te ligue agora?

Suspiro para o telefone. Não sei o que eu queria dele, mas não era isso, e de qualquer forma não teria importância. Porque a verdade é: eu quero o meu pai, e ele está morto. Preciso parar de exigir que as pessoas estejam ao meu lado para me apoiar quando eu mesma não sei como quero que elas demonstrem isso.

Mapas:
Depois.

Acrescento um coração no fim e largo o celular. Minha mãe e eu nos sentamos no sofá para assistir ao faroeste favorito do meu pai. Sua poltrona está vazia. Não sei por que, mas me esgueiro para ela. Dobro as pernas por cima e passo as mãos pelos braços do móvel. Na televisão, ouço alguém dizer: "Você é um fora da lei." E sei que essa foi especialmente para mim.

Há uma batida à porta e eu olho para a minha mãe. Ela pega um punhado de pipoca e olha de volta para a TV, dizendo:

— É melhor você atender.

Sei o que vou encontrar antes mesmo de abrir a porta. Meu coração palpita quando envolvo a maçaneta com os dedos.

Rei está na varanda, vestindo um moletom branco com capuz que parece macio ao redor do pescoço e dá uma aparência bronzeada a ele. Como o Rei de Verão. Me dá vontade de me aconchegar ali.

— O que...

— Eu também quero te abraçar.

Jogo os braços ao redor dele e pressiono o rosto em seu pescoço. O lugar que parece ser feito apenas para mim. Ele ainda tem o mesmo cheiro. O mesmo toque.

A minha mãe diz para nos divertirmos e para não voltar muito tarde, e entramos no carro de Rei. Não pergunto aonde estamos indo porque não importa. Rei está aqui. Comigo. E isso basta.

Mas quando ele dirige até o lugar onde as cinzas do meu pai estão enterradas, sinto uma emoção subir pela garganta, esperando para se libertar. Não solto a mão de Rei, como se ele fosse desaparecer se eu o fizer.

O cemitério está fechado, então estacionamos na escola ao lado. Fico sentada dentro do carro com as mãos sobre o colo depois que Rei desliga o motor. Ele olha para mim, esperando, como se tivesse todo o tempo no universo.

— Eu frequentei essa escola — digo a ele. — Toda manhã a gente passava por esse cemitério e ele me contava a mesma piada. *Atlas, tem gente que morre de vontade de vir pra cá.* — Imito a voz do meu pai ao dizer isso, e Rei sorri. Passo as mãos sobre o meu jeans e olho pelo para-brisas para o cemitério escuro. — Não sei se eu consigo.

— Você não precisa — diz Rei para mim.

E algo em saber que eu não vou decepcioná-lo me faz sentir que *consigo* fazer isso. Que sou corajosa o bastante.

— Ok — digo, e passo os dedos pela maçaneta.

Respiro fundo e desço do carro. Nós escalamos a cerca, e Rei me ajuda a descer apesar de eu não precisar. Quando ele abaixa as mãos, seguro uma delas. É isso o que pessoas que estão saindo juntas fazem. É assim que elas fazem.

Os olhos dele se voltam para o lugar onde nossos dedos se entrelaçam e ele me lança um sorriso tímido.

— Parece errado segurar a sua mão aqui — diz quando estamos passando pelos túmulos.

— Você não vai tirar a minha virtude — implico.

Olho para Rei, mas ele apenas aperta a minha mão gentilmente. Ele a ergue até os lábios, pressionando-os em minha pele. Apenas um pequeno lembrete de que ele está aqui. De que ele me vê.

Algo naquele gesto faz o meu peito inflar. Não com ar, mas com outra coisa impossível de definir. Ele me segue até o roseiral onde o meu pai está enterrado, e eu vejo três silhuetas de pé lá.

Júnior segura uma garrafa de bebida e Biblioteca tem uma pilha de copos transparentes na mão. Docinho sorri e diz:

— Achamos que seria legal fazer alguma coisinha, mesmo que você nunca tenha mencionado...

Mordo a bochecha para não chorar, mas meus olhos se enchem de lágrimas ainda assim. Na lápide do meu pai há uma foto dele sorrindo, gravada no mármore. Antes.

Antes do câncer, antes da quimioterapia, antes do tempo envená-lo.

Júnior lê a inscrição:

— *Ele tinha sido derrotado (disso ele sabia), mas não vencido.* O que significa?

— É do livro favorito dele. *O chamado selvagem.*

As palavras grudam na minha mente. *Derrotado, não vencido.* Nunca entendi por que ele escolheu colocá-las na sua lápide. Gravá-las em sua eternidade. Procuro pela esperança que elas sempre ofereceram ao meu pai. Procuro pelo sentido nelas.

Docinho coloca uma vela votiva sobre o túmulo e a acende.

— Vi isso num programa de TV. Alguma coisa a ver com a vela iluminar o seu caminho de volta pra casa. Não tenho certeza, mas parecia legal. — Ela fica olhando para a vela. — Só pra garantir.

Ela produz um brilho amarelo leve sobre o túmulo e ilumina o rosto do meu pai.

Júnior serve a bebida nos copos e Biblioteca os distribui. Abro a boca para dizer *obrigada por fazerem isso* quando Júnior fala primeiro.

— Oi, sr. James. Eu sou um amigo da sua filha. A gente chama ela de Mapas.

Sinto minha testa franzindo ao encarar Júnior.

— Eu conheci a Mapas no acampamento que aquele seu melhor amigo sádico, o Joe, comanda. Mas eu só queria te dizer que você ficaria orgulhoso da Mapas. As coisas começaram meio complicadas...

— Júnior — digo. Não entendo o que está acontecendo.

— Mas ela se esforçou muito. Aceitou a responsabilidade das próprias ações e cresceu um bocado. Achei que você fosse gostar de saber que ela está mandando bem.

Antes que eu possa falar, Biblioteca segue em frente.

— Oi, Patrick. É o Biblioteca. — Ele limpa a garganta. — Eu conheci a sua filha. Ela é exatamente como você disse que era. Ela não fala muito de você, mas acho que é porque sente a sua falta. Ser amigo dela me faz sentir sua falta também. Ela faz perguntas que nem você. Espero que, seja lá onde esteja, você possa vê-la, porque acho que ficaria orgulhoso. — Biblioteca pigarreia. — Ou tanto faz.

Agora estou chorando. Não consigo evitar, assistindo às pessoas que eu amo conversando com a pessoa que partiu.

— Eu sou a Docinho. E eu só queria que você soubesse que a Mapas vai ficar bem. Ela é uma das pessoas mais duronas

O mapa de nós dois **321**

que eu já conheci. Concordo com Biblioteca e Júnior. Você ficaria muito orgulhoso dela.

— Oi, Patrick. — A minha mão aperta a de Rei quando ele fala, e abaixo o olhar para a lápide do meu pai. — Eu conheci a Fora da Lei. Você estava certo, ela é... fogo mesmo. Você fez um bom trabalho com ela, e deveria estar orgulhoso. Ela é tudo o que você disse que seria. O Joe está de olho nela, mas acho que a Mapas pode cuidar bem de si mesma. Além disso, você tinha razão sobre aquela outra coisa também. Valeu por mudar a minha vida.

— A Patrick James, o pai da Mapas — diz Docinho, erguendo o seu copo. — O rio é um pouco mais frio sem você.

—Ao pai da Mapas — eles dizem em uníssono.

Mal consigo beber um gole.

Orgulhoso. Orgulhoso. Orgulhoso.

As palavras batem como um tambor na minha mente e escuto a voz do meu pai nelas. Por muito tempo, tudo o que eu ouvia era decepção.

Mas agora...

De algum jeito, essas quatro pessoas sabiam que eu precisava disso. Eu precisava que ele estivesse orgulhoso.

Só ficamos lá por pouco tempo, mas é o suficiente. Eles enxergaram a maior ferida no meu coração, e permaneceram. Eles a honraram. Eles me amaram mesmo assim.

Rei entra de fininho pela minha janela durante a noite e cai no sono na minha cama. De manhã, minha mãe bate à porta e pergunta se Rei vai ficar para o café da manhã.

Bebemos café e comemos cereal e encaramos um ao outro pela manhã como fazíamos na trilha, mas aqui a sensação é diferente. Como ver uma pessoa completamente nova.

— Você parece diferente aqui — diz ele.

— De um jeito bom ou ruim?

Ele tamborila um dedo na lateral da sua caneca, pensativo.

— Só diferente.

Quando Rei parte outra vez para o Alasca, ficamos parados com as testas coladas uma na outra.

— Eu vou voltar.

Mas outra coisa que a morte rouba de você é a crença de que o tempo é ilimitado. Eu não confio que verei Rei outra vez. Não confio.

Minhas mãos se fecham na sua camisa quando ele se afasta de mim, e posso enxergar em seu rosto que ele também não quer ir.

Vejo o seu carro partir e digo a mim mesma que está tudo bem. Mas quando a porta se fecha, caio no choro. A mala prateada do meu pai ainda está ao lado da porta. Ouço sua voz: *Cada arranhão e amassado nela é um lembrete de um lugar onde eu estive. De uma vez que eu disse sim.*

E eu puxo a mala até o meu quarto.

38

Um mês depois, me vejo na casa de Rei. Ele me busca no aeroporto e joga a minha mala prateada na caminhonete dele. Seu apartamento é pequeno, custeado pelo estágio. Uma cozinha improvisada, um sofá empurrado contra uma parede, uma mesa com três cadeiras; nem chega a quatro. É limpo. Arrumado... alguns diriam até vazio.

Há duas camas: uma para ele e a outra para o colega de quarto.

— O seu colega saiu?

— Vai ficar fora esse fim de semana. — Ele assente.

— Então ninguém vai vir pra casa?

— Não. — Ele hesita. — Você quer ver um filme? Ou...

Olho-o diretamente nos olhos quando digo:

— Não. Eu não quero ver um filme.

— Quer beber alguma coisa?

Rei abre o frigobar, mas passo por ele direto para o seu quarto. Cortinas escuras cobrem uma janela, sob a qual há uma escrivaninha. Um edredom branco está amontoado como se Rei tivesse simplesmente se levantado da cama e o atirado de lado. Bloquinhos de desenho, livros e roupas estão espalhados por lá, e de repente Rei está se ajoelhando, tentando arrumar o quarto.

— Me desculpa. Eu não sabia se... E eu nem arrumei a cama.

Eu o impeço de continuar.

As coisas em suas mãos caem e eu lhe mostro um sorriso. É algo predatório, e os olhos dele me observam em alerta.

— Mapas.

Dou um passo adiante e ele recua um passo.

Meus lábios estão nos dele um segundo depois, e o latejar que sempre sinto quando estou com Rei retorna. Nós nos beijamos e seguimos para a cama. Com delicadeza, Rei tira a minha camiseta, mas eu arranco a dele até sair pela cabeça.

— Mapas, espera.

Eu paro.

— Eu te amo — diz ele.

Sorrio, não porque é engraçado ou não signifique nada, mas porque essas três palavras são algo que Rei vem dizendo para mim há muito tempo. De novo e de novo nos sussurros e nos toques e nas lágrimas.

Eu sei que ele me ama.

Porque é isso o que ele grita entre as suas palavras.

E quando ele beija a minha pele em lugares que eu não sabia que era capaz de sentir, ele pressiona cicatrizes que eu não sabia que tinha. Ele toca pontos do meu coração que eu acreditava estarem calejados e eu sei que não há lugar onde eu gostaria de estar mais do que ao lado dele.

Ele morde o meu ombro, segura os meus quadris, me toma em sua boca quando gozamos juntos. Ele não me faz sentir constrangida por desejá-lo, apenas bonita e forte.

E quando o mundo se estilhaça sob mim, Rei desmorona também.

Depois, ele beija a minha pele nua. Ombro, torso, a parte de cima das minhas coxas. Ele vai até a cozinha e traz duas garrafas d'água de plástico.

— O Joe ia ficar tão bravo. — Rio.

— Por favor, não fale sobre o Joe imediatamente depois de a gente fazer...

— Coisas sujas na sua cama? — Rio.

Rei balança a cabeça e sorri.

— Nada do que a gente fez foi sujo.

Rei se oferece para me trazer algo para comer, mas não estou com fome. Nós nos abraçamos e encaramos o teto. Entrelaçados um no outro e em nossos pensamentos.

— Eu queria ter te conhecido mais cedo — digo a ele. — Não... Não do jeito que foi.

— Eu acho que foi perfeito.

— Você não lamenta que tenha sido assim?

— Você lamenta?

Penso na pergunta dele. Em meu pai morrendo, na escola, na minha mãe, na trilha. Lembro de todo mundo parado diante do túmulo do meu pai, dizendo que ele estaria orgulhoso de mim, e pela primeira vez entendo que não importa de verdade o que o fantasma do meu pai pensa. *Eu* estou orgulhosa de mim.

Eu sobrevivi.

Ainda tenho forças para lutar.

Fui derrotada, mas não vencida.

— Quando eu fui para Bear Creek, Júnior e Docinho tinham toda uma teoria sobre os picolés que você e o Biblioteca entregavam.

Ele se senta e franze a testa para mim.

— Era tão idiota. — Eu ponho uma mão sobre o rosto, tentando me esconder.

— Me conta — cutuca ele.

— Tinha toda uma hierarquia de cores, aparentemente. O Biblioteca deu pro Júnior um picolé vermelho porque o vermelho é a melhor cor, eu acho? Sei lá. Mas ele pensou que isso fosse um sinal de que o Biblioteca estava a fim dele.

Rei faz um som de compreensão.

— Todo mundo sabe que a melhor cor é o azul.

— E eles achavam que você gostava de mim porque você me dava o azul!

Ele ri, o rosto corando de leve.

— Você gostava? — pergunto. — É por isso que você nunca me dava o amarelo?

— Mapas, isso é ridículo. Você acha que eu simplesmente guardava um picolé bom pra quando você aparecesse?

— Você guardava?

Ele se senta.

— Por que você estava sempre na minha fila? Nunca na do Biblioteca?

— Por que você prestava atenção?

Rei balança a cabeça, mas não diz mais nada, apenas traceja as sardas nas minhas pernas com os dedos. Ao lado da cama, está o diário de Rei, aquele que o meu pai deu para ele. Pego-o e passo a mão pela capa. ATLAS.

— Uma coleção de mapas. É isso o que significa. — Ele pressiona os lábios no meu braço.

Uma lembrança da trilha se ilumina no meu cérebro. *Praticamente um Atlas.*

— Você sabia. Aquele tempo todo, você sabia o meu nome.

Ele não faz questão de negar, mas também balança a cabeça.

— Eu tinha ouvido falar de Atlas, a Fora da Lei, mas eu pude conhecer a Mapas.

Solto um grunhido. E abro o diário.

— Que brega.

Mas adoro isso. Posso sentir as paredes do meu coração se expandindo de emoção.

Folheando o diário, vejo trilhas e um monte de coisas diferentes que Rei achou ser importante escrever a meu respeito. Coisas tipo: *morde os lábios depois que mente* e *ela chorou hoje.*

— Eu não chorava *tanto* assim — resmungo.

Ele beija a minha coxa.

— Você chorava bastante. Parecia precisar.

No dia do ataque de pânico, ele apenas escreveu: *não gosta de espaços apertados* — *me deixou abraçá-la.*

O mapa de nós dois **327**

Meus dedos vão até a última página da trilha, mas há mais texto.

Registros de diário de verdade. Passo os olhos por eles, com medo demais para ler passagens inteiras, com medo de sangrar.

Não consegui dormir. Sou uma porra de um idiota. Eu devia ter contado a ela.

e

Biblioteca a encontrou. Ele ligou, mas não quer me dizer onde ela está.

e

É uma cafeteria. Júnior me contou.

e bem no final

Eu tenho que deixar a Mapas ir.

— Eu ia queimar ele — confessa Rei contra a minha pele.

— Queimar?

— É. — Seus olhos estão tristes. — O Ano-Novo parecia um bom momento para um recomeço. É por isso que eu estava com ele. Mas daí eu te vi, como se fosse um sinal. Que nem os cigarros.

Fecho o caderno e pressiono-o em meu peito nu.

— Você adora um sinal.

— É — diz ele, deitando-se. — Acho que sim.

Não exploro nenhuma parte do Alasca. Passo todos os três dias no quarto de Rei. Sussurramos segredos e nos permitimos ser gananciosos enquanto aprendemos todas as formas de desvendar um ao outro.

E, quando parto, sei que é sem o meu coração.

39
O começo, de novo.

Meu apartamentinho minúsculo fica ao lado do rio.

Durante o dia, posso ouvir gente praticando rafting, crianças brincando e, de vez em quando, sinto cheiro de churrasco. Não é o rio pacífico que o meu pai e eu frequentávamos. Mas à noite, posso abrir a janela e ouvi-lo. Uma constante. Sei que a água dele é proveniente da neve na cordilheira de Sierra Nevada e, por alguma razão, só de saber disso já me sinto melhor.

Meu colega de quarto é o Júnior, mas *colega de quarto* é um exagero. Ele sai para ficar com Biblioteca na maioria das noites e, de alguma forma, acabou arranjando três pais novos: a mãe de Biblioteca, Millie; a minha mãe; e Joe. Imagino que vá ficar chateado por não pararem de ligar para conferir como ele está, mas Júnior apenas sacode a cabeça e diz:

— Eu nunca vou ficar chateado por alguém me amar.

Biblioteca, como era de se esperar, ainda mora em casa. Ele ainda reclama de como a mãe não o deixa ir embora, mas é puro papo-furado. Abraçadinho com Júnior no sofá da mãe é exatamente onde ele quer estar.

Docinho frequenta uma grande universidade particular a algumas cidades de distância, mas está sempre aparecendo para estudar na nossa faculdade.

— Lá é barulhento demais. E tem cheiro de gente rica.

E Rei.

No momento, ele está deitado entre as minhas pernas com a cabeça apoiada na minha barriga. Escutamos a água se movendo pela terra enquanto finjo ler um livro para uma matéria e que não percebo como o seu polegar desliza pela minha pele.

Desde que ele voltou do Alasca, acabamos deste jeito quase todas as noites. Ele cansado do trabalho, eu cansada da faculdade, mas nenhum de nós disposto a se afastar. Já passamos tempo demais assim.

O celular de Rei apita na cama ao nosso lado e ele geme ao apanhá-lo. Sua cabeça pende novamente e ele parece incomodado.

— Que foi?

— Vai todo mundo comer pizza naquele vinte-e-quatro-horas lá no fim da rua.

Ele se refere a Biblioteca, Júnior e Docinho. Eles são *todo mundo*.

— A Docinho vai levar aquele cara?

— A gente não precisa ir.

Não precisamos. Não precisamos fazer nada porque os meus amigos ainda continuarão ao meu lado. Se eu disser não. Se eu disser sim. Os olhos de Rei se iluminam enquanto ele me observa tentar decidir.

— Podíamos ficar aqui — diz ele, pressionando um beijo na pele da minha perna.

Coloco o livro sobre a mala prateada, que faz vezes de mesa de cabeceira, e os olhos de Rei escurecem.

Nós dois vamos.

Eu vestindo o moletom com capuz que roubei de Rei quando o visitei no Alasca e nunca devolvi. Ele vestindo sua jaqueta. Com os braços ao redor um do outro.

Nós nos sentamos em uma mesa com assentos de vinil vermelho e bebemos refrigerante apesar de ser uma da manhã. Júnior come três fatias diferentes de pizza porque não consegue decidir qual quer.

— Se você só pudesse comer um sabor de pizza pro resto da vida, qual seria? — pergunto, pegando uma calabresa do pedaço dele.

— Você e as suas perguntas impossíveis — resmunga Docinho. — Eu juro que elas devem ser uma forma de tortura segundo a Convenção de Geneva.

— Tomara que você nunca pare de fazer perguntas que eu me recuso a responder — diz Júnior, limpando molho do rosto de Biblioteca com o polegar e depois lambendo-o. — Faz parte do seu charme irritante.

— Eu tenho uma pergunta — diz Docinho. — Que coisas vocês gostariam de mudar em alguém, sem que a pessoa ficasse com raiva? Eu vou primeiro: eu proibiria você de comer coisas da cara do seu namorado porque isso é nojento.

— Eu sou o próximo — diz Júnior a ela. — Eu sei exatamente o que você andou comendo do corpo de Mallory com dois L então não venha me chamar de *nada*.

Biblioteca apoia as costas e revira os olhos enquanto Docinho e Júnior discutem, cada um de um lado. Rei pega a minha mão e beija as costas dela. Os lábios dele encontram o meu ouvido e ele sussurra:

— Eu mudaria o fato de a gente ter vindo pra cá porque eu ainda poderia estar sozinho com você.

Cada vez que ele me beija, penso em todas as coisas que foram necessárias para eu chegar até aqui.

Em um lugar onde o meu coração dói de um jeito bom. Onde ele está tão repleto e o amor é familiar. A jornada até este momento é algo que eu jamais trocaria.

Tenho saudades do meu pai, mas não me sinto sozinha nesta dor.

A pessoa que me tornei nos lugares que ele deixou me transformou. E tenho orgulho da garota que sou. Alguém cujas cicatrizes contam que vivi uma vida com uma história. Não tenho vergonha de me magoar ou chorar. E parei de me sentir culpada pelos momentos que não faço isso.

O mapa de nós dois

Eu me sinto segura. Meus amigos levaram o tempo necessário para derrubar minhas muralhas. Eles removeram tudo o que eu vinha usando para impedir o sangramento da minha dor e expuseram a ferida. Não para que doesse, apesar de ter doído, mas para que eu pudesse descobrir como me curar.

E se eu pudesse ver um mapa do meu ano anterior, eu ainda teria escolhido este caminho. Até Docinho e Biblioteca e Júnior.

Até minha mãe.

Até Rei.

E sei que se eu pudesse olhar para um mapa da minha vida, veria que estou exatamente onde quero estar. Então...

Fecho os olhos e sussurro uma verdade que não estou nem aí se vai deixar alguém irritado:

— Eu não mudaria nada.

E não mudaria mesmo.

FIM,
que é só mais um começo.

Agradecimentos

Escrever uma história, qualquer história, exige uma porção de pessoas que ajudem a dar forma a ela. Este livro me foi particularmente difícil de visualizar com clareza. Tantas das minhas histórias pessoais estão amontoadas nestas páginas. Meu pai, minhas próprias dificuldades como adolescente, meu senso de lar. Quando alcancei o fim deste livro, percebi quantas pessoas me ajudaram a encontrar o caminho até ele. De editores a copidesques e equipes de marketing e amigos e agentes.

Erica Sussman, qualquer qualidade que exista neste livro é graças a você. Você enxergou essa história e, sempre cheia de paciência, me redirecionou para a minha visão vez após vez quando eu tomava o caminho errado. Imagino que tenha sido parecido com arrebanhar gatos. Eu sinto muito, mas principalmente estou grata.

Sarah Landis, minha agente extraordinária, obrigada por ser meu contato de emergência. Você não concordou em ser listada, mas essa é a sua punição por aceitar vender os meus livros. Obrigada por ler TANTAS versões desta obra e por me dizer que Atlas é especial.

À equipe da HarperCollins que trabalhou neste livro durante uma estação de mudanças muito intensa, não consigo dizer o quanto aprecio todos vocês. As coisas evoluem constantemente, mas vocês eram permanentes, e os seus olhos e talento são algo pelo qual sou incrivelmente grata!

A todo mundo que acabou sem querer indo parar nessa história. Os professores, os educadores dos cursos de ensino para jovens que largaram a escola, os conselheiros, os voluntários de serviços comunitários e de projetos de trabalho que me amaram e me enxergaram como mais do que só uma adolescente raivosa. Vocês estão todos aqui.

Ao sr. C., que viu uma garota que tinha sido expulsa do ensino médio e não estava a caminho de se formar e disse a ela: *você pode começar uma história do jeito que quiser*.

Ao sr. Axtell, que viu uma aluna que mandou ele pra PQP e soube que ela precisava de ajuda, e não de detenção. Vou me lembrar de você para sempre em meu coração.

Aos meus tios e ao meu pai, que passaram incontáveis noites de verão com uma cerveja na mão enquanto contavam histórias mescladas com memórias. Naqueles momentos eu sabia que há mágica nas palavras.

Para a minha mãe, o ser humano mais forte que eu conheço. Eu te amo e só sou forte por causa do seu exemplo.

Aos meus filhos, que me fazem desejar contar histórias; e ao meu marido, que sempre me encoraja a contá-las. David, eu não consigo fazer nada sem você, e sinceramente nem quero. (Por favor, não conte a Jin que eu disse isso.)

Aos meus Dwyer. Obrigada por me amarem e por me permitirem ser exatamente quem sou. Eu me sinto segura e amada graças a vocês.

A Stephanie Garber, cujo cérebro não consigo viver sem. Stephanie Brubaker, cujas opiniões e risadas são duas das minhas coisas favoritas no mundo. Isabel Ibañez, que me diz que eu sou boa mesmo quando não me sinto assim. Rachel Griffin, que sempre enxerga a "eu" que acho que ninguém mais consegue. Adalyn Grace, que sempre me lembra de botar a boca no trombone, abraçar os meus valores e lutar pelo que acredito (eu sei que você me ajudaria a ocultar um corpo). Shelby Mahurin, por sempre responder as minhas mensagens e por tirar minha foto de autora. Jordan Gray, por ler e me lembrar do motivo de eu fazer isso. Alexa Lach, obrigada por ler e torcer e me apoiar mesmo quando você não tem tempo nem apoio emocional.

Aos meus primeiros leitores/apoiadores: Natalie Faria. Meu amor e gratidão por você são infinitos. Jenn Wolfe. AFF. Você não faz ideia do quanto a aprecio! Lacey, Jacki, Morgan, Lisa, Christina. AMO VOCÊS.

SE NÃO FOR MUITO ESQUISITO... MaLLory (Malor), Alex, Gretchen, Alexa. O que seria de mim sem seus sermões motivadores agressivos, conversas profundas sobre ofício e histórias, e comentários hilariamente pervertidos. Morta. Eu provavelmente estaria morta.

Susan Lee. LIVRO DOIS. Será que sobrevivemos? Depois você me conta. Obrigada por entender meus sentimentos a respeito de viagens aéreas e por ser a pessoa com quem eu podia contar depois da estreia. Sasha Peyton Smith, obrigada por sempre estar a uma ligação de distância e sempre ter a reação perfeita para tudo. Akshaya Raman, eu sinto muito mesmo por aquele lance do K-pop (estou mentindo). Te amo.

Ao Writing with the Soul, obrigada por serem a comunidade mais solidária do mundo, que nunca para de me amar e encorajar e inspirar. Amo todos vocês! (ROUND ZERO.)

Adrienne Young, obrigada por ser minha humana de apoio. Obrigada por me escutar sempre que eu duvidava de mim mesma, por assistir a todos os meus começa-e-para irritantes e pela fé inesgotável na minha capacidade de contar histórias. Nos dias em que não consigo enxergar o fim da escuridão, você me lembra de que a travessia é o único caminho até a saída. Na minha próxima vida, prometo ter a cabeça no lugar. Nesta aqui, não prometo nada. Desculpa se não paro de esquecer o ventilador ligado no escritório.

Ao jogo Duvido — que jogamos sem parar em aeroportos durante as conexões, em praias durante tempestades e por toda a Tailândia — e às pessoas com as quais o jogamos.

Ao rio American. Cada pedra, cada corrente, cada ponte, cada peixe me lembra do meu pai. Essa foi a minha carta de amor para esse lugar, cheio de memórias de infância e emoções adultas e lições eternas. Um lembrete de que tudo está sempre em movimento.

E finalmente: para aqueles de nós que perdemos um pai ou mãe cedo demais. Eu amo você. Eu enxergo você. E eu concordo: é a pior merda do mundo. A vida é mais fria sem eles, mas eles são o raio de sol em nossos rostos e as nossas estrelas-guias no céu.

Este livro, composto na fonte Fairfield,
foi impresso em papel Lux Cream 60g/m² na gráfica Ricargraf.
São Paulo, Brasil, janeiro de 2025.